사이케델리아 Second Act

M·A·G·I·C C·R·E·A·T·O·R

매직 크리에이터

매직 크리에이터 4

이상규 판타지 장편 소설

초판 1쇄 찍은 날 § 2006년 10월 27일
초판 1쇄 펴낸 날 § 2006년 11월 7일

지은이 § 이상규
펴낸이 § 서경석

편집장 § 문혜영
편집책임 § 최하나
편집 § 문정흠

펴낸곳 § 도서출판 청어람
등록번호 § 제1081-1-89호
등록일자 § 1999. 5. 31
어람번호 § 제1-0757호

주소 § 경기도 부천시 원미구 심곡1동 350-1 남성B/D 3F (우) 420-011
전화 § 032-656-4452 팩스 § 032-656-4453
http://www.chungeoram.com
E-mail § eoram99@chollian.net

ISBN 89-251-0374-5 04810
ISBN 89-251-0199-8 (세트)

사이케델리아 Second Act

M·A·G·I·C C·R·E·A·T·O·R

매직 크리에이터

4 The Expansion of a Hero

이상규 판타지 장편 소설

도서출판 청어람

CONTENTS

제23장

돌격대의 활약

윈도우즈 연합 토벌군 돌격대 마법대장을 맡은 지 이틀째가 되었다. 돌격대는 보통 방 하나에 10명이 전부 합숙하는 게 원칙이지만 마법 돌격대 같은 경우 슈아로에, 리에네, 네리안느라는 세 여자 때문에 특별히 방 2개를 쓰고 있었다. 개인적으로 마법 돌격대장이라는 직위를 이용해서 여대원을 관리한답시고 그녀들과 한방을 쓰고 싶었지만 다른 남자들에게 살해될까 두려워 생각만으로 끝내었다.

"이거 떨리는걸?"

바온은 자신의 콧수염을 만지작거리며 마법 돌격대에 합류하게 된 느낌을 표현했다. 어제 내가 마법 돌격대원으로 선발한 사람은 바온, 커트, 그리고 잘 모르는 3명의 마법사였다. 그들은 모두 3서클의 마나를 가지고 있고 번역 마법을 구사했다. 그들보다 뛰어난 마법사는 대부분 소대장 혹은 중대장 정도인데 그들이 마법 돌격대에 들어올 것 같지는 않아서 일부러 일반 병사 중에서 뽑았다. 그것은 내가 일반 병사였기 때문에 일반 병사를 상대하는 게 편하다는 점도 크게 작용했다.

"천재 마법사에, 엘프에, 소성녀님이라니……. 게다가 그런 사람들과 같이 지내게 되다니……. 이건 기적이야!"

"난 이번 전쟁을 평생 잊지 못할 거야!"

바온과 커트는 심히 오버하면서 격앙된 마음을 표현했다. 그러나 난 이미 그녀들과 생사고락을 같이한 사이라서 그런지 별다른 감흥은 없었다. 대신 네리안느를 실험 재료로 쓰고 싶다는 욕망이 강하게 들 뿐이었다.

똑똑—

"나예요, 레지스트리."

점심을 먹은 후 남은 휴식 시간에 난 여자 대원의 숙소를 방문했다. 물론 네리안느에게만 용무가 있었기 때문에 난 네리안느만을 데리고 나오려 했다. 그러나 내가 문을 두드리기가 무섭게 숙소 문이 벌컥 열리며 슈아로에가 뛰쳐나왔다.

"무슨 일이에요? 이 시간에 찾아오고?"

"아니, 네리안느 씨한테 볼일이 있어서."

"네리안느 씨한테? 무슨 볼일인데요?"

"별거 아니야. 그냥 네리안느 씨만 좀 불러줘."

"……."

내가 제대로 된 대답을 하지 않자 슈아로에가 의심의 눈초리를 보냈다. 그러더니 갑자기 날 숙소 안으로 끌고 들어갔다.

"별거 아니면 숙소 안에서 얘기해요."

"엇……!"

슈아로에의 팔 정도는 가볍게 뿌리칠 수 있었지만 여자들의 숙소로 들어간다는 점 때문에 난 힘없는 척, 연약한 척 끌려갔다. 물론 숙소 안이든 밖이든 네리안느만 있으면 실험을 할 수 있다는 점을 이유로 삼았다.

"레지 군이 네리안느 씨한테 볼일이 있대요."

슈아로에는 네리안느의 이름을 부르며 날 끌고 갔다. 슈아로에가 처음 네리안느와 만났을 때 '소성녀님' 이라고 불렀던 것과 비교하면 둘이 상당히 친해진 듯했다. 사실 군대 자체에 여자가 몇 없으니 서로 친해지지 않으면 군 생활이 힘들어질 수밖에 없었다.

"앉아요."

슈아로에에게 끌려온 나에게 네리안느가 의자를 하나 권해주었다. 여자 숙소라 하더라도 이들이 지내게 된 지 이틀밖에 되지 않아 남자 숙소와 별반 다를 것이 없었다. 대신 남자 숙소보다는 훨씬 깨끗하고 향기까지 나는 것 같았다. 설령 숙소가 더럽더라도 더럽다고 생각해서는 안 될 것 같은 압박감을 느꼈다.

"나에게 볼일이 있다면서요? 무슨 일인가요?"

네리안느, 슈아로에, 리에네는 테이블에 둘러앉아 내 방문 목적을 캐물었다. 그렇게 그녀들에게 둘러싸여 취조를 당하자 순간적으로 잔뜩 긴장해 버렸다. 그래서 숨을 한 번 들이킨 후 마음을 진정시키자 어느 정도 긴장감이 사라졌다.

"그냥 신력도 포스 변환이 되나 알아보려구요."

"포스 변환?"

내 말을 듣자마자 슈아로에의 표정이 확 변했고, 네리안느는 어리둥절한 표정을 지었다. 네리안느로서는 사제가 마법 코드를 철자 그대로 읽는 방법으로 마법을 사용할 수 있다는 사실까지만 알 뿐, 그 이후에 내가 개발한 포스 변환에 대해서는 전혀 모르는 상황이라 그런 반응을 보이는 게 당연했다. 그래서 난 입 벌리고 있는 슈아로에를 무시하고 네리안느에게 포스 변환에 대해 친절하게 설명해 주었다.

"사제가 마법 코드를 철자 그대로 읽으면 마법을 사용할 수 있어요. 하지만 포스 변환은 그렇게 하지 않고 디바인포스를 매직포스로 변환시켜 마법을 사용할 수 있게 만드는 것이에요. 현재까지 매직포스, 스피릿포스, 내공 간의 포스 변환은 문제없이 성공했어요. 남은 건 디바인포스도 포스 변환이 가능한가 하는 점이죠."

"그런 게…… 가능하다는 말인가요?"

항상 웃는 표정의 네리안느가 갑자기 진지한 얼굴을 했다. 그건 아마도 신력이라는 게 신에 대한 믿음으로부터 얻어지는 것인데 그 신력을 그냥 일반 능력처럼 취급해 불쾌감이 일어서일 것이다. 잘못하면 신성모독으로까지 번질 수 있는 사항이었지만 난 네리안느의 바다와도 같은 넓은 성품을 믿기로 하고 계속 말을 이었다.

"제 개인적으로 알아보고 싶은 거니까 네리안느 씨가 싫다면 관둘게요."

"……."

내가 한발 물러서자 네리안느는 잠시 갈등하는 표정을 지었다. 그러더니 이내 내가 바라는 대답을 했다.

"알겠어요. 어떻게 할 생각이죠?"

"우선 신력에 대해 알고 싶어요. 네리안느 씨는 어떻게 해서 신력을 사용하게 됐어요?"

난 우선 디바인포스에 대한 질문부터 시작했다. 물론 디바인포스에 대한 설명을 듣는다고 하더라도 포스 변환 실험을 관두지는 않을 것이지만 그래도 디바인포스가 무엇인지는 알아두어야 나중에 써먹을 수 있을 것이란 생각이 들었기 때문이다. 그런 내 질문에 네리안느는 친절하게 차근차근 요목조목 설명해 주었다.

"난 성녀 '페리아 세비안' 과 사제 '도르트 루문베이드' 사이에서 태어나 소리의 신 '쟈느네가 사일' 을 근본으로 섬겼어요. 내가 처음으로 신력을 사용할 수 있게 된 것은 15살 때였습니다. 여느 때처럼 기도를 드리고 있었는데 갑자기 머릿속에서 계시 같은 게 내려졌지요. '나의 권능을 받아들이겠느냐' 바로 쟈느네가 사일의 목소리였어요."

흐음, 계시라……. 뭔가 사이비틱해서 믿음이 안 가는걸? 난 뭔가 특별한 방법이라도 가지고 있을 줄 알았는데 말이지. 실망, 실망.

"나는 쟈느네가 사일에게 맹세를 하고 디바인포스를 얻었습니다. 그 후로 아침마다 쟈느네가 사일에게서 디바인포스를 받고 있어요. 마법사들이나 정령사들이 매직포스 혹은 스피릿포스를 모으는 것과 똑같다고 보면 돼요. 예전에는 신력을 사용할 때마다 신에게 허락을 받아야 했지만 디바인포스 축적이 가능해지고 나서부터는 자신의 의지만으로 신력을 사용할 수 있게 되었지요. 물론 모든 사제가 디바인포스를 축적하고 있는 건 아니에요. 사제 중에서 신에게 인정을 받은 자만이 디바인포스를 지니게 되는 영광을 얻는 것이지요."

흠, 그렇군. 언뜻 들어보면 별거 없는 얘기인데, 난 왜 계속 온라인 게임 같다는 느낌이 드는 거지? 신은 온라인 게임 서버고, 디바인포스는 온라인 게임. 그래서 사제는 회원 가입을 통해 디바인포스를 다운받아서 자기 머릿속에 깐 후 서버에

접속해서 신력을 사용한다는 느낌. 만약 내가 생각한 대로 디바인포스가 그런 식이라면…… 아무도 생각지 못한 엽기적인 일이 일어날 텐데.

"설명해 줘서 고마워요. 그럼 포스 변환 실험에 들어갈게요. 이걸 읽어요."

난 일단 네리안느의 말을 끊고 그녀에게 여기 오기 전에 준비해 둔 종이쪽지를 건네주었다. 그 종이쪽지에는 디바인포스 변환 코드가 영어 철자 발음 그대로 적혀 있었다. 디바인포스 상태에서는 마법 코드를 철자대로 읽어야 코드가 발동되기 때문이었다.

"레페아트 악세스스 스트린그 운틸 엑세쿠테 스트린그, 세트 코데 위트흐 프호네티크 코데 마지크."

네리안느는 내가 시키는 대로 종이쪽지를 읽었다. 그녀가 마지막 코드를 모두 낭송했을 때 여태까지 아무런 포스도 느껴지지 않았던 네리안느에게서 매직포스가 느껴지기 시작했다. 매직포스의 변환 속도는 여타의 포스 변환 속도와 똑같았고, 네리안느의 포스 변환은 5분 정도 걸렸다. 그것은 네리안느의 포스량이 6서클 정도에 해당한다는 뜻이었다. 하루에 10시간씩 마나 생성을 한다고 하면 거의 10년 정도 걸려야 6서클이 되는데, 15살 때 신력을 얻었다는 네리안느가 현재 6서클이라는 사실에 경악했다. 네리안느의 나이는 아무리 많이 잡아도 25살 아래로 보였기 때문이다.

"이, 이런 일이……!"

단순히 내가 준 코드를 읽었을 뿐인데 자신의 디바인포스가 모조리 사라져 버리자 네리안느의 얼굴은 극심한 혼란에 사로잡히게 되었다. 그것은 마치 자신의 믿음이 약해서 신으로부터 디바인포스 축적의 자격을 박탈당했다고 느껴질 수도 있었기 때문이다. 네리안느가 하도 충격적인 얼굴을 하고 있어서 난 급히 그녀에게 상황 설명을 해주었다.

"지금 네리안느 씨의 디바인포스는 전부 매직포스로 변환됐어요. 마법사인 나와 슈아로에는 네리안느 씨의 매직포스를 느낄 수 있어요. 그 포스량은 마법을 기준으로 6서클 정도에 해당되네요."

"……."

네리안느는 말이 없었다. 아마도 이제 다시는 신력을 사용할 수 없을 것이란 생각에 좌절한 것 같았다. 그래서 난 그녀의 매직포스를 디바인포스로 바꾸는 포스 변환 코드를 읽도록 시켰다.

"Repeat access string until execute string, set code with phonetic code divine."

머리가 혼란스러운 와중에서도 네리안느는 포스 변환 코드를 읽었다. 매직포스를 가지고 있게 된 상태라서 마법 코드를 원 발음대로 읽어야 포스 변환 코드를 실행시킬 수 있었다. 그렇게 포스 변환 코드를 읽자 네리안느의 매직포스는 빠르게 사라졌고, 5분 뒤에는 그녀로부터 그 어떤 힘도 느낄 수 없었다. 그렇게 해서 매직포스가 완전히 사라지자 네리안느는 크게 안도하는 모습을 보였다.

"돌아왔군요……."

"성공이네요."

난 짧은 말로써 현 실험의 종료를 선언했다. 그러나 그것은 어디까지나 네리안느에 대한 실험이 끝났다는 거지 포스 변환 실험이 모두 끝났다는 뜻은 아니었다.

"Repeat access string until execute string, set code with phonetic code divine."

난 안도하는 네리안느를 놔두고 디바인포스로의 포스 변환 코드를 실행했다. 어차피 네리안느를 통해서 포스 변환이 100% 호환된다는 걸 확인까지 한 이상 내 행동에는 일말의 망설임도 없었다. 포스 변환 코드가 실행되자 내 매직포스가 모조리 전혀 다른 포스로 변하기 시작했다. 그것은 마치 거대한 바윗덩어리가 내 머릿속에 눌러앉은 듯한 느낌이었다. 다르게 말하면 하드 디스크에 온갖 자료를 꽉꽉 채워놓은 느낌이랄까?

흐으, 머리가 무겁군. 매직포스나 스피릿포스, 내공은 별 거부 반응이 없었는데 디바인포스는 면역 거부 반응이 일어나는걸? 역시 사제도 아니면서 편법으로 디바인포스를 얻은 것이라 그런가? 디바인포스를 모을 때마다 이렇게 머리가 무거워지는 거라면 신력 사용을 심각하게 고려해 봐야겠는걸?

"나한테서 디바인포스가 느껴져요?"

난 네리안느를 바라보며 질문을 던졌다. 내가 지금 디바인포스 상태라는 건 거의 확정적이었지만 우수한 사제에게 검증을 받는 것이 가장 확실한 방법이었기에 그녀의 반응을 보려는 것이었다. 다행히도 네리안느는 내가 원하는 반응을 보여주었다.

"네, 레지스트리 군에게서 디바인포스가 느껴져요. 사제가 아닌 데도 디바인포스를 가질 수 있군요……."

이런, 네리안느가 너무 우울한 표정을 짓고 있는걸? 사제가 아닌 인간이 디바인포스를 가질 수 있으니까 갑자기 신에 대한 믿음이 흔들리나 보지? 그래도 어쩌랴, 내 포스 변환 코드는 이 세계의 모든 포스를 완벽하게 상호 지원하는걸. 다 내 천재적인 코드 개발 능력 탓이야. 탓하려면 내 머리를 탓해줘.

"기운 내요. 레지 군이 하는 일은 깊이 생각하지 않는 게 좋아요."

우울증 증세를 보이는 네리안느를 슈아로에가 달래주었다. 그러자 리에네가 슈아로에를 거들었다.

"레지스트리는 다른 세계 사람입니다. 우리의 상식을 뛰어넘는 존재이니 그냥 지켜보는 게 좋습니다."

"다른 세계 사람……?"

순간 네리안느가 그 말에 관심을 보였다. 그때서야 난 아직 네리안느와 휴트로가 내 정체를 모른다는 사실을 떠올렸다. 어차피 다른 사람들은 다 알고 있는 사항이고, 네리안느와 휴트로 역시 나와 생사고락을 같이한 사이이니 사실대로 말하기로 했다.

"슈아로에나 리에네는 알고 있는 건데, 난 이곳과는 전혀 다른 세계에서 왔어요. 원래 이름은 최고수로, 어떤 자에 의해서 이 세계로 소환되었어요. 그 소환된 장소가 매지스트로라서 슈아와 레이뮤 씨를 만나게 된 거구요."

"……."

네리안느는 잠시 입을 닫았다. 그녀의 입장에서 보면 워낙 마른하늘에 게릴라성 집중호우 격인 말이라 머릿속을 정리할 시간이 필요할 것이다. 사실 지금 이 상황은 친한 친구에게 '친구야, 내 말 오해하지 말고 들어? 나 사실 외계인이야' 라고 말하는 것과 똑같다고 할 수 있었다. 때문에 보통 인간들의 반응은 '너 제대로 미쳤구나?' 이라야 정상이다. 그러나 불행히도 네리안느는 보통 인간이 아니었다.

"다른 세계에서 온 사람이라…… 그렇군요. 그래서 레지스트리 군에게서 묘한 이질감을 느꼈던 것이로군요."

"……."

흐으, 내 정체를 말했을 때 유리시아드, 리엔, 리에네도 당연한 듯 받아들이더니 네리안느마저 내 기대를 배신하는군.

이거 다른 세계에서 왔다는 사실을 아무에게나 말해도 상관없는 거 아니야? 반응이 약하니 말하는 재미가 없잖아.

"아무튼 네리안느 씨, 신력을 쓸 때 보통 어떻게 해요?"

난 내 정체에 대한 얘기를 접고 네리안느에게 신력 사용 방법을 물었다. 그녀는 잠시 망설이는 표정을 짓다가 이내 대답했다.

"신력을 사용하기 위해서는 일단 아침에 신에게 기도를 드려야 해요. 그러면 축적해 놓은 디바인포스를 사용할 수 있게 되지요. 그러고 나서 원하는 권능을 행하면 돼요."

"……."

흐으, 뭔 소린지 도통 감잡을 수가 없군. 일단 기도를 해야 디바인포스를 사용할 수 있다고 하니 사제인 척하고 기도를 해볼까?

"기도는 어떻게 해요?"

"특별한 양식은 없어요. 그저 진심을 담아 신께 기도를 드리면 되는 거예요."

"……."

네리안느의 대답은 매우 두루뭉실해서 그다지 도움이 되지 않았다. 그래도 시도는 해보자는 생각에 두 눈을 감고 두 손을 모은 뒤 기도했다. 기도 대상은 소리의 신이라는 쟈느네가 사일이고, 기도 내용은 '믿습니다!' 였다. 사실 내 기도에 진심이 담길 리 없었기 때문에 난 그다지 큰 기대를 걸지 않았다.

그러나 기도를 시작했을 때 디바인포스가 묘한 움직임을 보였고, 어느 순간 내 머릿속에 두 가지의 요구 사항이 떠올랐다. 그것은 날 인식할 수 있는 ID와 내 고유의 Password를 묻는 듯한 느낌이었다.

잉? 이건…… 무슨 로그인하는 것 같잖아? 그러고 보니 내가 이 세계에 소환되기 전에 컴퓨터의 블루 스크린에서 ID와 Password를 묻는 이상한 코드가 뜨던데…… 디바인포스를 사용할 때도 ID와 Password가 필요한가? 그렇다면…… 내 ID가 신계에 등록되어 있을 리는 없으니 네리안느의 계정을 빌려야겠군.

"네리안느 씨, 풀네임이 어떻게 되요?"

난 기도하다 말고 네리안느에게 질문을 던졌다. 갑작스런 질문에 네리안느가 대답하지 못하고 있을 때 슈아로에가 어이없다는 표정으로 입을 열었다.

"어떻게 네리안느 씨의 성을 모를 수가 있어요? 아까 들었잖아요! 네리안느 씨의 성은 '세비안' 이라구요, 세비안!"

"아, 그렇구나."

"'아, 그렇구나' 라뇨! 돌머리인 거 자랑해요?! 내 성은 뭔지 알고 있는 거예요?!"

"슈아의 성이… 그게… 음…… 뭐였더라?"

"……."

내가 자신의 성을 말하지 못하자 슈아로에의 표정이 험악하게 바뀌었다. 험악하게 바뀌었다 하더라도 원체 귀여운 얼굴이라 도리어 애교스럽게 보였다. 어쨌든 난 슈아로에를 진정시킨 뒤에 네리안느에게 다시 질문을 던졌다.

"네리안느 씨, 패스워드가 어떻게 되요?"

"패스워드?"

"에…… 기도할 때 무슨 암호 같은 게 있지 않아요?"

"암호? 그런 거 없는데요."

이런, 네리안느 본인이 자기의 Password를 모르다니……. 당신 설마 ID, Password를 저장시켜 놓고 자동 로그인하고 있는 거야? 그거 꽤 편할지는 몰라도 PC방에서 자동 로그인을 썼다가는 정보가 유출된다고.

"아뇨, 됐어요. 신력을 쓰려면 네리안느 씨에 대해서 알아보는 수밖에 없겠네요."

"……?"

"……!"

내가 그렇게 말하자 네리안느는 의문의 표정을, 슈아로에는 경악의 표정을 지었다. 아마도 슈아로에는 내가 네리안느에게 작업을 걸겠다는 의미로 생각한 것 같았다. 그래서 난 즉시 보충 설명을 시작했다.

"신력은 신에게 인정받은 사제만 쓸 수 있으니까 그 사제인 척 행세하면 가짜 사제라도 신력을 사용할 수 있을 거예요. 어디까지나 내 예상이긴 하지만."

"…그건 레지스트리 군의 예상으로 끝났으면 좋겠군요."

내 실험이 더 이상 진행되지 않음을 눈치 챈 네리안느는 약간 안도의 한숨을 내쉬었다. 사제인 그녀로서는 비(非)사제가 신력을 사용하는 걸 원치 않을 것이다. 나 역시 억지로 신력을 행사하면서 사제인 척하기는 싫지만 신력을 한번 써보고 싶다는 마음까지는 도저히 접을 수가 없었다.

*　　　*　　　*

윈도우즈 연합 토벌군은 거의 일주일 동안 애플 성에 머물렀다. 난 그동안 실프에게 내공을 주입하는 것에 목숨을 걸었다. 어차피 돌격대는 하루에 4시간밖에 훈련하지 않기 때문에 개인적인 시간이 남아돌았다. 그 남아도는 시간을 내 실력 키우기에 투자하기보다는 실프의 포스량을 늘려주는 것이 훨씬 더 효율적이라 실프에게 내공을 주입했다.

하루에 2시간 정도를 투자해서 실프에게 3년 내공을 주입시키고, 그것을 4일 정도 하니 실프의 마나량이 4서클을 넘어버렸다. 한마디로 소환주인 나보다 소환 정령이 더 많은 포스량을 가지게 된 것이다.

흐으, 이걸 4자성어로 하면 청출어람이지만 개인적으로 기분이 썩 좋다고 할 순 없군. 그나마 실프가 내 의지대로 움직이는 정령이기에 망정이지 사람이었어 봐, 아마 난 배 아파

죽었을걸? 스승을 능가하는 제자는 우리에게 훈훈한 감동을 주지만 스승의 마음에 격렬한 파문을 가져다주니까 말이야.

"그만 갑시다."

내가 점심을 먹고 막사에서 자빠져 자는 척하고 있을 때 바온이 날 흔들어 깨웠다. 바온과 나의 계급 차가 크기 때문에 바온은 나에게 존댓말을 사용하고 있었다. 어쨌든 눈만 감고 있었던 나는 크게 한 번 하품을 하고는 바로 몸을 일으켰다. 오늘은 일주일 동안 발톱의 때만큼 정이 든 애플 성을 떠나 진격을 시작하는 날이었다. 그래서 난 바온과 함께 연병장으로 향했다. 연병장에는 이미 모든 본부대원들이 모여 있었다.

"우리 군은 이제 윈도우즈 연합 토벌을 시작할 것입니다. 지금까지 해왔던 전투보다 더 힘들어질 테니 각오를 새롭게 하길 바랍니다. 그럼 돌격대부터 출발!"

토벌군 부책임자 레이뮤는 연병장 단상에 올라 출발 명령을 내렸다. 명령이 떨어지자 유리시아드를 선두로 50여 명의 돌격대가 이동을 시작했다. 마법 돌격대가 돌격대의 가장 후위에 서고 마법 돌격대장인 나는 일행의 가장 뒤쪽에 서서 걸어갔다. 사실 대장쯤 되면 말을 타야 하지만 내가 말을 아예 타지 못하는 데다가 마법 돌격대에는 관심보호병사인 네리안느와 슈아로에가 있어서 그녀들이 대신 말을 타고 이동하고 있었다. 그에 비해 리에네는 평소에도 산속을 잘 걸어다녔다면서 리엔과 함께 내 바로 앞에서 걸어갔다.

"인간들은 어째서 전쟁을 하는 것입니까?"

행군을 시작한 지 3시간 정도가 흘렀을 때 리에네가 갑자기 그런 질문을 나에게 던졌다. 무거운 짐 같은 걸 들고 하는 행군이 아니라 그다지 지치지 않은 상태라 난 리에네의 질문에 대답해 주었다.

"여러 가지 이득이 있으니까 하는 거죠. 전쟁을 통해서 노예를 얻고, 식량을 탈취하고, 영토를 넓히고……. 사람이 전쟁을 일으킬 때는 언제나 명분이 필요해요. 전쟁을 해야 하는 이유가 없으면 전쟁은 잘 일어나지 않거든요."

"전쟁의 명분이 없으면 억지로 명분을 만드는 것입니까?"

"그렇죠. 보통 사람들은 행동을 할 때 언제나 정당성을 부여하려고 해요. 사람을 죽일 때 '이 사람은 내 기분을 상하게 했다. 따라서 처벌이 필요하다'라는 식으로 그게 옳든 그르든 정당성을 부여하죠. 그렇게 일단 정당성이 부여되면 그 행동을 하는 데 죄책감 같은 게 들지 않거든요."

"우발적인 행동은 정당성을 부여할 시간이 없습니다."

"예. 그러니까 그 경우에는 후회를 하죠. 죄책감도 느끼고."

"전쟁은 사람을 죽여도 죄책감이 없다는 것입니까?"

"예, 전쟁 시작 전에 이미 정당성이 부여되거든요. 물론 나중에 후회하는 경우는 있겠지만요."

나와 리에네는 걸어가면서 도란도란 얘기를 나눴다. 우리들이 하는 얘기가 어려웠는지 바온과 커트는 머리 아프다는 표정만 지었다. 그러다가 바온이 리에네가 말이 없는 틈을 타서 나에게 말을 걸었다.

"혹시 '아이오' 대륙의 '바이오스'란 녀석에 대해서 압니까?"

"바이오스?"

"버려진 땅이었던 아이오 대륙을 집어삼킨 녀석이죠."

잉? 버려진 땅? 그런 땅이 있었어?

"버려진 땅이라뇨?"

비록 내가 바온보다 높은 계급이지만 난 바온을 평소처럼 대했다. 그것은 바온의 18년 군 경력을 인정해 준다는 뜻도 있었지만, 그보단 하급자는 상급자에게 반드시 경어를 써야 하는 것과는 달리 상급자는 하급자에게 반드시 반말을 쓸 필요가 없다는 이유가 컸다. 어차피 난 나보다 계급이 높든 낮든 무조건 경어를 쓰고 있었기 때문에—물론 슈아로에는 예외지만—바온 한 사람만 특별 대우하는 건 아니었다.

"아이오 대륙은 예로부터 날씨가 변화무쌍하고 마수들이 득실대는 곳이라 버림받았죠. 그래서 중죄를 지은 사람이나 살 곳을 잃어버린 사람들이 많이 살고 있습니다. 거기는 거의 무법천지나 다름없기 때문에 웬만한 능력이 아니면 통치하기가 힘들죠. 그런데 그런 곳을 바이오스란 자가 3년 만에 하나의 제국으로 통합해 버렸습니다."

내가 관심을 보이자 바온은 신이 나서 주절주절 얘기를 계속했다. 그러나 사실 난 바이오스라고 해서 순간적으로 컴퓨터의 그것이라고 생각했다가 사람 이름이란 것을 깨닫고 열심히 듣는 척했을 뿐이다.

"그 바이오스는…… 누구예요?"

"모릅니다. 일설에는 매우 젊은 청년이라는데, 사실 그런 젊은 놈이 하나의 제국을 통솔할 리가 없으니 소문이 잘못 퍼진 거겠죠. 어떤 사람은 바이오스가 마법도 아니고 정령술도 아니고 무공도 아니고 신력도 아닌 힘을 쓴다고 하던데……. 이것도 확인되지 않았습니다."

"한마디로 아는 게 없네요."

"하하, 그렇게 되는군요."

바온은 머쓱한지 헛웃음을 지었다. 어쨌든 우리는 그런 식으로 대화를 진행하면서 지루한 행군을 계속했다. 대략 이틀 정도 행군한 끝에 윈도우즈 연합의 수도인 '비스타'로 가기 위한 첫 번째 관문인 '나인파이브'에 도착했다. 나라 이름이 윈도우즈 연합이고 성 이름이 나인파이브라서 순간적으로 개인 컴퓨터 운영 체제인 'Windows95'가 떠올랐지만 그냥 무시해 버렸다.

"우선 돌격대가 먼저 나인파이브를 칠 것입니다. 마법 돌격대가 먼저 공격을 하고, 기마 돌격대와 보병 돌격대는 마법 돌격대를 호위합니다. 그리고 적이 성문을 열고 나오면 궁수 돌격대에서 활을 쏘십시오. 창병 돌격대는 적의 기병이 나오면 그때 돌격하십시오. 본부대는 앞으로 한 시간 뒤에 전투에 합류할 것입니다."

부책임자인 레이뮤와 유리시아드가 그런 작전을 세웠다. 무려 한 시간 동안이나 적의 공격에 버텨야 한다는 사실이 내 마음을 매우 께름칙하게 했지만 반대하지 않고 얌전히 있었다.

"출발!"

돌격대의 총대장 격인 유리시아드의 외침과 함께 본부대가 멈춘 사이 돌격대가 나인파이브로 출발했다. 이미 나인파이브 지역에 들어설 때부터 적에게 정체를 들켰을 게 뻔했기 때문에 돌격대는 최대한 빠르게 이동했다. 덕분에 체력이 약한 나는 전투를 시작하기도 전에 지쳐 버렸다.

흐으, 요즘 들어 포스량을 증가시킨다고 운동을 안 했더니 체력이 후달리는걸? 엇! 리엔과 리에네는 별로 지쳐 보이지도 않잖아? 몸은 호리호리해 보이면서 나보다 체력이 좋다니……. 차라리 나도 말 타는 법이나 배워서 슈아로에나 네리안느처럼 말 타고 다닐까?

"마법대장! 어서 공격을!"

나인파이브 성 앞에 도착하자마자 유리시아드가 나를 향해 소리쳤다. 즉시 난 거칠어진 숨을 가다듬으며 마법 돌격대원들을 일렬로 세운 뒤 아무 마법이나 사용하도록 지시를 내렸다. 일단 선공을 날려서 적의 화살 세례를 받지 않으려는 생각이었는데 그것은 내가 생각하기에도 형편없는 명령이었다. 그런 식으로 아무 마법이나 쓰라고 명령을 해버리면 수행하는 사람 입장에서는 난감할 수밖에 없기 때문이었다.

"Hot ball!"

난감한 마법대장의 명령에 모두들 뭘 해야 할지 몰라 갈팡질팡하고 있을 때 슈아로에가 가장 먼저 매직 오너멘트에 의한 파이어 볼을 실행했다. 반면 네리안느는 사제인 관계로 공격할 기술이 없었고, 리엔과 리에네는 목표를 정하지 못하고 멀뚱히 서 있기만 했다. 그리고 다른 마법사들은 3서클밖에 되지 않아 별 도움이 되지 못했다.

콰앙─!

일단 슈아로에의 파이어 볼은 성벽 위쪽으로 날아가 부딪쳤다. 그걸로 뭔가 큰 피해를 입히지는 못했지만 성벽 위의 보초병들을 허둥거리게 만들기에는 충분했다. 그사이 난 제 정신을 차리고 제대로 된 명령을 내렸다.

"모두 성문에다 파이어 볼 같은 강한 공격을 퍼부어요!"

"레아샐러맨더, 불의 공!"

"레아언딘, 세찬 물줄기!"

나의 두 번째 명령에 리엔과 리에네가 동시에 반응했다. 두 엘프 남매는 정령 중 가장 강한 레아 급의 샐러맨더와 언딘을 소환하여 단단해 보이는 성문에다 공격을 퍼부었다. 그렇게 리엔과 리에네의 공격을 받자 성문에 금이 가기 시작했다. 그 즉시 난 블루 케이프 가운데에 있는 보석을 손가락으로 훑었다. 돌격대에서 마법대장을 맡은 직후부터 토벌군 문양이 그려진 전투복용 로브를 입는 대신 겨울이라 두꺼운 옷을 입었지만 블루 케이프는 언제나 걸치고 있었다. 그래서 매직 오너멘트를 사용해 아무런 오류 없이 마법을 실행시킬 수 있었다.

"불덩어리!"

난 파이어 볼의 이미지를 떠올리기 위해 그렇게 소리쳤고, 그 직후 내 머리 위에 파이어 볼이 하나 형성되었다. 그리고 파이어 볼은 그다지 빠르지 않은 속도로 성문까지 날아갔다. 그 모습에 실프를 소환하여 파이어 볼을 가속시켰다면 더 좋았을 걸하고 후회했지만 이미 파이어 볼은 성문에 부딪쳐 폭발한 뒤였다.

콰앙—!

내 파이어 볼의 폭발은 별로 대단하지도 않았지만 이미 성문에 금이 간 상태였기에 성문이 산산이 부서져 나가는 강렬한 시각적 효과를 창출해 내었다. 그것은 아군의 사기 진작에 꽤 도움이 되었다.

"궁수, 준비!"

성문이 부서져 나가자 뒤에 빠져 있던 궁수 돌격대 10명이 전면에 나섰다. 그것을 보고 궁수가 활을 쏘면서 모든 돌격대가 성안으로 들어가 적을 공격하는 방법이 떠올랐으나 일단 돌격대의 역할은 적을 섬멸하는 게 아니라 교란하는 것이기에 적이 성에서부터 나오기를 기다렸다.

다그닥다그닥—

그때 성으로부터 말을 탄 기사 50여 명이 달려나왔다. 뭔가 복장이 흐트러져 있는 걸로 봐서 여태 어디선가 짱박혀 놀고 있다가 공격받았다는 소식에 부랴부랴 달려나온 것 같았다. 그들의 뒤에는 창을 든 병사와 칼을 든 병사들 100여 명 정도가 따라오고 있었다.

본부대와 비교하면 적은 수지만 우리 돌격대하고만 비교하면 우리의 세 배로군. 그런데 놈들의 움직이는 꼬라지를 보니 돌격대만으로도 끝낼 수 있겠는데? 우리보다 세 배 많다고 해도 150명밖에 되지 않으니까 말이지.

"쏴라!"

적군이 몰려나오자 궁수대장이 명령을 내렸고, 궁수 부대 중에서 고르고 고른 10명의 궁수들은 빠른 손놀림으로 화살을 쏴대었다. 그들 한 사람당 등에 멘 화살의 개수는 50개라 총 500발의 화살을 날릴 수 있지만 적과 우리의 거리가 그렇게 먼 편이 아니라서 궁수들은 많아야 5개 내외로 화살을 쏘았다. 그리고 그 명중률은 약 40%였다.

"창병 돌격!"

일단 적이 기병을 선두에 세워 달려나오고 있었기 때문에 기병에 강한 창병 돌격대가 먼저 나가 싸웠다. 일반적으로 기병은 보병에게 강하고, 창병은 기병에게 강하며, 보병은 창병에게 강한, 물고 물리는 삼각 관계라 적의 주력에 맞춰 대항해야만 좋은 전투 결과를 이끌어낼 수 있는 것이다.

"끄악!"

"으악!"

적의 기습 아닌 기습에 빠르게 대처하려고 나인파이브 성에서 기병들이 가장 먼저 달려나왔으나 창병 돌격대의 기다란 창에 의해 추풍낙엽처럼 쓰러졌다. 그런 적의 모습을 보고 있으니 평소에 그들이 과연 제대로 된 훈련을 하고 있었는지조차 의심이 들었다. 그렇게 적의 기병과 우리의 창병이 격돌하는 동안 적의 후속 병력인 보병과 창병들이 도착했고, 우리 쪽에서도 보병과 기마 돌격대를 보내어 맞대응했다. 이미 상황은 백병전으로 흘러가고 있었기에 마법 돌격대는 후방으로 빠졌다.

흐음, 우리 쪽이 진영을 잘 잡아서 창병이 기병을, 보병이 창병을, 기병이 보병을 상대하고 있군. 상성상 우리가 유리한 걸? 근데 적들은 진영이고 나발이고 무작정 닥치는 대로 휘두르고 있구만. 저래서는 제대로 싸우기 어렵지.

"크악!"

아군 중에서도 유리시아드와 휴트로의 활약은 단연 돋보였다. 그 두 명이서 적의 3할 정도를 쓰러뜨리고 있었기 때문이다. 그래도 적의 숫자는 많고, 그중에는 가뭄에 콩 나듯이 실력 좋은 인간도 있어서 우리 쪽의 부상자가 생기기 시작했다. 이대로 가면 분명 우리들이 이기겠지만 사상자가 생기는 건 피할 수 없었다. 그래서 마법 돌격대인 우리가 보조에 나섰다.

"내가 당신의 힘이 되어드리겠어요— 나와 함께 저 산을 넘어보아요—"

마법 돌격대원 중 가장 먼저 나선 사람은 네리안느였다. 그녀는 뜬금없이 노래를 불렀는데 기이하게도 그 노래를 듣자 갑자기 온몸에 활력이 넘치기 시작했다. 그에 비해 적군에게는 아무런 영향도 주지 않았다. 아마도 그 노래는 아군의 사기를 진작시키는 일종의 버프 효과를 내는 듯했다.

호오~ 마법이라면 일일이 아군에게 Snap을 걸어야만 저런 게 가능할 텐데 신력이라서 그냥 사용해 버리는군. 신력을 보고 있으면 꼭 온라인 게임의 스킬을 쓰는 것 같단 말이야. 전략 시뮬레이션처럼 유닛 컨트롤을 일일이 하는 게 아니라 온라인 게임처럼 단축키만 눌러서 등록되어 있는 스킬을 사용하는 듯한 느낌. 뭐, 개인적으로 난 스킬을 누르기만 하면 되는 온라인 게임을 싫어하지만 말이야.

"Create space 압력, mapping double gravity, render hundred!"

내가 그런 생각을 하고 있을 때 슈아로에가 중력 마법을 실행시켰다. 그녀가 중력 마법을 적군 가까이의 허공에 실행시킨 그 직후부터 적 궁수들이 쏜 화살이 슈아로에의 중력 마법에 걸려 위력과 방향을 잃고 힘없이 떨어져 내렸다.

오홋, 적군이 화살을 쏠 것을 예상하고 미리 허공에 중력 마법을 걸어놓는 슈아로에의 저 엄청난 센스! 나도 저런 걸 본받아야 하는데 난 지금 대장이랍시고 뒤에서 구경만 하고 있으니…… 뭐, 어쨌든 나도 뒤늦게나마 전투에 가세해 볼까?

"실프."

전투 참가를 결정한 나는 블루 케이프에 박혀 있는 매직 오너멘트를 이용해 리프레쉬 코드를 실행함과 동시에 실프를 소환했다. 마법은 일반적으로 스플래쉬 데미지이기 때문에 아군에게도 피해를 입힐 수 있지만 실프는 적군만을 골라서 공격할 수 있어 백병전에서도 충분히 통했다.

챙— 챙—!

여기저기서 병장기 부딪치는 소리가 난무하며 비명 소리가 들려왔다. 수는 분명 나인파이브 쪽이 훨씬 많았지만 어떠한 전술도 없이 그냥 단순 무식하게 돌진만 해오는 적군을 아군은 별 어려움 없이 제거했다. 특히 네리안느의 버프와 일당백의 리엔, 리에네, 그리고 효과적으로 적군의 궁수와 마법사들의 공격을 차단하는 슈아로에의 힘에 의해 전투는 돌격대의 승리로 싱겁게 끝나 버렸다. 전투 종료 후 아군의 피해 상황을 보니 보병 2명, 기병 1명의 사망자와 총 10여 명의 부상자가 나왔을 뿐 대다수의 전력은 무사했다.

"돌격대 50명으로 나인파이브를 점령하다니……."

자신이 직접 지휘한 부대임에도 불구하고 유리시아드는 예상치 못한 낙승에 적잖이 당황한 기색을 보였다. 그도 그럴 것이 전투가 30분 만에 끝난 데다가 나인파이브 성을 점령하는 쾌거를 이룩했기 때문이다.

…….

그렇게 30분 만에 나인파이브를 점령한 토벌군은 본부대가 도착하자 잠깐 쉬었다가 바로 다음 목표인 나인에이트로 이동했다. 다음 목적지가 나인에이트라는 말을 듣고 난 유리시아드에게 질문을 던졌다.

"나인에이트 성을 점령하면 다음은 어디야?"

"'윈미' 성이에요."

"윈미? 그 다음은?"

"'엑스피' 구요."

"……."

하아, 역시 그러셨군요. 언제나 느끼는 거지만 이 세계의 작명 센스는 GG를 치지 않을 수가 없습니다. 쓰읍, 어쨌든 다음 목표인 나인에이트는 저항이 거세겠는걸? 컴퓨터 사양이 낮은 곳에서는 아직도 윈도우즈98을 애용하고 있으니까 말이야. 물론 윈도우즈Me는 버림받은 OS니까 윈미 성은 가볍게 점령하겠고, 문제는 엑스피 성이겠군. 현 운영 체제의 대세니까.

"저기, 유리시아드. 제안이 하나 있는데……."

난 유리시아드의 옆으로 가까이 다가가 속삭였다. 공식적인 자리라면 유리시아드에게 경어를 썼겠지만 사적으로 서로 얘기하는 것뿐이라 그냥 말을 놓았다. 유리시아드도 그 점에 대해서 아무런 불만을 표하지 않았기에 암묵적으로 그런 룰이 적용되고 있었다.

"뭔가요?"

"나인에이트를 공략할 때 한밤중에 기습하는 게 어떨까?"

"기습?"

내 말을 듣고 유리시아드는 탐탁지 않다는 반응을 보였다. 그리고 그 이유를 나에게 말해주었다.

"낮에 공격을 하든 밤에 공격을 하든 이미 전투 태세에 들어간 상태의 적군은 대응이 똑같아요. 오히려 밤에는 피아 구별이 힘들어서 아군이 아군을 공격할 수도 있다구요."

흐음, 생각해 보니 그렇군. 그래도 피아 구별이 확실히 되는 옷을 입히면, 아! 그러고 보니 토벌군 옷하고 윈도우즈 연합 옷하고 별 차이가 없잖아? 둘 다 흰색 계열이니, 대체 토벌군 전투복을 디자인한 인간은 누구야? 그 인간은 적군의 전투복도 고려하지 않은 건가? 양쪽 부대가 백병전을 하면 완전 난장판이 되겠군.

"그럼 밤에 나인에이트 성에 잠입해서 불을 지르는 거야."

"무슨 수로 성에 잠입한다는 거죠? 성벽을 날아서 잠입이라도 할 건가요?"

"그 수밖에 없잖아? 성문은 이미 닫혀 있을 테니."

"……."

유리시아드는 어처구니가 없다는 표정을 지었다.

"날아서 잠입? 그럼 적의 보초병은 하늘을 날아서 들어오는 아군을 그냥 못 본 척해주나요?"

"아니, 보초병들이 성벽 전체를 감시하지는 않으니까 보초병의 이동 경로를 잘 파악했다가 빈틈이 생기면 날아서 잠입하는 거지."

"무슨 수로 보초병의 이동 경로를 파악한다는 거죠? 멀리서는 파악이 힘들잖아요."

"가까이서 봐야지."

"가까이서 보면 보초병에게 들키죠."

유리시아드는 사사건건 내 의견에 토를 달았다. 그러나 난 내 나름대로 생각해 둔 복안이 있었기에 쉽게 물러서지 않았다.

"위장하면 되지. 밤이면 보초병들도 발견하기 어려울 거야."

"위장?"

순간 유리시아드의 얼굴이 묘하게 변했다.

"위장을 어떻게 한다는 거죠? 은둔술이라도 쓰자는 건가요?"

"아니, 그냥 얼굴에 먹칠하고 하이바…… 가 아니라 옷 같은 데에다가 나뭇잎 꽂으면 되잖아."

"……."

내가 친절하게 위장하는 법을 설명해 주었지만 유리시아드는 여전히 부정적인 입장을 견지했다. 그러다가 나에게 증명 실험을 요구했다.

"그럼 그쪽이 그 위장이라는 걸 해봐요."

"……."

흐으, 전역한 이후로 얼굴에 먹지로 먹칠을 하거나 위장 크림을 바른 적이 없는데… 아니, 그보다 여기서 얼굴에 바를 만한 게 있나? 그리고 나뭇가지를 꽂아서 위장하려면 꽂을 데가 필요한데…….

"알았어. 일단 해볼게."

난 솔직히 군대에 있을 때도 어설프게 위장을 하곤 해서 자신이 없었다. 그렇지만 내가 먼저 위장술에 대해서 말을 꺼낸 이상 죽이 되던 스프가 되던 해볼 생각이었다.

스윽, 스윽—

"……."

물에다 흙을 개어 진흙을 만든 뒤 얼굴에 발랐고, 땅바닥에다 전투복용 로브를 굴려 시커멓게 만들었다. 또한 로브에다 칼집을 내어 그 칼집에 꺾은 나뭇가지—잎사귀가 잔뜩 달린—를 꽂았다. 그 모습을 유리시아드 이하 돌격대 전원이 조용히 쳐다보았다. 그것이 매우 창피하긴 했지만 얼굴에 진흙을 바른 김에 철판 깐 듯이 당당하게 행동했다. 그렇게 대략 10분 정도의 시간이 걸려 나의 위장 시범이 끝났다.

"자, 이제 숨는다."

위장을 끝낸 나는 그대로 근처의 수풀 사이로 몸을 숨겼다. 그리고 바람에 의한 수풀의 움직임에 따라 천천히 돌격대를 향해 이동했다. 그렇게 나름대로 신중히 이동했음에도 불구하고 유리시아드는 얼마 안 있어 내 존재를 파악해 내었다.

"거기 있군요. 이제 됐으니까 나와요."

"어……."

허어…… 이 정도 위장이면 꽤 잘했다고 생각했는데 유리시아드를 속이기에는 무리였나? 하긴 내가 뭐 제대로 할 줄 아는 게 있어야지. 다음부터는 그냥 얌전히 찌그러져서 시키는 것만 해야겠다.

"지금은 낮이라서 금방 발견했지만 한밤중이라면 발견하기 어렵겠군요. 좋아요. 그쪽 말대로 돌격대 전원이 위장을 하고 한밤중에 급습하는 것으로 하죠."

"……!"

내가 거의 자포자기 상태였을 때 유리시아드가 의외로 내 위장 전술을 높게 평가했다. 그리하여 난 졸지에 위장 사범이 되어서 50여 명의 돌격대원들이 위장하는 것을 일일이 다 살펴봐 주어야 했다.

드디어 자정을 넘긴 시각,

스슥— 스슥—

얼굴에는 머드팩을 하고 흰색 로브에 온갖 이물질을 묻혀 시커멓게 만들고 나뭇잎으로 온몸을 치장한 돌격대원들이 두 번째 목표인 나인에이트 성으로 향했다. 나인에이트 주변의 수풀을 따라 이동해 적의 보초병에게 들키지 않았고, 바람도 비교적 많이 불어 돌격대의 이동 소리를 감춰주고 있었다.

"여기서 대기."

앞서 나가던 유리시아드가 대기 명령을 내리자 돌격대는 나인에이트 성을 불과 10여 미터 남겨두고 수풀에 엎드려 은폐, 엄폐했다. 이렇게까지 가까이 접근했음에도 불구하고 나인에이트 성의 보초들은 유유히 하늘의 별을 세거나 하품을 하며 자신의 근무 시간이 끝나기만을 기다리고 있었다. 아마도 한밤중에 적이 기습을 한다는 생각은 전혀 하고 있지 않은 듯했다.

"지금이에요!"

보초병이 다른 곳을 둘러보러 사라지자 유리시아드는 잠입조로 편성된 나, 리엔, 리에네에게 지시를 내렸다. 50명의 돌격대원 중에서 3명만 잠입조로 선발된 이유는 간단했다. 그들 3명만이 정령술을 사용할 수 있기 때문이었다. 마법으로도 비행이 되기는 하지만 일일이 비행 루트를 지정해야 하는 건 순간 대처 능력을 떨어뜨리는 문제가 있어서 마법사보다는 정령술사를 뽑았던 것이다. 그래서 나와 리에네가 바람의 정령을 소환했고 바람의 정령의 힘에 의해 우리들은 성벽을 날아올랐다.

탁—

별 어려움 없이 높이 10m의 성벽을 뛰어넘은 우리들은 우선 옷에 꽂은 나뭇가지들을 전부 제거했다. 조용한 성안에서 나뭇잎이 잔뜩 붙어 있는 옷으로 싸돌아다니면 사정없이 들키고도 남았다. 성에 잠입하고 나서 우리 셋은 최대한 안쪽까지 들어갔다. 그러나 안으로 들어갈수록 경계가 심해져서 들키지 않고 중심부로 들어가는 건 불가능했다. 그래서 성벽의 가장 어두운 부분으로 숨어 들어가 작전을 개시했다. 작전이란 것은 단순했다. 리엔이 성 안쪽에서 메테오 스트라이크를 연달아 날리는 것이었다.

"Irepeat iaccess istring iuntil iexecute istring, iset icode iwith iphonetic icode imagic."

리엔은 우선 모음 코드를 이용해 스피릿포스를 전부 매직포스로 바꾸었다. 포스량이 7서클에 해당하는 리엔이었기 때문에 메테오 스트라이크의 불덩어리 개수를 40개 정도까지 쓸 수 있었다.

"Create space meteor A, mapping fire, create space meteor B, mapping fire, ……Create snap space road A, create snap space road B, ……animate snap."

10분에 걸친 포스 변환이 끝나자 리엔은 곧바로 메테오 스트라이크 코드를 외웠다. 코드 자체는 어렵지 않지만 40개나 되는 항목을 중복되지 않게 나열하다 보면 헷갈려서 오류가 날 가능성도 있었는데 리엔은 한 치의 오차도 없이 정확하게 코딩했다. 그 긴 코드를 막힘없이 영창하는 리엔의 모습에 도리어 내가 질려 버릴 정도였다.

콰앙— 콰앙— 콰앙—!

40개나 되는 불덩어리가 떨어지기 시작하자 나인에이트 성 여기저기서 폭발과 함께 화염이 치솟아올랐다. 덕분에 성은 그야말로 불바다가 되었다. 리엔이 최대한 우리가 숨어 있는 곳으로는 폭발의 여파가 미치지 않도록 했음에도 불구하고 불길이 우리에게까지 올 정도였다.

"에버언딘, 물의 장벽."

불길이 우리에게 혀를 날름거리자 리에네가 물의 정령을 소환하여 불길을 막았다. 그 물의 장벽으로 인해 적군에게 우리의 위치를 들킬 가능성이 매우 높았으나 메테오 스트라이크에 의한 피해가 너무 커서 우리에게까지 신경을 쓸 여유는 없어 보였다.

"이거 너무 성공적인데요? 원래는 이쯤에서 철수할 생각이었는데 기왕에 성문까지 파괴할까요?"

난 리엔과 리에네에게 의견을 물었다. 리엔은 내 의견에 동의하여 리프레쉬 코드를 사용했고, 리에네도 특별히 반대 의사를 표명하지 않았다. 그래서 우리 셋은 정령의 호위 아래 불길을 헤치며 성문까지 직행했다.

느닷없는 불벼락에 적군들은 우왕좌왕하며 어찌할 바를 몰라 했다. 아마도 여태까지 이런 식으로 성 내부가 초토화된다는 가정을 해본 적이 없는 듯했다. 어쨌든 우리들은 성문까지 가는 동안 보이는 적군을 간단하게 사살하여 적군의 머릿수를 줄여 나갔다. 이미 전쟁의 한복판에 있는 나로서는 내가 살기 위해 적을 죽여야만 했기 때문에 사람을 죽인다는 죄책감 따위는 거의 느끼지 못했다.

"바람의 칼날."

성문에 도착하자 리에네가 가장 먼저 성문을 향해 공격했다. 그리고 나 역시 공격에 가담해 파이어 볼을 사용하려고 했다. 그러다가 실프를 보곤 마법 추진을 생각해 내어 실프에게 지시를 내렸다.

"내가 파이어 볼을 사용하자마자 바로 추진 마법을 실행시켜."

"……."

나 대신 추진 마법 단축 코드를 저장하고 있는 실프는 대답을 하진 않았지만 이해했다는 얼굴을 하며 내 머리 뒤쪽에 위치했다. 사실 엄밀히 말해서 표정 차이는 없었지만 나 혼자 그렇게 생각해 버렸다. 어쨌든 나는 곧바로 가운데 칼라 부분에 있는 보석을 손가락으로 훑어서 파이어 볼을 실행시켰다.
"불덩어리!"
《추진.》
내가 파이어 볼을 사용한 직후 실프도 무미건조한 목소리로 추진 마법을 실행시켰다. 자그마한 폭발이 이어진 후 내 파이어 볼은 한층 빨라진 속도로 성문으로 날아가 부딪쳤다. 순간,
콰아앙—!
거대한 폭발음이 발생하며 돌멩이 같이 단단해 보이는 성문이 한순간에 박살나 버렸다. 단 한 방에 성문을 파괴시키리라고는 전혀 예상하지 못한 일이라 나조차도 놀라 버렸지만, 일단 난 리엔과 리에네를 데리고 부서진 성문을 통해 당당히 밖으로 빠져나갔다.
"적이다! 기습이다!"
"어디냐?! 어디야?!"
우리가 성 밖으로 나갈 때 성 내부에서 우왕좌왕하는 목소리가 들려왔지만 결국 우리가 돌격대에 합류할 때까지 그 어떤 공격도 하지 않았다. 우리들이 무사히 돌아온 것을 보고 슈아로에가 기쁨을 드러낸 반면, 유리시아드는 약간 질렸다는 표정을 지었다.
"단 세 명이서 성 하나를 저렇게 만들다니……. 정말 있을 수 없는 일이군요."

"있을 수 있든 없든 성문이 부서졌으니 지금이 쳐들어갈 기회야."

"알고 있어요. 자, 돌격대 진군!"

잠시 시간을 지체했던 유리시아드는 내 지적을 받자마자 검을 빼 들며 가장 먼저 은신처에서 뛰쳐나갔고, 그 뒤를 이어 돌격대들이 줄줄이 따라갔다. 본래 기병인 유리시아드는 말을 타고 이동해야 하지만 잠입한답시고 말을 두고 왔기 때문에 기병 돌격대는 보병처럼 싸워야 했다. 그러나 기본적으로 말을 타지 않고도 충분히 싸울 수 있는 유능한 인재들이라 백병전도 문제없었다.

챙— 챙—!

50여 명의 돌격대는 거침없이 나인에이트 성을 공략했다. 메테오 스트라이크에 의해 본진이 초토화된 적군은 병력조차 집결시키지 못하고 아군에 의해 각개격파되었다. 게다가 나와 리에네가 물의 정령을 이용하여 불길을 차단해 준 데다가 네리안느의 버프도 있었기 때문에 나인에이트 성내에서의 전투 역시 아군의 압승이었다. 물론 적군의 실력도 훌륭한 편이라서 아군의 피해가 없을 수는 없었다. 그래도 거의 700여 명에 달하는 적군을 단 50명으로 궤멸시킨 것치고 사망자 5명, 부상자 12명이면 싼값을 치른 셈이었다.

"정말… 할 말이 없군요."

적군을 궤멸시킨 후 물의 정령을 이용해 성내의 불길을 잡고 나서 유리시아드가 고개를 설레설레 저으며 중얼거렸다. 다른 사람들의 말을 들어보니 적군 한복판에 들어가 메테오 스트라이크를 작렬시키는 작전은 고금을 통틀어 존재하지 않았고, 그런 시도조차 생각해 본 적이 없다고 했다. 사실 메테오 스트라이크를 제대로 사용할 수 있는 마법사가 부족한 데다가 적군 속에 잠입해서 마법을 성공시킨다고 해도 무사히 빠져나오기는 불가능했다. 그러나 원래 정령술사인 리엔을 마법사화시키고, 정령술사 두 명이 백업해 주는 형태로 인해 작전은 무난히 성공했다. 사실상 세 명만으로 적군을 무너뜨린 셈이라 유리시아드나 다른 사람들의 입장에서는 사기라고밖에 생각할 수 없었던 것이다.

"이런 식의 작전이면 돌격대만으로 윈도우즈 연합을 무너뜨리겠군요."

유리시아드는 약간 허탈한 표정으로 말했다. 하지만 난 고개를 저으며 그녀의 말을 반박했다.

"이번엔 운이 좋아서 그런 거지. 일단 적이 보초를 제대로 선다면 잠입하기는 쉽지 않거든. 그리고 본부대가 있어야 돌격대도 인원을 충원할 수 있잖아. 전투를 치를수록 사상자는 늘어나는데 충원 병력이 없으면 돌격대의 힘은 약해질 수밖에 없으니까. 그리고 이 작전은 적이 성안에 틀어박혀서 나오지 않을 때만 쓸 수 있고 말이야."

"그것도 그렇군요."

의외로 날 발바닥에 붙은 껌딱지 정도로 보는 유리시아드가 내 말에 동의했다. 어찌 됐든 윈도우즈 연합 토벌군은 나인에이트 성을 최대한 탈탈 털어서 무기 및 식량을 갈취했는데, 메테오 스트라이크에 의해 성이 초토화되어서인지 그렇게 질 좋은 무기와 식량을 구하지는 못했다. 그것은 내 작전을 돌아보게 만들었다.

"괜히 잠입 폭격 작전을 썼나? 전리품이 너무 취약하다."

"상관없어요. 본부대가 전투를 하지 않았기 때문에 식량만 있으면 되요. 식량은 나인에이트 성 근처의 마을 사람들에게서 얻을 수 있어요."

"그거 아무 힘없는 백성들을 뜯어먹는 거 아닌가?"

"어쩔 수 없어요. 그게 전쟁이니까."

평소의 유리시아드라고는 생각할 수 없는 말을 그녀는 서슴없이 했다. 그것은 아무리 착한 사람이라도 입장과 상황에 따라 사상이 변할 수 있음을 나타내 주었다. 그리고 나 역시 말은 그렇게 했지만 그 백성들로부터 빼앗은 식량을 맛있게 먹고 있기에 뭐라고 할 말이 없었다.

"출발!"

나인에이트 성을 함락시키고 3일 뒤, 토벌군은 세 번째 목적지인 '원미'로 향했다. 내 개인적인 생각에는 원미 성을 함락시키는 것은 쉬운 일이라 굳이 잠입 폭격 작전을 쓸 필요는 없다고 보았다. 하지만 유리시아드가 작전 실행을 명령해 난 또다시 두 엘프 남매를 데리고 잠입 폭격 작전을 실행했다. 결과는 예상한 대로 아군의 압도적인 승리였다. 윈미 성의 적군 수가 나인에이트 성 때보다 훨씬 적었기 때문에 아군의 피해는 거의 없다시피 했다.

"이제 엑스피 성만 점령하면 코르디안 왕이 있는 비스타로 갈 수 있어요."

돌격대장 회의 때 유리시아드가 그렇게 말했다. 그리고 모두들 여태까지의 승리로 인해 자신감이 넘쳐흐르는 상태였다. 그러나 난 이상한 점이 떠올라 유리시아드에게 질문을 던졌다.

"기마대장님, 그런데 왜 적군은 병력 보강을 하지 않습니까? 성을 지키는 병력이 많지도 않으니 우리 토벌군에게 점령당할 건 뻔하잖습니까?"

"…사실 나도 그게 걱정입니다."

내 문제 제기에 유리시아드가 반응을 보였다. 공식적인 회의에서는 모든 돌격대장들이 경어를 쓰기로 되어 있기에 나뿐만 아니라 유리시아드도 경어를 쓰고 있었다. 나의 문제 제기와 유리시아드의 반응이 있은 직후 휴트로도 자신의 생각을 밝혔다.

"놈들은 아마 우리가 성을 점령하면서 전력이 손실되기를 기다리고 있을 것입니다. 그리고 최종 목적지인 비스타에서 모든 병력을 끌어 모으고 있겠죠. 이건 확실하지 않은 정보인데, 놈들이 대량의 마수들을 전투에 투입시킬 것이라고 하더군요."

"마수?"

"사실 저와 소성녀는 놈들이 정말 마수를 다룰 수 있고, 지금까지의 몬스터 도발 사건을 일으켰는지 알아보기 위해 이 전쟁에 참가한 것입니다. 때에 따라서는 수많은 마수들과 싸우는 경우도 고려해 봐야 한다고 생각합니다."

휴트로가 알려준 정보는 우리에게 별로 좋지 않은 소식이었다. 일단 윈도우즈 연합 쪽에서 다른 성들을 버리는 대신 비스타에 힘을 집중시키고 있을 게 확실한 데다가 마수들까지 가세한다면 마지막 전투에서의 승리는 장담할 수 없었다.

"어쨌든 우리는 최대한 전력을 유지한 상태에서 싸워야 합니다. 다행히 돌격대만으로 나인에이트와 윈미를 무너뜨려서 우리의 전력 손실은 미미한 수준입니다. 중요한 건 엑스피 성을 어떻게 점령하느냐 하는 점이지요."

여태껏 가만히 돌격대장들의 말을 듣기만 하던 레이뮤가 조용한 목소리로 입을 열었다. 일단 부책임자인 그녀가 입을 열자 다른 사람들은 입을 다물었다. 돌격대장끼리는 동등한 계급이지만 레이뮤는 그들보다 한 단계 위의 계급이기 때문이었다.

"지금처럼 마법대장이 잠입해서 기습을 하면 되지 않겠습니까?"

그때 궁수대장이 자신의 의견을 말했다. 그 방법으로 성 2개를 함락시킨 뒤라 모두들 수긍하는 표정이었다. 하지만 난 엑스피 성에서 허술한 경계를 할 리가 없다고 생각했다. 일단 엑스피라는 운영 체제가 보안에 상당히 신경을 쓰는 데다가 나름대로 안정적이기 때문에 기습은 통하지 않으리란 생각이었다.

"적이 세 번 연속으로 같은 작전에 걸려들 것 같지는 않습니다. 기습이 실패할 경우 적에게 반격을 허용할 수도 있고요. 게다가 본부대는 지금껏 제대로 싸워보질 않아서 몸이 많이 굳어져 있을 겁니다. 어차피 최종 목적지를 하나 남겨둔 상태에서 모든 병력이 긴장감을 유지하려면 돌격대와 본부대를 나누지 말고 정공법으로 공격하는 게 나을 것 같습니다."

난 일단 잠입 폭격 작전 대신 총공격을 제안했다. 돌격대만으로 두 개의 성을 함락시키자 일부 병사들이 근무 태만을 하거나 술을 마시는 등의 해이해진 모습을 보여주고 있기 때문이었다. 만약 수도 공략을 앞둔 시점에서 엑스피 성마저 돌격대만으로 함락시킨다면 마지막 전투에서 패할 가능성이 매우 높다고 생각했다. 다른 대장들도 현재 군 기강이 꽤 해이해진 것에 대해서 수긍하자 유리시아드는 결국 내 제안을 받아들였다.

"엑스피 성을 돌격대와 본부대가 힘을 합쳐 함락시킨다면 분명 병사들의 사기가 올라갈 것입니다. 하지만 성안에 있는 적을 쓰러뜨린다는 건 결코 쉬운 일이 아닙니다. 공성전은 공격하는 쪽보다 지키는 쪽이 훨씬 유리하니까요. 가장 좋은 방법은 성을 포위하여 적의 식량이 바닥나기를 기다리는 것이지만 우리에게는 그만한 시간적 여유가 없습니다. 따라서 정면에서 성을 공격할 것이며, 각 대장들은 최대한 사상자가 나오지 않게 대원들을 통솔해 주시기 바랍니다. 우리에게는 비스타 공략이라는 최종 목표가 남아 있음을 명심하십시오."

유리시아드의 말을 끝으로 회의는 종결되었다. 각 대장들이 회의실을 빠져나갈 때 유리시아드가 나와 휴트로를 따로 불렀다. 그래서 나와 휴트로는 유리시아드와 함께 다시 회의실 의자에 앉아야만 했다. 유리시아드는 나와 휴트로를 둘러보며 입을 열었다.

"이번 전투는 우리 셋이 주도하게 될 거예요. 우리가 얼마나 빠른 시간 안에 적을 쓰러뜨리느냐가 관건이죠."

흐으, 나는 별로 하는 일 없는데……. 리엔이나 리에네가 주로 다 했는데 뭘. 난 곁다리라고.

"나중에 따로 말을 할 테지만 욕망덩어리 씨가 최대한 빨리 성문을 부수어야 해요. 그 캐논 슈터인가 뭔가를 사용하면 한 방이잖아요? 그대로 쓰면 성이 통째로 날아가 버릴 수 있으니 위력을 약하게 해요."

"응……."

하아~ 생각 같아서는 캐논 슈터로 성을 송두리째 날려 버리고 싶지만 그랬다가는 우리 아군이 쉴 만한 장소가 없어지니 참아야지. 메테오 스트라이크 정도로는 성을 초토화시킨다고 해도 불만 낼 뿐이지 무기 창고나 식량 창고까지 날려버리는 건 아니니까 말이야.

"아군의 전력 중 가장 강력한 부대는 마법 돌격대예요. 욕망덩어리 씨가 얼마나 통제를 잘하고 작전을 잘 짜느냐에 따라 아군의 피해 규모가 달라질 거예요. 그러니까 건성으로 하지 말고 제대로 해요."

유리시아드는 쌀쌀한 표정으로 날 지목했다. 그녀의 말을 칭찬으로 받아들여야 할지 충고로 받아들여야 할지 헷갈렸지만 어쨌든 나로서는 여간 부담스러운 게 아니었다. 전쟁이라는 것에 별 관심이 없어서 전술 따위를 잘 모르는 데다가 군대의 일반 보병이 전술을 짤 리도 없고, 게다가 난 취사병이었기 때문에 그런 쪽으로는 아는 게 하나도 없었다.

하아~ 왜 하필 리엔, 리에네 남매가 마법 돌격대에 들어서 아군의 기대치를 높이느냐 말이지. 덕분에 인간들이 마법 돌격대에만 의지하잖아. 할 수 없지. 어설프지만 나도 내 나름대로 작전을 만들 수밖에.

제24장

쿠드 게리노비아

원미 성에서 이틀 정도 머무른 토벌군은 곧바로 엑스피 성으로 진격했다. 가는 도중에 기습받은 일도 없이 무난히 엑스피 성까지 도착해 우리가 자리 깔고 전쟁 준비를 할 때까지 적군은 성 밖으로 나오지 않았다. 한눈에 보더라도 성에 틀어박혀서 수성 작전을 구사하겠다는 티가 팍팍 났다.

"천천히 진격!"

유리시아드의 외침과 함께 돌격대를 선두로 본부대 전체가 천천히 전진을 시작했다. 부대 배치는 최전방에 마법 돌격대, 그 뒤에 궁수 돌격대, 나머지는 대충 이런 식이었다. 이 작전의 요지는 간단했다. 원거리에서 마법으로 성을 무너뜨리겠다는 뜻이었으니까.

"실프."

"레아실프."

나와 리에네는 실프를 소환하여 적군의 원거리 공격에 대비했다. 그리고 엑스피 성과의 거리가 100미터가량 되었을 때 난 슈아로에의 뒤에 섰다. 나와 슈아로에가 캐논 슈터로 성문을 날리는 동안 리엔은 메테오 스트라이크로 성 안쪽을 공격한다는 단순한 작전이었다. 이를 위해 난 추진 마법을 내 포스에 저장시켰고, 실프에게는 수비에만 집중하라고 주문했다. 물론 리에네 혼자서도 적군의 화살 세례나 마법 공격을 충분히 막아내겠지만 혹시 무슨 일이 생길지 몰라 내 실프까지 수비에 가담시키려는 것이었다.

"Create space hotball, mapping tenfold fire, create space road, animate space road!"

"Create space meteor A, mapping fire, create space meteor B, mapping fire, ……Create snap space road A, create snap space road B, ……animate snap."

슈아로에와 리엔은 거의 동시에 마법 코딩을 시작했다. 두 마법사가 동시에 마법 코딩을 시작해서 바보인 나로서는 헷갈리긴 했지만 슈아로에의 마법 코딩이 끝나는 것을 노려 그녀의 뒤에 서서 추진 마법을 실행시켰다.

"추진!"

펑! 퍼펑!

일단 캐논 슈터 코드 조합이 메테오 스트라이크 코드보다 훨씬 짧아 먼저 파이어 볼이 실행되었다. 파이어 볼의 크기를 일반적으로 하되 매핑만 10배로 늘린 것이라 위력이 그다지 강하지 않아서 캐논 슈터의 후폭풍을 두려워할 필요는 없었다. 어쨌든 추진 마법에 의해 가속된 파이어 볼은 약간 빨라진 속도로 성문에 날아가 부딪쳤고 성문은 굉음을 내면서 여지없이 박살나 버렸다. 그리고 그 직후 리엔이 타이밍 좋게 메테오 스트라이크를 실행시켰다. 그가 실행시킨 메테오 스트라이크의 불덩어리의 수는 총 40개.

콰앙— 콰쾅— 콰콰쾅—!

40개의 불덩어리가 하늘에서 떨어지는 모습은 가히 장관이었다. 그것은 적군에게는 공포를, 아군에게는 사기를 북돋아주었다. 그래서 돌격대 이하 본부대 전원이 부서진 성문을 통해 엑스피 성으로 단숨에 돌진했다. 돌진 시에는 전술보다 개개인의 실력이 우선시되기 때문에 나 역시 슈아로에와 함께 전투에 참가했다. 물론 슈아로에는 리프레쉬 코드를 마나로 회복한 후였고, 난 추진 마법을 Delete 코드로 삭제한 상태였다.

챙— 챙—!

수적으로 토벌군 쪽이 우위에 있었기 때문에 우리의 승리는 확실했다. 단지 유리시아드가 말했던 대로 아군의 피해를 얼마나 줄이느냐가 관건이었다. 그래서 마법 돌격대원은 적군을 직접 공격하는 것보다 주로 아군의 전투를 돕는 보조 역할을 수행했다. 아는 마법이 많지 않은 나로서는 마법보다는 실프의 능력에 전적으로 의존하고 있었다.

"와아아—!"

그렇게 약 2시간이 지나자 전투 결과가 드러났다. 엑스피 성의 병사들이 꽤 잘 싸우긴 했지만 최고 사제의 버프, 최고 정령술사 두 명의 방어, 천재 마법사의 보조 등등에 힘입어 아군의 사상자는 100명 안팎이었다. 계속되는 전투로 인해 3,000명의 인원이 2,000명 정도로 줄어들었지만 어쨌든 성안에 처박혀 있는 적군을 공격했는데 그 정도의 피해라면 거의 없는 것이나 마찬가지라고 유리시아드가 평가할 정도였다.

"이제는 비스타 성만 남았군요."

엑스피 성을 함락시킨 그날, 유리시아드는 다시 대장들을 모아 작전 회의를 열었다. 토벌군 행진의 마지막인만큼 제대로 된 작전을 짜고 싶었지만 대장들의 머리에서 나온 작전이라고는 그저 그냥 밀고 들어가기였다. 사실 나도 별 작전을 생각한 것이 아니라서 그냥 대장들의 결정에 따르기로 했다.

저벅저벅— 철컹철컹—

엑스피 성에서 전열을 정비한 뒤 토벌군은 다시 비스타 성으로 출발했다. 여태까지 성에서 성으로 이동하면서 중간에 기습을 받은 일이 없어—내가 도마뱀 인간과 싸운 것은 예외로 치고—모두들 별 주의를 기울이지 않았다. 그러나 엑스피 성을 출발한 지 하루가 지났을 때 토벌군은 의외의 적과 맞닥뜨려야 했다.

크르르…….

어떤 녀석들은 농구 선수만 한 키에 우락부락한 근육질이었고, 어떤 녀석들은 초등학생만 한 키에 말라 보이는 허약체질이었으며, 또 어떤 녀석들은 두 발로 걷는 도마뱀의 모습이었다. 그들을 정확히 어떤 명칭으로 부르는지는 알 수 없었지만 한 가지 확실한 것은 그들이 마수이며, 그 숫자는 거의 천 마리 이상이라는 점이었다.

"마수가 저렇게나 많이……!"

"우릴 노리고 있는 건가?"

마수들이 우리가 걸어온 방향을 제외한 세 방면에서 둘러싸듯이 나타나자 토벌군 병사들의 얼굴은 금세 두려움으로 물들었다. 그들이 마수를 두려워하는 이유는 강력한 힘과 부상을 입어도 계속 공격을 가해오는 저돌적인 모습 때문이었다. 그런 마수가 천 마리 이상 있으니 아무리 토벌군이 2,000명이 조금 넘는다 하더라도 공포에 질릴 수밖에 없는 것이다.

"모두 당황하지 말고 궁수부터 공격하라!"

마수들이 일제히 토벌군을 향해 달려들자 유리시아드가 토벌군에게 명령을 내렸다. 비록 공포에 질려 있었지만 엑스피 성에서 전투를 치른 지 하루밖에 지나지 않아 자신감에 가득 차 있는 병사들은 나름대로 금방 정신을 차리고 마수들과 대항하기 시작했다.

크아악—

챙— 챙—!

마수들은 궁수들의 화살을 맞으면서도 끊임없이 공격을 가했고, 토벌군은 그런 마수들과 맞서 싸웠다. 마수들이 들고 있는 무기가 그리 좋은 것은 아닌 데다가 일단 토벌군 쪽이 수적으로 우위였고, 어느 정도 훈련이 되어 있는 상태라서 마수들과 비교적 대등하게 싸우고 있었다. 그러나 문제는 강력한 마수들의 힘으로 인해 아군 쪽에서 부상자가 속출한다는 점이었다.

쳇, 이대로 가다가는 비스타 성에 도착하기도 전에 우리 쪽이 빈사 상태가 되겠군. 다행히 놈들은 마수들뿐이니 푸가 체이롤로스를 상대로 써먹었던 작전을 재탕해야겠다.

"네리안느 씨! 저번에 했던 그걸 쓰도록 해요!"

난 아군에게 버프 효과의 노래를 부르려는 네리안느를 제지시켰다. 그녀의 버프 효과 노래는 인간 대 인간 싸움에서 유리한 것이지 인간 대 타종족 상대로는 그다지 효과가 없기 때문이었다. 다행히 네리안느는 내가 무슨 생각을 하고 있는지 금방 눈치 챘다.

"알았어요. 그럼 음성 증폭 마법을 부탁해요!"

"예. 레이뮤 씨!"

네리안느는 나보고 음성 증폭 마법을 부탁했지만 난 그걸 무시하고 레이뮤에게 책임을 떠넘겼다. 일단 푸가 체이롤로스 때 음성 증폭 마법을 사용한 사람이 레이뮤이고, 나보다 마법에 정통하니 이번에도 알아서 잘할 것이라는 믿음이 있었던 것이다. 물론 내가 음성 증폭 마법 코드를 잊어먹었다, 라고는 말할 수 없었다.

"Create space range, mapping tenfold amplitude, render thousand."

레이뮤는 갑작스런 내 부탁에도 망설임없이 음성 증폭 마법을 실행했다. 푸가 체이롤로스 때처럼 강력한 음성 증폭 마법을 걸 필요는 없기에 그녀는 10배의 진폭 매핑만을 했다. 그 정도만으로도 마수들의 움직임을 충분히 봉쇄할 수 있다는 판단이 섰기 때문일 것이다.

"아무것도 보이지 않는 어둠 속에서 한줄기 빛이 되리라— 그 어떤 두려움도 고통도 내 앞에서는 한낱 먼지에 불과하리니—"

레이뮤의 음성 증폭 마법이 실행되자 네리안느는 지체없이 악마 퇴치용인 빛의 노래를 불렀다. 음성 증폭 마법에 의해 적당히 증폭된 그녀의 노래는 신나게 무기를 휘두르던 마수들의 움직임을 꽤나 둔하게 만들었다. 움직임이 둔해지면 그만큼 파워가 떨어지므로 힘에서 마수들에게 밀리고 있던 아군은 이제 마수들에게 밀릴 건덕지가 없어지게 되었다. 기술, 힘, 스피드 모든 면에서 앞서 버리게 된 아군은 압도적으로 마수들을 제압해 나갔다.

크악—

꾸아악—

레이뮤가 음성 증폭 마법을 걸고 네리안느가 빛의 노래를 부르는 패턴으로 토벌군은 매우 무난하게 천여 마리의 마수를 20여 명의 부상자 발생 선에서 처리했다. 잘못하면 토벌군이 크게 당할 수도 있는 상황이었지만 레이뮤+네리안느 콤보에 의해 마수들은 아군의 경험치 수준밖에 되지 않았다. 불행히도 마수들과 직접 싸우지 않고 실프에게 모든 걸 위임한 나로서는 실프가 내 경험치를 독식하는 걸 눈뜨고 지켜보는 수밖에 없었다.

"대단합니다. 레지스트리는 어떻게 마수들의 약점을 알고 있었습니까?"

마수들을 모두 정리하자 리엔이 표정의 변화 없이 무덤덤한 얼굴로 나에게 물음을 던졌다. 개인적으로 리엔이 얼굴에 경악의 표정이라도 띠길 바랐지만 속으로만 아쉬워하면서 겉으로는 건성건성 그의 물음에 대답해 주었다.

"예전에 이런 방법으로 이상한 놈을 잡은 적이 있어요. 그때 그 방법을 쓴 것뿐이죠."

"푸가 체이롤로스였습니까. 하급 마왕 급의 상급 마족인 푸가 체이롤로스를 그런 방법으로 쓰러뜨리다니 레지스트리의 발상에 놀랐습니다."

난 푸가 체이롤로스의 이름조차 전혀 언급하지 않았지만 리엔은 모든 상황을 한순간에 파악해 버렸다. 상대에게 이미지를 주거나 받을 수 있는 이 세계 엘프의 능력으로 인해 내가 그때의 상황을 머릿속에 떠올린 것만으로도 리엔에게 모든 정보를 제공해 버린 셈이었다.

쳇, 그때 상황을 떠올리지 말고 다른 쓸데없는 걸 떠올렸으면 리엔을 속일 수 있었을 텐데 아쉽군. 뭐, 리엔에게 거짓말을 해서 나한테 돌아오는 득도 없으니 별 상관 없나.

"전진!"

부상자 처리가 끝나자 토벌군은 또다시 행군을 시작했다. 마수 천여 마리의 매복 작전 이외에는 다른 계획을 수립하지 않았는지 비스타 성에 도착할 때까지 그 어떤 기습도 받지 않았다. 아마도 코르디안 왕은 마수 1,000마리 정도면 토벌군의 전력을 50% 이상 약화시킬 수 있으리라고 생각한 모양이었다. 하지만 마수와의 전투에서 아군이 입은 피해는 총전력의 1% 정도밖에 되지 않았다. 한마디로 코르디안 왕의 계획은 완전히 빗나가 버린 것이었다.

…….

엑스피 성에서 비스타 성까지는 나흘 정도가 걸렸다. 윈도우즈 연합의 최후 보루답게 비스타 성은 그 규모가 엑스피 성의 2배였다. 그러나 원래 성이 큰 게 아니라 엑스피만 한 성을 급조하여 크기만 부풀린 듯한 인상이 강했다. 그렇지만 저 넓은 성안에는 적어도 2천 이상의 병력이 집결해 있을 듯했다.

흐음, 잘하면 우리 토벌군보다 병력이 많을지도 모르겠는걸? 역시 다른 성을 거저 던져 주고 그동안 병력을 모았나 보군. 게다가 성이 쓸데없이 넓어서 메테오 스트라이크를 날려도 별 효과가 없겠는걸? 결국 병력 대 병력 싸움인가?

"장기전으로 가면 우리가 불리하니 한번에 공격할 것입니다."

비스타 성을 눈앞에 두고 유리시아드는 강행 돌파를 선언했다. 이미 방어진을 구축한 상대에게 뛰어 들어가는 것은 자살 행위나 마찬가지였지만 아군의 식량 상황이 넉넉한 게 아니라서 장기전은 무조건 피해야 했다. 게다가 이미 한겨울이 되어가고 있는 상황이라 휑한 벌판에서 몇 날 며칠을 지내는 것도 위험했다. 그렇기 때문에 아군으로서는 단기전을 선택할 수밖에 없는 입장이었다.

"우선 성벽 자체가 견고해 보이지는 않으니 마법 돌격대가 선봉에 서서 성벽이나 성문을 격파하십시오. 그리고 궁수 돌격대는 그 뒤에서 적군의 공격에 대비하십시오. 적군이 뛰쳐나올 시에는 지원 부대가 공격을 하고, 적군이 성안에서 나오지 않는다면 기마 돌격대를 선두로 본부대가 일제히 성안으로 돌진할 것입니다."

유리시아드가 구체적인 전술을 알려주자 그 의견에 반대하는 사람은 아무도 없었다. 그리하여 우리들은 유리시아드의 전술대로 부대를 배치하고 공성전에 들어갔다.

"이번 전투가 마지막이 되겠네요."

성벽 허물기의 중책을 떠맡은 마법 돌격대원 중 슈아로에가 상기된 표정으로 입을 열었다. 토벌군에 들어와 전쟁을 시작한 지 거의 두 달 정도 되었는데, 이번 전투를 마지막으로 전쟁이 끝나는 것이다. 일단 전쟁 결과가 어떻게 되든 살아남는 것이 중요하기 때문에 난 진지한 표정으로 말했다.

"상황이 불리해지면 당장 도망쳐야지."

"……."

내 말을 들은 슈아로에는 어이없다는 표정을 지었다. 마법 돌격대 대장이라는 인간이 그딴 소리나 지껄이고 있으니 당연했다. 그러나 난 어디까지나 진지했다.

"난 여기서 죽고 싶은 생각은 없어. 날 이리로 소환한 녀석의 얼굴 한번 보지도 못했는데 죽는 건 억울하잖아? 게다가 내가 싸우다가 장렬히 전사해도 알아줄 사람도 없고. 어떻게 해서든 살아남아야지."

"……."

내가 매우 진지하다는 걸 알아차린 슈아로에는 어쩔 수 없다는 듯이 나지막한 한숨을 내쉬었다. 그러더니 나에게서 한

가지 다짐을 받아내려고 했다.

"도망치든 죽든 그건 레지 군의 선택이지만 최선을 다해서 우리가 이기도록 노력해야 돼요. 알았죠?"

"그야 물론이지. 도망쳐서 살아남는 것보다 이겨서 살아남는 게 더 득이 되니까."

"그럼 됐어요."

나와 슈아로에가 대화를 나누는 동안 토벌군은 비스타 성 100미터 앞에서 멈추었다. 이 정도 거리라면 적군이 토벌군을 향해 화살 세례를 퍼부을 만도 한데 아무런 움직임이 없었다. 일단 우리가 어떻게 나오느냐에 따라서 대응 방식을 다르게 할 생각인 것 같았다. 그래서 우리는 처음 계획했던 대로 마법 돌격대를 선봉에 내세워 성벽 파괴라는 중차대한 임무를 아무런 방해 없이 수행했다.

"Create space hotball, mapping tenfold fire, create space road, animate space road!"

《추진.》

나와 슈아로에는 앞뒤로 바짝 붙어서 캐논 슈터를 날렸다. 물론 추진 마법을 실프에게 저장시켜 놓았기 때문에 실프가 나 대신 추진 마법을 사용했다.

콰아앙―!

추진 마법에 의해 가속된 파이어 볼은 성벽에 부딪쳐 강렬한 폭발음을 내면서 성벽을 산산조각 내버렸다. 원체 대충대충 만든 성벽이라서 캐논 슈터에 여지없이 박살나 버린 것이었다. 성벽이 박살나자 토벌군은 긴장 상태로 적의 대응을 살폈다. 하지만 성벽이 허물어져서 성 내부가 조금 보이는 데도 적군은 전혀 움직일 생각을 하지 않았다. 부서진 성벽을 통해 보니 적군은 성 밖으로 나와서 싸우기보다 우리가 성안으로 뛰어들기를 바라는 것 같았다.

흐으, 집이 부서졌는 데도 발끈하지 않다니……. 거시기는 제대로 달려 있는 거야? 어쨌든 덫을 쳐놓고 기다리는 적에게 뛰어들면 피해가 막심한데. 생각 같아서는 캐논 슈터를 최대로 해서 비스타 성을 송두리째 날려 버리고 싶지만, 그렇게 했다가는 우리가 먹을 식량도 한꺼번에 날아가니까 참아야지. 뭐, 결국 녀석들이 바라는 대로 '돌격 앞으로' 밖에 없는 건가.

"기마 돌격대를 선봉으로, 돌격!"

마침내 유리시아드가 돌격 명령을 내렸다. 그에 따라 기마 돌격대를 선두로 모든 부대가 성안으로 밀고 들어갔다. 내가 지휘하는 마법 돌격대는 궁수 돌격대와 함께 기마 · 보병 · 창병 돌격대의 뒤에서 그들을 보조했다. 일단 돌격대가 성안으로 들어가자마자 적군이 사정없이 화살 세례를 퍼부었다. 아무리 뛰어난 기사나 검사라 해도 그렇게 수없이 쏟아지는 화살 밭에서 다치지 않고 진격하는 건 불가능했다. 그러나 리엔과 리에네가 각각 방어에 능한 땅의 정령과 바람의 정령을 소환하여 화살을 전부 막아버렸기 때문에 적군은 아까운 화살만 낭비한 꼴이 되었다.

"우아아—!"

"와아아—!"

일단 양측에서 궁수나 마법사들이 함부로 공격하지 못하는 상황이 되자 병사들끼리 고함을 지르며 무기를 부딪쳐 전투를 벌였다. 그러는 사이 네리안느는 버프 효과 노래로 아군의 사기를 올려주었고, 리엔과 리에네는 적군의 마법사들이 아군의 뒤쪽에 있는 병력에게 피해를 주기 위해 날린 마법을 막아내었다. 두 남매의 방어가 워낙 견고하였기 때문에 아군의 본부대가 성안으로 모두 진입할 때까지 병목 지역에서 마법 공격에 전력 손실을 입는 불상사는 전혀 발생하지 않았다.

흐으, 역시 저 두 엘프는 무섭다니까. 둘이서 적의 원거리 공격을 다 막고 있으니 대단하다고밖에 할 말이 없다. 어쨌든 우리는 최고의 방어막을 가지고 있으니 적군에게 뒤통수 맞을 일은 없을 테니까 오히려 우리 쪽에서 적의 뒤통수를 쳐볼까?

"실프! 가서 날뛰어!"

난 실프에게 애매모호한 명령을 내렸다. 일반적으로 정령술사가 정령에게 그런 식으로 명령을 하면 정령은 그 명령을 제대로 수행할 수가 없다. 그러나 내 실프는 내가 원하는 바가 무엇인지를 알고 즉시 적군의 궁수와 마법사들이 있는 곳으로 날아갔다. 그리고는 지체하지 않고 그들에게 바람의 칼날 공격을 퍼부었다. 리엔과 리에네의 방어벽을 뚫으려고 온 정신을 그쪽에만 집중하고 있던 적군의 궁수와 마법사들은 휭— 하니 날아와서 공격해 대는 실프에게 제대로 반격하지 못했다.

서걱— 서걱—

그들과 멀리 떨어져 있는 나는 그 소리를 듣지 못했지만 실프의 공격에 그들의 몸이 잘려 나가는 장면을 보니 그런 소리가 들리는 듯한 착각을 불러일으켰다. 실프는 처음에 내가 명령했던 대로 그들에게 사정없이 바람의 칼날을 날리며 날뛰었다. 실프의 활약으로 인해 리엔과 리에네는 더 이상 방어에 주력할 필요가 없어졌고, 두 남매는 곧장 불의 정령과 바람의 정령을 앞세워 전장에 뛰어들었다.

"끄악!"

"으악!"

유리시아드와 휴트로의 엄청난 활약으로 인해 많이 고전하고 있던 비스타 성의 적군들은 리엔과 리에네마저 전장에 가세하자 거의 추풍낙엽처럼 쓰러졌다. 전장은 완전히 난전이었는 데도 유리시아드와 휴트로, 그리고 리엔과 리에네는 오로지 적군만을 골라 죽였다. 나는 맹세컨대 옷 색깔도 비슷하고 얼굴 생김새도 비슷한 인간들끼리의 전쟁에서 적군만을 골라 공격할 자신이 전혀 없었다.

챙— 챙—!

전투는 끊임없이 계속되었다. 다 끝났다 싶으면 적군이 튀어나오고, 또 이겼다 싶으면 적군이 또 튀어나와서 난 벌써 지쳐 가고 있었다. 그나마 전쟁터에서 순간 방심하면 죽는다는 생각이 내 몸과 정신을 지탱해 주고 있었다. 그리고 내 동료들이 분전하는 걸 보고 나 혼자 뒤로 빠질 수도 없는 노릇이었다.

"후우— 후우—"

난 리프레쉬 코드를 실행시켜 마나를 회복시켰다. 내 주공격 루트는 실프에 의한 것이었고, 때때로 내가 직접 파이어볼과 라이트닝 볼트를 사용하기도 했다. 어차피 마나가 떨어지면 실프에게 방어하라고 해놓고 리프레쉬 코드로 리소스 반환시키면 되기 때문에 마법 사용에는 아무런 문제가 없었다. 하지만 실프를 컨트롤하고 마법을 사용할 때마다 내 정신력은 극도로 소모되었다. 마음이 지치니 몸도 지쳐 전투가 시작된 지 1시간 만에 난 숨을 헐떡여야만 했다.

으으…… 힘들어죽겠다. 계속 긴장 상태에서 마법을 쓰니까 너무 빨리 지쳐 버리는데? 쉬고 싶지만 전쟁터 속에서 쉰다는 건 말도 안 되고……. 아, 이러다가 정말 죽는 거 아닐까? 적군의 공격에 죽든지 정신력 고갈로 탈진해서 죽든지…….

"레지 군, 괜찮아요?!"

그때 슈아로에가 다가와 날 부축했다. 아마도 나도 모르게 순간적으로 정신을 잃고 휘청했던 것 같았다. 어쨌든 슈아로에가 날 불러준 덕분에 난 정신을 번쩍 차릴 수 있었다.

"아, 미안. 잠깐 정신이 나갔었나 봐."

"너무 무리하니까 그래요. 거의 레지 군 혼자서 적의 궁수와 마법사들을 처리했잖아요? 좀 쉬어요."

"전쟁 중인데 어떻게 쉬어? 다른 사람들은 다 싸우고 있잖아."

난 고개를 저으며 유리시아드와 휴트로 등을 가리켰다. 확실히 무기를 들고 싸움을 하는 병사들은 1시간 내내 전투를 벌이고 있었다. 물론 많이 지친 듯한 표정이었지만 자신이 죽지 않기 위해서 이를 악물고 계속 무기를 휘둘렀다. 확실히 훈련량이 많은 군인이라 그런지 운동을 안 하는 나보다 체력이 월등히 좋았다. 무수히 많은 적을 상대해야 하는 전쟁에서 체력이 좋다는 건 그만큼 큰 이점이었다.

"슈아로에! 마법대장! 어서 이리로 와요!"

내가 전장을 둘러보며 슈아로에랑 몰래 쉬고 있을 때 유리시아드가 휴트로를 데리고 우리에게로 왔다. 말로는 이리로 오라면서 자기네들이 내 쪽으로 오고 있는 모습에 난 속으로 실소를 머금었지만 그녀가 날 급히 부르는 이유가 궁금하여 질문을 던졌다.

"무슨 명령이라도 있으십니까?!"

그녀가 기마 돌격대장이라는 입장에서 말한 것이라 생각해 난 경어를 써서 질문했다. 그러나 유리시아드는 그런 존칭에 대해서는 전혀 신경 쓰고 있지 않은 듯했다.

"나와 사부님, 그리고 슈아로에와 욕망덩어리 씨는 내성으로 갈 거예요! 병력 간의 전투는 우리가 빠져도 리엔, 리에네 씨와 소성녀님도 있어서 괜찮으니까요!"

"어…… 알았어."

유리시아드가 날 다시 욕망덩어리라고 불러서 나도 모르게 평상시의 말투가 튀어나왔다. 어쨌든 유리시아드의 말은 소수 정예 인원으로 적의 수뇌부를 찾아 숙청하자는 것이었기에 난 그녀의 말에 따라 슈아로에와 함께 내성 쪽으로 달렸다. 가는 도중 약 10명 정도의 적군과 맞닥뜨렸지만 휴트로가 가볍게 처리해 주어서 우리들은 거침없이 가장 높은 내성까지 쳐들어갔다. 어차피 비스타 성 자체가 전장으로 돌변해 있었기에 내성을 지키는 적군도 거의 대부분 전장에 투입된 상태라 우리는 유리시아드와 휴트로의 검을 앞세워 내성의 가장 위쪽까지 치고 올라갈 수 있었다.

탁탁탁―

내성 복도에는 우리의 급한 발걸음 소리만이 울려 퍼졌다. 일단 많은 수의 방이 내성에 있긴 했지만 보통 가장 높은 곳에 왕이나 황제의 방이 있기에 다른 방은 살펴보지 않고 꼭대기로 올라갔다. 사실 의외로 코르디안 왕이 낮은 층의 방에 몸을 숨겼을 가능성도 있지만 그것은 자신들의 패배를 인식하여 도망치려고 마음먹었을 때의 행동이라서 아직 전쟁의 결판이 나지 않은 상태에서 코르디안 왕이 몸을 숨기지는 않을 것이라 판단했다. 그래서 우리들은 내성의 가장 위층 중 가장 넓은 방으로 뛰어 들어갔다.

덜컹—

휴트로가 문을 박차고 들어갈 때 나와 슈아로에는 언제라도 파이어 볼을 사용할 준비를 했으며, 유리시아드는 그런 우리 앞에서 적의 기습에 대비했다. 우리가 들어간 방은 왕의 방이라기보다는 넓은 알현실에 가까웠다. 그 방에는 저번에 한 번 본 인물들이 있었다. 한 명은 짧은 보라색 머리의 30대 남자였고, 다른 한 명은 휴트로와 비슷한 연배의 대머리 아저씨였다. 둘 다 비교적 간단한 갑옷을 걸치고 있는 걸로 봐서는 직접 전투에 나서거나 우리가 이 방에 들어올 것을 알고 있었던 듯했다.

"호오, 부책임자가 내성까지 들어올 여유를 부릴 정도면 우리 쪽이 밀리고 있다는 뜻인가? 의외로군."

코르디안 왕이 확실한 30대 남자는 쓴웃음을 지으며 입을 열었다. 그에게서 나오는 마나 파장의 강도로 보아 대략 5서클 정도의 마법사인 듯했다. 그는 특이하게도 검은색의 흉갑을 차고 한 손에 검은색의 투구를 들고 있었는데, 그 두 개의 물건은 왠지 모르게 느낌상 성물 같았다. 어쨌든 코르디안 왕은 유리시아드가 토벌군의 부책임자라는 사실을 알고 있는 듯했다. 사실 그 정도는 알고 있는 게 당연하긴 했다. 물론 나는 윈도우즈 연합에 누가 있고 직책은 어떻게 되는지 전혀 알지 못하지만.

"마수 천여 마리의 공격을 받았으면 적어도 5할 정도의 병력을 잃었을 텐데 어떻게 같은 수의, 아니, 더 많은 수의 우리가 밀릴 수 있지?"

코르디안 왕은 거의 혼잣말 수준으로 중얼거렸다. 그러나 주위가 비교적 조용해서 그의 말은 우리들의 귀에 꽤 잘 들렸다. 그래서 난 코르디안 왕의 의문을 직접 풀어주었다.

"당신이 소환했던 푸가 체이롤로스를 물리친 우리들인데 그깟 마수 천 마리는 아무것도 아니라고. 그런 것도 생각 못했냐?"

"하하, 생각해 보니 그렇군. 솔직히 푸가 체이롤로스가 그렇게 쉽게 당할 줄은 몰랐지. 나름대로 꽤 공을 들여서 소환한 녀석인데 말이야."

코르디안 왕은 내가 반말을 하는 것에는 크게 신경 쓰지 않았다. 그보다 그의 표정에서는 알 수 없는 자신감이 피어오르고 있었다.

"뭐, 상관없어. 어차피 '쿠드 게리노비아' 만 소환하면 되니까."

"쿠드 게리노비아?"

코르디안 왕의 말에 유리시아드와 슈아로에가 크게 놀란 표정을 지었다. 그게 무엇인지 물어보고 싶었는데 유리시아드가 먼저 알려주었다.

"하급 마왕 쿠드 게리노비아는 100명의 인간과 100마리의 짐승이 제물로 필요한 마계 종족! 넌 마계 종족 소환을 위해 사람을 100명이나 죽일 생각이냐!"

"후후, 푸가 체이롤로스는 연습용이었고 이번이 진짜다. 아무리 푸가 체이롤로스가 하급 마왕 급이라고 해도 결국은 마왕보다 등급이 낮은 상급 마족. 하지만 쿠드 게리노비아는 완전한 하급 마왕. 푸가 체이롤로스 따위와는 격이 다르지."

"쿠드 게리노비아를 소환해서 뭘 하려는 거냐! 잘못하면 악마에게 온 세상이 멸망당할 수도 있는데 그런 짓을 해서 무슨 의미가 있나!"

유리시아드는 코르디안 왕을 맹렬히 비난했다. 나 같으면 이런 식으로 대화를 주고받는 것보다 그냥 닥치고 공격했을 테지만 나를 뺀 모두가 코르디안 왕의 의도를 알고 싶어 하는 것 같아서 가만히 있었다. 어쨌든 코르디안 왕은 유리시아드의 질문에 친절히 답변해 주었다.

"마왕 정도 되는 마계 종족은 소환에 성공할 때 술사의 소원을 한두 가지 정도 들어준다. 나와 근위대장은 쿠드 게리노비아를 소환하는 대신 그로부터 소원을 한 가지씩 부탁할 것이다. 물질계로 넘어온 쿠드 게리노비아는 기쁜 마음에 우리들의 소원을 들어줄 것이고, 그후에 곧장 살육에 들어가겠지."

"쿠드 게리노비아가 날뛰게 되면 온 대륙이 피바다가 된다! 그걸 알고 있는가!"

"물론 알고 있지. 쿠드 게리노비아를 막지 못하면 소원을 성취한들 곧 죽임을 당할 테니까."

"알고 있으면서 왜……!"

"후후, 다 방법이 있다. 500년 전 누군가가 썼던 방법이지."

"……!"

코르디안 왕은 갑자기 500년 전을 들먹였다. 내가 알고 있는 500년 전 사건은 파괴의 마신의 왼팔이라는 에크 트볼레시크와 최강의 드래곤 카이드렌의 영혼이 소환되어 충돌을 일으키고, 레이뮤가 그때부터 무한한 삶을 살게 되었다는 것뿐이었다. 그 사실을 바탕으로 난 코르디안 왕이 어떤 수단으로 쿠드 게리노비아를 막아낼지를 추측해 내었다.

"쿠드 게리노비아와 대등하게 싸울 정도의 드래곤의 영혼이라도 소환할 생각이냐?"

"후후, 바로 눈치 챘군. 그렇다. 500년 전 로이스 맨스레드는 파괴의 마신의 왼팔 에크 트볼레시크와 최강의 드래곤 중 하나인 카이드렌의 영혼을 동시에 소환했다. 그는 에크 트볼레시크를 먼저 소환하여 자신의 몸에 '컴파일러' 를 융합시키고 대마법사 스트라우드에게 영원한 삶을 줄 것을 부탁했다.

에크 트볼레시크가 소원을 모두 들어주자 그는 곧바로 에크 트볼레시크의 견제 수단으로 카이드렌의 영혼을 소환했다. 그리고 카이드렌의 영혼을 이용해서 에크 트볼레시크를 제압했으며, 그 이후로 로이스 맨스레드와 대마법사는 영원한 삶을 살게 된 것이다."

"……!"

코르디안 왕이 한 말은 꽤나 충격적이었다. 아니, 그 사실 자체보다 어째서 코르디안 왕이 그런 걸 알고 있는지가 궁금했다. 아무도 모른다던 사실을 너무나 당당하게 얘기하고 있었기 때문에 난 한 가지 가설을 생각해 내었다.

"설마…… 너는 로이스 맨스레드와 만난 거냐?"

"후후, 그렇지 않았다면 이런 사실도 몰랐겠지."

코르디안 왕은 순순히 사실을 시인했다. 그의 말을 통해서 레이뮤가 영원의 삶을 살게 된 이유가 에크 트볼레시크 때문이고, 그 소원을 빈 사람이 레이뮤의 약혼자였던 로이스 맨스레드였으며, 그 자신 역시 영원의 삶을 살고 있다는 사실을 알게 되었다.

흐음, 뭔가 복잡해 보이기는 하지만 어쨌든 레이뮤 씨가 죽지 않고 계속 살아 있는 이유를 알게 되어서 잘됐군. 근데 그 로이스 맨스레드는 왜 사람들에게 알려지지 않은 거지? 레이뮤 씨와 마찬가지로 500년 이상을 살아왔는 데도 불구하고 소문으로라도 알려지지 않은 건 조금 의문인걸? 설마 로이스 맨스레드는 500년 동안 자신의 정체를 철저히 숨긴 것인가? 그렇다면 왜 자신의 정체를 숨긴 거지? 그리고 왜 그 사실을 코르디안 왕에게 알려준 거지? 으악! 생각하면 생각할수록 머리가 복잡해지잖아!

"자네는 대체 무슨 소원을 부탁하려고 하나, 오터?"

그때 가만히 서 있던 휴트로가 대머리 아저씨를 보며 물음을 던졌다. 둘이 아는 사이라서 그런지 대머리 아저씨도 편안한 어조로 입을 열었다.

"그녀를 되살리고 싶어."

"……!"

대머리 아저씨의 말에 휴트로는 매우 크게 놀란 표정을 지었다.

"그녀는 이미 죽었네. 되살려서 뭘 어쩌겠다는 건가?"

"되살리면 이번엔 내가 평생 지켜줄 거네. 자네처럼 그녀와 딸을 모두 잃는 바보 같은 짓은 절대 하지 않아."

"……!"

휴트로와 대머리 아저씨의 말을 통해 그녀라는 인물이 휴트로의 아내였고, 대머리 아저씨 역시 그녀를 사랑했으며, 지금도 사랑하고 있음을 알게 되었다. 나로서는 그녀라는 인칭대명사를 썼음에도 두 사람 모두 그녀가 누구를 지칭하는지 바로 알아챈 것에 대해 놀랐을 뿐, 두 사람의 개인 사정 같은 건 별로 알고 싶지 않았다. 그래서 난 휴트로의 말을 끊고 코르디안 왕에게 질문을 던졌다.

"넌 무슨 소원을 빌 생각이지?"

"나 말인가? 후후, 나도 로이스 맨스레드처럼 영원의 삶을 가지고 싶다. 하지만 하급 마왕밖에 되지 않는 쿠드 게리노비아에게 그건 무리겠지. 그래서 10년 정도 젊어지는 걸 부탁할 생각이다. 다시 젊어지는 것만으로도 즐거운 일이니까."

호오, 코르디안 왕은 젊음을 원하는군. 뭐, 나이 들 때마다 하급 마왕을 계속 소환해서 젊어지게 해달라고 하면 결국 영원히 살게 되는 것과 마찬가지니까. 귀찮긴 하겠지만 젊어진다는데 누가 안 하겠어? 근데 하급 마왕이 그런 소원을 진짜 들어주기는 하는 거야? 난 그게 제일 의심스러워.

"그런데 쿠드 게리노비아는 아직 소환 안 했지?"

"아직은 소환하지 않았다. 하지만 모든 준비는 이미 끝났지."

"그래? 그럼 여기서 당신을 잡으면 끝나겠군?"

"그런 셈이지."

내가 무슨 의도로 말하는지 알아차렸을 텐데도 코르디안 왕은 여유가 철철 흘러넘쳤다. 수적으로 4대 2의 불리한 상황인 데도 코르디안 왕이 초조해하지 않는 걸 보면 뭔가 믿는 구석이 있는 것 같았다. 어쨌거나 그러는 사이 유리시아드는 휴트로와 눈빛을 주고받았다. 서로 누구를 맡을 것인지 결정하는 것이었는데 어차피 그 결정은 처음부터 나 있었다. 유리시아드가 코르디안 왕이고, 휴트로가 대머리 아저씨를 마크하는 것이다.

"오오, 공격하겠다는 뜻인가? 그럼 나도 준비를 하지."

딱—

유리시아드와 휴트로가 막 움직이려는 순간, 코르디안 왕은 손가락을 튕겨 소리를 내어 어떤 신호를 보냈다. 그러자 갑자기 우리 주변에 50마리 정도 되어 보이는 마수들이 모습을 드러내었다. 마수가 있으리라고는 생각하지 못했기 때문에 난 크게 놀랐다. 그러나 뛰어난 검객인 유리시아드와 휴트로는 이 방에 들어올 때부터 마수들의 존재를 어느 정도 눈치채고 있던 듯했다. 그 때문에 코르디안 왕을 발견했음에도 함부로 달려들지 못한 것일 수도 있었다.

"후후, 그럼 열심히 싸워보게. 난 쿠드 게리노비아를 소환하러 가도록 하지."

코르디안 왕은 여유있는 웃음을 지으며 대머리 아저씨와 함께 마수들 사이로 빠져나갔다. 두 인간이 모습을 감추자마자 50마리의 마수들이 일제히 우리를 향해 덤벼들었다. 일단 반응 속도가 가장 빠른 유리시아드와 휴트로가 일차적으로 마수들과 맞상대를 했고, 나는 실프를 소환하여 마수들을 상대했다. 그리고 슈아로에는 중력 마법을 사용하여 마수들의 움직임을 둔하게 만들었다. 코르디안 왕하고 얘기를 나누느라 나름대로 많이 쉬었기 때문에 나도 비교적 괜찮은 컨디션에서 싸울 수 있었다.

그렇게 정신없이 싸운 끝에 휴트로와 유리시아드가 힘을 합쳐 30여 마리를 잡고 내가 나머지 20마리를 잡았다. 내가 유리시아드나 휴트로보다 마수를 더 많이 잡은 이유는 매우 간단했다. 마수들이 유리시아드와 휴트로를 상대하고 있을 때 내가 뒤에서 기습했기 때문이다. 물론 슈아로에는 중력 마법만 사용했기 때문에 실질적인 Kill 수는 0이었다.

"어서 쫓아가요!"

마수들을 모두 처리한 우리들은 쉴 틈도 없이 코르디안 왕이 사라진 방향으로 향했다. 하지만 시간이 어느 정도 지난 상태라서 코르디안 왕이 어디로 갔는지 알 방법이 없었다. 내성에 있는 방을 일일이 뒤지다 보면 결국 코르디안 왕이 쿠드 게리노비아를 소환할 가능성이 매우 높았다. 그래서 난 매우 배부른 소리를 했다.

"이미 찾는 건 늦었으니까 코르디안 왕이 마왕을 소환할 때까지 기다리자. 마왕이 소환될 때 나오는 마나 파장을 따라가면 금방 위치를 파악할 수 있으니까."

"무슨 소리예요?! 쿠드 게리노비아가 소환되게 놔두자고요?! 지금 제정신이에요?!"

내 말을 듣고 유리시아드가 발끈하여 소리쳤다. 그건 다른 사람들 역시 마찬가지였다. 그러나 우리들이 그런 말을 주고받고 있을 때 내성의 지하로 추측되는 곳으로부터 강력한 마나 파장이 발생하기 시작했다. 작은 연못에 큰 돌멩이를 던져 놓은 듯한 격렬한 파장. 푸가 체이롤로스 때보다 강력한 마나 파장이 흘러나왔던 것이다.

"이미 소환됐는데?"

"……!"

난 그러려니 하면서 말했지만 다른 사람들은 어찌할 바를 몰라 했다. 우리 중에서 마나 파장을 느낄 수 없는 휴트로 역시 우리의 표정을 보고는 쿠드 게리노비아가 소환됐음을 알아차렸다. 어쨌든 나는 정신을 놓고 있는 모두에게 채찍질을 가했다.

"어서 가자! 녀석이 이상한 소원을 빌기 전에 잡아야지!"

"아, 네!"

다행히 모두들 금방 정신을 차렸고, 우리들은 서둘러 마나 파장이 발생하고 있는 내성의 지하로 향했다. 내성의 가장 높은 곳에서 가장 낮은 곳까지 단숨에 이동하려니 숨이 턱까지 차올랐지만 쉴 틈이 없었다. 쿠드 게리노비아의 소환은 어쩔 수 없다 하더라도 코르디안 왕과 대머리 아저씨의 소원 요구는 막아야만 했기 때문이었다.

크아아—!

우리가 내성의 지하실에 도착했을 때 커다란 울부짖음이 들려왔다. 그 소리의 주인공은 당연히 쿠드 게리노비아였다. 상체는 인간이고 하체는 말인 신화 속의 켄타우로스처럼 쿠드 게리노비아도 상체는 고릴라, 하체는 코끼리의 모습을 하고 있었다. 희한한 동물들의 조합이라 신선했지만 문제는 녀석의 몸집이 꽤나 크다는 점이었다. 높이만 해도 3미터에 달해서 지하실의 천장에 닿을 정도였던 것이다.

"꽤나 빨리 마수들을 처리했군. 대단한걸? 하지만 너무 늦었어."

쿠드 게리노비아 소환에 성공한 코르디안 왕은 만족의 미소를 띠었다. 그 직후 쿠드 게리노비아의 고릴라 입에서 쩌렁쩌렁한 목소리가 터져 나왔다.

"날 소환한 대가로 너희 두 인간의 소원을 들어주겠다! 그래 봤자 나중엔 결국 나한테 죽겠지만! 크하하!"

쿠드 게리노비아는 푸가 체이롤로스처럼 물질계로 소환되었다는 걸 굉장히 기분 좋아했다. 어쨌든 쿠드 게리노비아의 말을 통해서 아직 코르디안 왕의 소원이 달성되지 않았음을 알게 된 나는 지체하지 않고 코르디안 왕을 향해 실프의 바람의 칼날 공격을 날렸다. 그러나 그 순간 쿠드 게리노비아가 가벼운 손짓을 통해 실프의 공격을 간단히 무력화시켰다. 그러면서 고릴라 같은 입을 벌리며 말했다.

"아직 소원도 안 들어줬는데 죽어버리면 곤란해. 안 그러면 나중에 내가 찾아가서 죽이는 재미가 사라지니까."

"……."

쳇, 쿠드 게리노비아가 코르디안 왕의 편에 설 줄이야. 어차피 죽일 거 지금 여기서 죽여 버리면 되잖아. 오히려 소원을 들어주고 나서 나중에 찾아내서 죽이는 게 더 귀찮지 않나? 게다가 지금 코르디안 왕은 네놈을 견제할 방법을 알고 있단 말이다.

"근데 대체 제물은 어디 있는 거냐? 100명의 사람과 100마리의 짐승 아니었냐?"

유리시아드와 휴트로, 그리고 슈아로에가 전부 쿠드 게리노비아에게 시선을 집중시키고 있었기 때문에 나 혼자 코르디안 왕에게 질문을 던졌다. 쿠드 게리노비아가 자신을 지켜준다는 확신이 있어서인지 코르디안 왕은 여유로운 미소를 지으며 대답했다.

"저 방에 있다. 100명의 인간과 100마리의 동물을 모으는데 좀 고생했지. 꼭 산 채로 모아야만 했으니까."

코르디안 왕이 가리킨 방은 지하실에서 가장 구석에 있는 방이었다. 어두워서 잘 보이지는 않았지만 뭔가가 잔뜩 널브러져 있는 듯했다. 하지만 그걸 확인하려고 자리를 이동하기에는 쿠드 게리노비아라는 존재가 매우 신경 쓰였다.

"어떡하죠, 유리시아드 씨?"

슈아로에는 여차하면 마법을 쓸 준비를 하면서 유리시아드의 의사를 물었다. 그러나 쿠드 게리노비아라는 하급 마왕이 떡하니 버티고 있는 이상 누구도 함부로 공격을 할 수 없었다. 쿠드 게리노비아보다 계급이 낮은 상급 마족 푸가 체이롤로스에게도 일반적인 공격으로는 털끝만큼의 상처도 내지 못했기 때문이었다.

젠장, 이 자리에 네리안느가 있었다면 예의 그 방법으로 쿠드 게리노비아를 쓰러뜨릴 수 있겠지만 지금 그녀가 없는 상황에서 산발적인 공격은 실효성이 없어. 으으, 결국 남은 건 내 캐논 슈터뿐인가? 페르키암을 잡을 때 썼던 그 정도의 파워가 필요할 것 같은데 슈아로에의 마나량으로는 어림도 없고…….

"일단 너희들은 방해가 되니 제일 먼저 죽여주마. 첫 희생자가 되는 걸 영광으로 알아라."

쿠드 게리노비아는 코르디안 왕과 대머리 아저씨의 소원을 들어줄 생각인지 우리에게 공격을 가하려고 했다. 지하실이라는 좁은 장소에서 쿠드 게리노비아의 공격을 피할 방법은 전혀 없었다. 무조건 쿠드 게리노비아를 공격해야만 했다. 그래서 난 캐논 슈터를 사용하기로 결심했다.

"유리시아드! 휴트로 씨! 나하고 슈아로에가 캐논 슈터를 극한까지 사용할게요! 그러니까 어떻게든 폭발 여파를 막아 주세요!"

"아앗?! 여기서 그걸?!"

"너 미쳤냐?!"

좁은 지하실에서 캐논 슈터가 작렬하면 후폭풍을 그대로 맞아야 하기 때문에 유리시아드와 휴트로는 기겁하며 캐논 슈터 사용에 반대했다. 하지만 난 그런 두 사람을 무시하며 슈아로에의 등 뒤에 서서 진지한 표정으로 말했다.

"슈아는 최대한 마나를 전부 사용해서 파이어 볼을 사용해. 내가 추진 마법을 사용할 테니까."

"…알았어요."

슈아로에도 유리시아드와 휴트로처럼 불안하다는 표정을 지었지만 지금 우리의 공격 수단이 그것밖에 없다는 것을 깨닫고는 내 제안에 순순히 따랐다.

"Create space hotball, mapping fourteenfold fire, create space road……."

"후후, 마법으로 이 쿠드 게리노비아님을 잡아보시겠다? 가소롭군!"

슈아로에의 마법 코딩이 시작되었음에도 쿠드 게리노비아는 그 자리에서 전혀 움직일 기미를 보이지 않았다. 자신은 강자고 상대는 약자라는 생각이 그를 그 자리에 가만히 서 있도록 한 것이었다. 목표가 움직이거나 반격을 가할 모습이 전혀 보이지 않았기에 난 실프를 소환하여 슈아로에의 마법 코딩이 끝나기를 기다렸다.

"…animate space road!"

마침내 슈아로에의 마법 코딩이 끝났고 발현 14배, 반지름 20㎝의 불덩어리가 생성되었다. 그 순간 난 실프에게 추진 마법 실행을 명령했고, 실프는 건조한 목소리로 추진 마법을 실행했다. 푸가 체이롤로스 때보다 위력이 약 1.3배 정도 강해졌고, 추진 마법에 의해 속도도 2배 빨라졌기 때문에 속도 제곱비 법칙에 따라 지금의 파이어 볼은 총 5배 정도의 위력을 더 가지게 되었다.

"흥! 무슨 이상한 짓을……!"

마법사 둘이 협력해서 마법을 쓰는 것을 처음 보는지 쿠드 게리노비아는 기분 나쁜 미소를 지으며 우리를 비웃었다. 하지만 가속된 파이어 볼이 쿠드 게리노비아의 방어막과 충돌했을 때 난 녀석의 급변하는 표정을 목격했다.

쿠아아앙—!

캐논 슈터가 작렬하자 푸가 체이롤로스 때 사용했던 50배의 음성 증폭 마법만큼이나 강력한 폭발음이 터져 나왔다. 그때는 터지는 소리가 증폭된 거였지만 지금은 순수하게 폭발음으로만 그 정도의 소음을 만들어냈다. 그것은 그만큼 위력이 강하다는 뜻이었고, 그에 따라서 쿠드 게리노비아를 휘감았던 폭발이 곧장 사방으로 확산되어 어마어마한 위력으로 우리를 덮쳤다. 그 순간 유리시아드와 휴트로는 각자 슈아로에와 나를 감싸며 어떤 구결을 외웠다.

"선해기(選亥氣) 위관원(位關元) 정횡중삼(定橫中三) 종중삼(縱中三) 고중삼(高中三) 포해기(包亥氣) 성천(成千)!"

구결을 외우자 마치 무형의 기운이 두 사람의 주변을 에워싸는 듯한 느낌을 받았다. 내 느낌이지만 두 사람이 사용한 무공은 호신강기(護身罡氣)를 확장시킨 것 같았다. 캐논 슈터에 의한 후폭풍이 거세게 몰아치고 있었음에도 유리시아드와 휴트로의 호신강기는 나름대로 잘 버텼다. 하지만 두 사람의 표정이 시간이 지날수록 급격히 일그러져 갔기에 나도 즉각 실프에게 방어벽 형성을 주문했다.

카카칵—

무엇인가가 긁히는 소리가 들리며 내 실프의 방어벽이 심하게 흔들렸다. 아마도 유리시아드와 휴트로의 호신강기에 구멍이 뚫리면서 그 여파가 내 실프의 방어벽에 닿는 것 같았다.

"꾸아아아—!"

약 5분간의 후폭풍이 잠잠해지자 곧이어 거대한 생물체의 비명 소리가 들려왔다. 그 비명의 주인공은 다름 아닌 쿠드 게리노비아였다. 캐논 슈터에 의해 내성이 완전히 붕괴되어 우리들은 내성의 잔해 속을 비집고 빠져나와야 했다. 호신강기를 최대로 끌어올려 방어를 하느라 유리시아드와 휴트로가 매우 지친 표정을 지었으나 쿠드 게리노비아를 쓰러뜨리지 못한 상황이라 이를 악물고 몸을 움직였다.

그렇게 밖으로 빠져나왔을 때 바로 근처에서 우리의 아군이 적군과 싸우는 모습을 보게 되었다. 전장이 내성까지 확대되었다는 것은 그만큼 우리들이 이기고 있다는 뜻이라서 내심 기뻤다. 특히 지금 가장 필요한 사람을 찾을 수 있다는 사실에 난 희망을 가졌다.

"네리안느 씨! 네리안느 씨!"

아군과 적군이 싸우고 있는 것에 관계없이 난 무조건 네리안느만을 불렀다. 하급 마왕을 마법만으로 때려잡기는 어렵기 때문에 네리안느의 빛의 노래가 반드시 필요했던 것이다.

"쿠아아아! 가만두지 않겠다!"

캐논 슈터에 어느 정도 피해를 입었는지 쿠드 게리노비아는 고릴라 같은 얼굴을 험악하게 일그러뜨리며 괴성을 질렀다. 왠지 녀석이 페르키암처럼 사방팔방으로 날뛰며 공격할 것 같아서 난 실프에게 나와 슈아로에, 유리시아드, 휴트로를 데리고 아군의 진형 쪽으로 이동할 것을 명령했다. 실프는 내 명령대로 우리들을 쿠드 게리노비아로부터 멀찌감치 떨어뜨렸다. 바로 그 직후,

쿠콰콰콰쾅—!

쿠드 게리노비아의 주변으로 거센 폭발이 일어나며 주변의 모든 것을 가루로 만들었다. 그 안에는 윈도우즈 연합군도 있었고, 우리 토벌군도 있었다. 잘못하면 코르디안 왕과 대머리 아저씨도 그 폭발에 휘말려 목숨을 잃었을지도 모른다.

"뭐야, 저거?!"

"괴, 괴물이다!!"

갑자기 나타난 쿠드 게리노비아의 모습에 아군은 물론이고 적군들조차 공포에 질렸다. 특히 쿠드 게리노비아가 적군이고 아군이고 간에 닥치는 대로 모두 죽인다는 것을 깨닫고는 그 공포감은 더욱 심해졌다. 그로 인해 윈도우즈 연합군과

우리 토벌군은 서로 싸우고 있었다는 사실조차 잊고 쿠드 게리노비아를 경계했다.

"네리안느 씨!"

전투가 일시적으로 중단된 틈을 이용해 난 필사적으로 네리안느를 찾았다. 다행히 아군 중에서 정령을 다루고 있는 두 엘프 남매를 금방 발견하여 그들과 함께 있던 네리안느를 쉽게 찾아낼 수 있었다.

"네리안느 씨! 큰일 났어요!"

난 후폭풍을 막아내느라 거의 탈진 상태에 빠진 유리시아드와 휴트로를 슈아로에에게 맡기고 네리안느에게로 뛰어갔다. 네리안느도 마침 갑작스런 하급 마왕의 출현에 놀라 뛰느라 거칠게 숨을 몰아쉬는 나에게 질문을 던졌다.

"저건 하급 마왕인 쿠드 게리노비아잖아요? 저게 왜 여기 있는 거예요?!"

"상황이 그렇게 됐어요! 그런데 레이뮤 씨는?!"

난 네리안느의 물음에 대답하는 둥 마는 둥하며 곧바로 레이뮤를 찾았다. 그녀가 있어야 음성 증폭 마법을 걸 수 있기 때문이었다. 내가 레이뮤의 이름을 거론하자마자 어느새 레이뮤가 내 시야에 모습을 드러내었다.

"난 여기 있어요."

"아, 거기 계셨군요!"

아마도 처음부터 네리안느와 같이 서 있었던 듯한데 내가 네리안느를 찾는 데에만 혈안이 되어 있어서 보지 못한 것 같았다. 어쨌든 공격 실행에 필요한 인물들을 모두 찾을 때까지 쿠드 게리노비아는 여전히 발악을 하며 인간들이 보이는 대로 공격하고 있었다.

"죽어버려!!"

콰콰콰쾅—!

"으악!"

"끄아악!"

쿠드 게리노비아의 공격 방식은 단순한 힘의 방출이었지만 그 힘이 대단해서 힘의 영향권에 들어간 인간들은 온몸이 터져 나가며 즉사해 버렸다. 인간뿐만이 아니라 건물까지 붕괴되어 가고 있어서 하급 마왕의 힘이 얼마나 강한지를 알 수 있었다. 다행히 쿠드 게리노비아는 가까이 있는 윈도우즈 연합군을 먼저 죽여 나가고 있었기 때문에 아직까지 아군의 피해가 심각한 것은 아니었다. 그러나 이대로 둔다면 분명 쿠드 게리노비아로 인해 적군이든 아군이든 전멸할 것이 뻔했다.

"마왕이다! 마왕이 강림했다!"

"마왕이라니, 말도 안 돼!"

어느새 쿠드 게리노비아가 하급 마왕이라는 사실을 알아차린 병사들이 극심한 동요를 일으켰다. 그중에는 이미 무기를 버리고 도망가는 병사들도 있었다. 전쟁에서 도망치는 것은 처형감이었으나 하급 마왕이라는 존재가 그만큼 두렵다는 뜻도 되었다. 어쨌든 난 쿠드 게리노비아를 막기 위해서 우리 일행에게 작전 지시를 내렸다.

"레이뮤 씨! 네리안느 씨! 시간이 없어요! 설명은 나중에 할 테니까 레이뮤 씨는 음성 증폭 마법을 걸어주세요!"

연속되는 폭발음 속에서 레이뮤에게 먼저 지시를 내리자 레이뮤는 내가 무엇을 할지 금방 파악해 내었다.

"그럼 뒤를 부탁할게요."

레이뮤는 그렇게 말하며 쿠드 게리노비아를 바라본 상태에서 음성 증폭 마법을 실행시켰다. 그녀가 뒤를 부탁한다고 말한 것은 소리의 증폭으로 인한 고막 파열을 막아달라는 뜻이었다.

"Create space range, mapping fortyfold amplitude, render hundred."

방금까지 전장에서 마법을 쓰고 있었기에 그녀가 실행한 음성 증폭 마법은 푸가 체이롤로스 때의 매핑 50배보다 약한 40배 증폭에 그쳤다. 그러나 그렇다고 리프레쉬 코드로 리소스 반환하기에는 시간이 촉박했다. 그래서 어쩔 수 없이 약한 대로 그냥 사용해야 했다.

"네리안느 씨!"

"네!"

난 네리안느의 이름만을 불렀지만 네리안느는 내가 무얼 원하는지 바로 파악하고 빛의 노래를 부르기 시작했다.

"아무것도 보이지 않는 어둠 속에서 한줄기 빛이 되리라—
그 어떤 두려움도 고통도 내 앞에서는 한낱 먼지에 불과하리니—"

네리안느의 빛의 노래는 분명 푸가 체이롤로스 때보다 힘이 없었다. 그건 그녀 역시 전장에서 버프 효과 노래를 계속 불러댔기 때문이었다. 그러나 네리안느의 빛의 노래는 음성 증폭 지역을 거치면서 40배로 뻥튀기 되었고, 그 소리는 그대로 쿠드 게리노비아에게 전달되었다.

"크아아악—!"

네리안느의 노랫소리를 접하자마자 쿠드 게리노비아가 공격을 멈추고 괴로워했다. 일단 이 정도의 노랫소리로도 쿠드 게리노비아에게 타격을 줄 수 있음에 안도하며 난 이 작전의 취약점에 대비했다. 그것은 바로 쿠드 게리노비아로부터 나오는 40배 증폭된 비명 소리였다.

크아아악—!

쿠드 게리노비아의 비명 소리는 거세게 전장 전체를 덮쳤고, 적군이고 아군이고 전부 귀를 틀어막고 땅바닥에 주저앉았다. 하지만 나는 네리안느의 귀를 막아주고—그녀는 노래 부를 때 손을 모아야만 하므로—레이뮤의 귀는 리엔이, 리엔과 리에네의 귀는 리에네의 바람의 정령이, 내 귀는 내 실프가 막아주었다. 이미 경험이 있는 슈아로에와 유리시아드, 휴트로도 내가 이 작전을 실행한 것을 보고 귀를 튼실히 막고 있었기 때문에 누구도 당황하지 않았다.

오오, 리엔과 리에네 대단한데? 푸가 체이롤로스와 싸운 경험도 없을 텐데 소리가 증폭돼서 날아온다는 걸 알아채고 알아서 귀를 막다니. 센스가 그야말로 초고수 급인걸?

"슈아, 이리로 와!"

난 최대한 입 모양을 크게 하고 그녀에게 시선을 던져 슈아로에에게 내 의사를 전달했다. 다행히 슈아로에도 곧 자신의 차례가 오리란 걸 알고 있었는지 바로 나에게로 달려왔다. 물론 손으로는 귀를 막은 채.

"리프레쉬 코드로 마나 회복한 다음에 파이어 볼을 써!"

난 쿠드 게리노비아의 증폭 비명 속에서 소리를 질러댔다. 어차피 소리로 의사를 전달하는 건 불가능했기 때문에 입 모양을 제대로 내는 것에 주력했다. 보통 사람이라면 그러한 립싱크를 이해하는 데 시간이 걸리겠지만 천재 슈아로에는 금방 내 의도를 파악했다.

"……!"

슈아로에가 뭔가 마법 코딩하는 모습을 보면서 난 그녀가 리프레쉬 코드를 사용하고 있음을 바로 알아차렸다. 그 이유는 간단했다. 슈아로에의 코딩이 리프레쉬 코드만큼 매우 짧았기 때문이다. 어쨌든 나 역시도 리프레쉬 코드를 실행하여 마나를 회복했다. 거대한 소음 속에서 내 발음이 잘 들리지도 않는데 마법이 실행된다는 사실에 조금 놀랐다.

"이제 파이어 볼을 쓸게요!"

리프레쉬 코드를 실행시키고 1분이 지난 후 슈아로에가 내 귀에 입을 바짝 갖다 대고 그렇게 소리쳤다. 다행히 그 1분 동안 네리안느가 쿠드 게리노비아의 움직임을 봉쇄해 주고 있어서 그 누구도 다치지 않았다. 물론 쿠드 게리노비아의 비명 소리 때문에 우리 쪽에서도 쉽게 몸을 움직일 수 없었다. 그런 상태에서 난 슈아로에에게 파이어 볼 실행 허가를 내린 후 실프에게 슈아로에의 뒤로 가라는 주문을 했다.

"크윽!"

내 귀를 막아주던 실프가 슈아로에에게로 가버리자 내 귀는 거대한 소음에 그대로 노출되었다. 그 순간 내 고막은 여지없이 파열되었다. 그러나 고막 따위를 걱정하다가는 목숨이 날아갈 상황이라 고막 파열보다 실프에게 더 정신을 집중했다. 내 손은 여전히 네리안느의 귀를 막은 채로.

"Create space hotball, mapping fourteenfold, create space road, animate space road!"

그사이 슈아로에는 파이어 볼을 실행시켰다. 그와 동시에 난 실프에게 추진 마법 실행을 명령하려고 했다. 하지만 그보다 한발 앞서서 실프가 스스로 추진 마법을 사용했다. 그것도 슈아로에가 파이어 볼을 사용한 바로 직후라서 추진 마법이 제대로 들어갔다. 물론 나도 슈아로에의 파이어 볼 실행에 맞추어서 명령을 내리려고 했지만 소음 속에서 슈아로에가 언제 코딩을 다 끝내는지 알기란 힘들어서 명령 전달에 애로 사항이 있었다. 그런데 실프가 자기 알아서 추진 마법을 제 타이밍에 실행하니 대단하다고밖에 설명할 길이 없었다.

퍼퍼펑—!

추진 마법의 폭발 이후 파이어 볼은 2배 빠른 속도로 쿠드 게리노비아에게 날아갔다. 그리고 그 순간 리에네가 내 부탁이 없었음에도 알아서 바람의 정령으로 슈아로에의 파이어 볼을 가속시켰다. 그녀 역시 바람의 정령이 마법을 가속시킬 수 있다는 사실을 알고 있었기에 나올 수 있는 행동이었다.

슈웅—

슈아로에의 발현 14배, 반경 20㎝의 파이어 볼은 추진 마법과 리에네의 가속을 받아서 100m를 2초에 주파했다. 50m/s는 180㎞/h이므로 그 속도는 훈련이 잘된 사람이 아니라면 피하기 어려웠다. 게다가 쿠드 게리노비아는 네리안느의 빛의 노래로 움직임을 봉쇄당하고 있었으니 우리의 공격을 피할 수가 없었다. 리에네의 가세로 인해 속도가 평소보다 5배 빨라진 파이어 볼은 푸가 체이롤로스 때보다 총 37.5배 정도의 파괴력을 가지게 되었다.

쿠아아앙—!

쿠드 게리노비아와 파이어 볼이 충돌한 순간 어마어마한 폭발이 일어났다. 그러나 그것은 페르키암 때 일어났던 폭발보다는 위력이 현저히 약했다. 만약 우리들이 윈도우즈 연합

군과의 전쟁으로 힘을 낭비하고 있지 않았다면 리엔과 리에네가 충분히 막아낼 수 있는 후폭풍이었다. 그러나 이미 힘을 많이 소모한 리엔은 온 힘을 쥐어짜 내어 땅의 정령을 통해 방어벽을 쳤다. 리에네 역시 파이어 볼을 가속시킨 직후 남은 힘을 방어력 형성에 쏟아 부었다.

카카카캉—!

강력한 후폭풍이 리엔과 리에네가 쳐놓은 방어막을 휩쓸고 지나갔다. 2초가량 후폭풍을 막아냈던 리엔은 그대로 땅바닥에 주저앉았고, 리에네의 방어벽만으로 후폭풍을 견뎌냈다. 그러나 그녀만으로는 방어벽이 뚫릴 것 같아서 나 역시도 방어벽 형성에 참여했다.

카캉—

내가 리에네의 방어벽 뒤에다 방어벽을 침과 동시에 리에네의 방어벽이 무너졌다. 그러자 남은 후폭풍의 여파가 내 방어벽을 두드렸고, 난 그 힘 때문에 인상을 팍 찌푸려야 했다.

크윽, 고막이 파열돼서 정신이 하나도 없는데 계속해서 전투를 하려니 정신력이 완전히 고갈되는군. 그래도 리엔과 리에네가 후폭풍을 많이 막아준 덕분에 내 힘만으로도 어떻게든 후폭풍을 견딜 수 있겠는걸? 으윽, 그래도 머리가 울려……!

카카카…….

시간이 1분 정도 흐르자 마침내 후폭풍이 가라앉았다. 후폭풍을 막아내고 나니 순간적으로 온몸에 힘이 쭉 빠졌다. 그러나 그렇다고 땅바닥에 드러누워 휴식을 취할 수는 없었다. 아직 쿠드 게리노비아라는 강력한 적이 남아 있기 때문이었다.

투툭—

하늘 높이 치솟아올랐다가 떨어지는 돌 부스러기 사이에서 상체 고릴라+하체 코끼리의 묘한 조합인 쿠드 게리노비아가 깊은 구덩이 속에 서 있는 모습을 볼 수 있었다. 쿠드 게리노비아는 온몸에서 피를 흘린 채 괴로운 듯 인상을 쓰며 연신 신음 소리만 내고 있었다. 그 모습은 쿠드 게리노비아가 더 이상 싸움을 지속하기 힘들다는 사실을 알려주었다.

우웅—

내가 승리를 확신했을 때 쿠드 게리노비아의 몸에서 기이한 마나 파장이 흘러나오기 시작했다. 그건 마법을 사용할 때 나오는 마나 파장과는 성질이 다른 것이었다. 내가 그 마나 파장의 정체에 대해서 생각해 보려고 할 때 쿠드 게리노비아의 모습이 한순간에 사라져 버렸다. 그리고 녀석으로부터 나오던 기이한 마나 파장도 깨끗이 사라졌다.

흐음, 그 마나 파장은 마계 종족이 마계로 돌아갈 때 내는 것인가? 쿠드 게리노비아가 죽음을 맞이할 정도로 다친 것 같지는 않았으니까 푸가 체이롤로스처럼 살기 위해서 마계로 돌아간 거겠지. 푸가 체이롤로스 때에는 정신을 잃어서 마계 종족이 어떻게 마계로 돌아가는지 보지를 못했는데 지금 보니 그냥 휭— 하니 사라져 버리는군. 아무 액션 없이 사라져 버려서 너무 심심한걸?

"쿠드 게리노비아는 마계로 돌아간 것 같은데요. 모두들 괜찮아요?"

쿠드 게리노비아가 마계로 돌아간 것을 확인한 나는 우리 일행의 몸 상태를 살폈다. 다행히 모두 지쳐 있을 뿐이지 크게 다치거나 하지는 않아서 휴식을 취하면 될 것 같았다. 그러다가 내 고막이 터져서 소리가 안 들리는 걸 느끼는 것과 동시에 갑자기 시야가 흐릿해졌다. 그것은 마치 뭣도 모르고 마나 복사 코드를 남발하다가 겪었던 현상과 비슷했다. 한마디로 무리한 정신력 소모로 인해 의식이 흐려지는 것이었다.

으으…… 아니, 내가 얼마나 공격을 했다고 이 정도에 정신력이 고갈된 거냐? 긴장이 풀리니까 바로 주저앉으려는 이 형편없는 정신력…… 아, 다른 사람들은 다 멀쩡한데 왜 나만…… 이렇게…… 금방 지치는…… 건지…….

제25장

검은 천사

오늘은 내 생일이다. 그러나 25년을 살아오면서 생일 파티를 한 적이 한 번도 없고 나의 생일을 누군가가 축하해 준 적도 없다. 그래서 오늘도 그냥 평소와 똑같이 시간을 보낸다. 계속 생일 파티를 하다가 하지 않게 되면 사람은 큰 외로움을 느끼지만 나처럼 아예 생일을 축하하지 않으면 그런 감정조차 못 느낀다. 사람이란 그런 감정의 덩어리인 것이다.

"음……."

난 꿈에서 깨며 눈을 떴다. 내 생일은 1월 24일이라서 이제 1월 중순에 들어선 이곳에서 생일 따위를 생각할 필요는 없었다. 내가 왜 그런 꿈을 꿨는지 이해하지 못한 상태에서 내

눈에 들어온 것은 슈아로에의 귀여운 얼굴이었다.

"안녕. 잘 잤어?"

난 슈아로에의 얼굴을 확인하자마자 농담을 건넸다. 그러자 내 예상대로 슈아로에가 반응을 했다.

"뭘 잘 자요?! 꼬박 하루 동안 쓰러져 있었던 주제에!"

흐으, 내가 또 하루를 자빠져 잔 거야? 정신력이 고갈될 때마다 거의 하루 정도를 디비져 자는 것 같은데……. 이거 심각한 수준인걸? 역시 실프가 아무리 강해져도 나 자신이 강해지지 않으면 아무 소용 없는 건가?

"너무 소리 지르지 마. 머리 울려."

"소리 안 지르게 생겼어요?! 무리하지 말라고 했는데 그렇게 무리하니까 또 쓰러진 거잖아요! 대체 사람 말을 뭘로 여기는 거예요?!"

슈아로에는 방방 뛰면서 날 힐책했다. 그 모습을 보니 어머니가 아들에게 잔소리하는 것 같았다. 내가 과연 이 나이에 17살, 아니, 해가 바뀌었으니 18살 소녀에게 잔소리를 들어야 하나 하는 생각이 들었다.

쓰읍, 그런데 왜 기분이 나쁘지 않지? 원래 잔소리 들으면 기분이 안 좋아야 되는데, 슈아로에는 화내는 모습도 귀엽군. 저것도 다 날 걱정해 줘서 하는 행동이니까 전부 귀여워 보여. 이거…… 중증인데…….

"암튼 다음부턴 무리하지 말아요. 알았죠?"

"응……."

표정을 누그러뜨린 슈아로에의 말에 난 얌전히 고개를 끄덕였다. 슈아로에는 부드러워진 표정으로 잠깐 내 얼굴을 말없이 쳐다보다가 입을 열었다.

"일단 누워 있어요. 난 레이뮤님을 불러올게요."

"응."

내가 긍정의 뜻을 표시하자 슈아로에는 자리에서 일어나 방을 나섰다. 슈아로에가 나가자 갑자기 방 안이 썰렁해진 느낌이었다. 그래서 사람은 외로움을 잘 느낀다는 생각을 하면서 난 내 몸을 살펴보았다. 다행히 파열되었던 고막은 완전히 재생되어 있었고, 특별히 아픈 곳은 없었다. 그렇게 두 번이나 파열된 고막에게 난 심심한 사과의 뜻을 전하며 침대에서 몸을 일으켰다. 내가 누워 있는 곳은 아마도 특별히 비워둔 방 같았다. 방에는 침대 외에는 아무것도 없었기 때문이었다.

흐으, 내가 이 방에 누워 있다는 건 우리 아군이 승리했다는 뜻이겠지? 게다가 슈아로에도 아주 팔팔했으니 포로로 잡힌 것도 아닐 테고. 우리가 승리한 순간의 감격을 함께 느끼지 못한 게 아쉽긴 하지만 어쨌든 이겼으니 다행이다.

똑똑—

"레이뮤예요. 들어가겠어요."

그때 노크 소리와 함께 레이뮤의 목소리가 들려왔다. 또각또각, 하는 발자국 소리가 두 종류밖에 들리지 않았던 것으로 보아 레이뮤와 슈아로에 두 사람만 온 듯했다.

"들어오세……."

끼이—

내가 미처 출입을 허락하기도 전에 레이뮤는 멋대로 문을 열고 방 안으로 들어왔다. 애초에 내가 깨어 있다는 것을 슈아로에로부터 들었을 테니 이것은 내 권위에 대한 명백한 도전이었다. 그러나 권위로 따지면 레이뮤 쪽이 나보다 지구 성층권만큼이나 높았기 때문에 나로서는 얌전히 레이뮤와 슈아로에의 무단 침입을 인정해야만 했다.

"몸은 어떤가요?"

레이뮤는 침대 옆의 의자에 앉으며 나에게 질문을 던졌고, 난 침대에 앉은 채로 대답했다.

"괜찮아요. 아픈 데는 없어요."

"다행이군요. 미안하지만 같이 가줘야겠어요."

"……?"

잉? 이제 막 정신을 차린 환자를 어디로 데려갈 셈이야? 설마 쿠드 게리노비아를 일찍 처리하지 못해서 생긴 병력 피해를 전부 나에게 떠넘겨 날 군사재판에 회부할 생각인가? 군사재판은 속전속결을 원칙으로 해서 한 번밖에 재판을 하지 않는다고. 항소 자체가 불가능하단 말이다.

"무슨 일인데요?"

"코르디안 왕과 그의 근위대장 오터쉴트 메드포르의 처분에 관한 일이에요."

으잉? 코르디안 왕과 대머리 아저씨의 처분? 그럼 두 인간이 모두 산 채로 잡혔단 말인가?

"둘 다 잡은 거예요?"

"잡았다기보다는 캐논 슈터의 폭발에 휘말려 큰 부상을 입은 상태였어요. 그래서 아무 어려움 없이 포박할 수 있었어요."

레이뮤는 표정의 변화없이 말했다. 그것을 보고 레이뮤가 코르디안 왕이 했던 말을 아직 듣지 못했다고 생각했다. 그래서 옆에 서 있는 슈아로에에게 물어보았다.

"슈아, 레이뮤 씨한테 그 얘기했어?"

"…했어요."

내가 무엇을 화제로 삼고 있는지 잘 알고 있다는 듯이 슈아로에는 망설임없이 대답했다. 그러나 로이스 맨스레드에 대한 말을 듣고도 레이뮤가 평상시와 같은 표정을 짓고 있다는 게 믿겨지지 않았다.

"레이뮤 씨, 레이뮤 씨의 약혼자가 무슨 짓을 했는지 듣지 않았나요?"

"…들었습니다."

말을 들었다는 레이뮤의 얼굴에는 별반 표정의 변화가 없었다. 그래서 도리어 내가 맥이 빠졌다.

"안 놀라세요? 나 같으면 놀라 기절했을 텐데."

"놀랐습니다. 하지만 어느 정도 예상하고 있었기 때문에 이렇게 있는 것입니다."

자신의 생각을 감추기 위해서인지 레이뮤는 딱딱한 어조를 사용했다. 하지만 난 그에 개의치 않고 레이뮤의 생각을 캐물었다.

"레이뮤 씨는 어떻게 하실 거예요? 로이스 맨스레드가 500년 동안 살아 있다는데."

"......"

"그 500년 동안 로이스 맨스레드가 뭘 했는지는 모르겠지만, 코르디안 왕 같은 사람에게 쓸데없는 정보를 알려주고 뭔가 계획하려는 걸 보면 좋은 일을 하고 있다고는 보기 힘든데요?"

"......"

난 일부러 레이뮤의 약혼자였던 사람을 비꼬았다. 그렇게 하면 레이뮤가 어떤 반응이라도 보일 것이라 생각했기 때문이었다. 그러나 당사자인 레이뮤는 여전히 표정의 변화를 보이지 않았다. 도리어 옆에 있는 슈아로에가 나에게 화를 냈다.

"레이뮤님을 너무 몰아세우지 말아요! 머릿속이 가장 복잡하신 분은 레이뮤님이라구요!"

"......"

흐으, 그건 나도 알고 있어. 내가 이렇게 레이뮤 씨를 몰아

세우는 건…… 어쩌면 레이뮤 씨가 다른 평범한 사람들처럼 흔들리고 갈등하는 모습을 보고 싶어서일 수도 있겠지. 크으, 한마디로 내가 제일 나쁜 인간이구먼.

"아무튼 로이스 맨스레드가 에크 트볼레시크의 힘을 이용해 레이뮤 씨를 영원히 살게 만든 것은 틀림없어요. 그자를 찾으면 확실한 걸 알아낼 수 있겠죠."

"……."

내 의견을 듣고도 레이뮤는 아무 말이 없었다. 무엇이든 일을 신속히 처리하려는 레이뮤의 평상시 모습과 많이 대치되는 모습이었다. 아무래도 상대가 자신이 사랑했던 사람이라는 점이 그녀의 빠른 결정을 방해하고 있는 듯했다.

쓰읍, 내가 너무 몰아세웠군. 일단 코르디안 왕의 말을 전적으로 신뢰할 수는 없으니 로이스 맨스레드를 만나서 죽도록 팬 뒤에 취조를 하면 사실을 알아낼 수 있겠지. 근데 녀석, 설마 진짜로 자폭하지는 않았겠지? 영원히 산다는 녀석이 설마 그렇게 허무하게 죽겠어? 분명히 속임수일 거야.

"어쨌든 그 얘긴 그만 하고, 코르디안 왕과 근위대장을 보러 가요."

"그렇군요. 날 따라와요."

내가 화제를 돌리자 레이뮤는 기다렸다는 듯이 나와 슈아로에를 데리고 방 밖으로 나왔다. 나는 레이뮤를 따라가면서 그녀에게 질문을 던졌다.

"근데 두 사람을 처분하는 데 왜 내가 있어야 되죠? 내가 있을 필요는 없잖아요?"

그럼그럼, 군사재판은 레이뮤나 유리시아드 독단으로 처리해도 아무도 뭐라 하지 않는다고. 둘 다 토벌군 부책임자인데 누가 딴지를 걸겠어?

"각 부대 대장들이 코르디안 왕을 취조했지만 아무 얘기도 하지 않았어요. 그는 레지스트리 군과만 얘기하고 싶다고 했지요. 그래서 레지스트리 군을 부른 거예요."

"……?"

으잉? 코르디안 왕이 날 지목했다고? 아니, 녀석하고 내가 무슨 안면이 있다고 날 지목해? 어제 두 번째로 만나고 대화를 한 건 처음이잖아. 그 인간은 왜 하필이면 날 걸고넘어지는 거야?

또각또각—

레이뮤는 나와 슈아로에를 데리고 어딘가로 걸어갔다. 복도 곳곳에 남아 있는 혈흔의 흔적을 보니 이곳은 비스타 성의 내부가 분명했다. 내가 정신을 잃은 지 하루가 지났다고 하니 그사이에 성을 청소할 수는 없었을 것이다. 그래서 혈흔이 아직도 남아 있는 게 분명했다. 어쨌든 우리들은 혈흔 사이로 막가면서 문 자체가 3미터 정도 되는 거대한 방 앞에 도착했다. 방의 문 앞에는 두 명의 보초병이 서 있었다. 물론 토벌군의 병사였다.

"부책임자 드십니다—!"

끼이이—

레이뮤의 모습을 보자마자 보초병은 크게 한 번 소리치고 곧바로 문을 열었다. 열린 문 사이로 토벌군의 대장 급 인사들이 여러 개의 테이블에 앉아 있는 모습을 볼 수 있었다. 그리고 따로 앞에 빼놓은 테이블에 코르디안 왕과 대머리 아저씨가 앉아 있었다. 상황을 보아 하니 현재 대장 급 인사들이 두 인간을 취조하고 있는 중인 듯했다.

"어서 오십시오, 부책임자님."

"오시기를 기다렸습니다."

각 부대의 대장들은 레이뮤에게 깍듯이 인사를 했다. 난 뭘 해야 할지 몰라 가만히 서 있었는데 슈아로에가 그런 날 끌고 유리시아드의 옆 자리에 앉혔다. 그리고 그녀 자신은 내 뒤에 섰다. 원래 대장 이상만 모이는 자리라서 슈아로에는 그냥 내 시종처럼 뒤에 선 것이었다. 어쨌든 나 역시 마법 돌격대장이라는 직함이 있어서 어깨를 펴고 취조에 참여했다.

"그럼 대장들이 모두 모였으니 코르디안과 메드포르의 재판을 시작하겠습니다."

레이뮤의 말이 떨어지자마자 코르디안 왕은 피식 웃었다. 이미 모든 무장을 해제당해서 코르디안 왕과 대머리 아저씨는 한겨울에 썰렁하게 죄수복만을 입고 있었다. 그것을 본 순간 코르디안 왕이 마법을 쓰거나 대머리 아저씨가 무공을 써서 날뛸지도 모른다는 생각이 들었지만 코르디안 왕으로부터 어떠한 매직포스도 느껴지지 않는다는 것을 알고는 의아해졌다. 처음 코르디안 왕을 만났을 때 그는 분명 5서클의 매직포스를 가지고 있었기 때문이다.

"그냥 죽이면 될 것이지 무슨 재판씩이냐. 그나저나 레지스트리라고 하는 너, 죽기 전에 얘기 좀 하자."

"……?"

죄인인 코르디안 왕은 도리어 당당한 표정으로 날 지목했다. 그가 이미 다른 사람들로부터 나에 대한 것은 어느 정도 들은 것 같아서 그에게 굳이 내 소개를 할 필요는 없어 보였다. 어쨌든 나로서도 코르디안 왕에게 할 말이 있었기 때문에 레이뮤의 무언의 허락을 받자마자 그에게 바로 질문을 던졌다.

"네 매직포스는 어디로 갔냐?"

"내가 물어보려던 게 그거다. 대마법사가 나에게 어떤 코드를 읽으라고 했는데 그걸 읽은 직후 내 매직포스가 사라져 버렸다. 대마법사는 그 코드를 만든 사람이 너라고 하던데, 그게 사실이냐?"

"……!"

으헉?! 설마 레이뮤 씨, 코르디안 왕이 마법을 아예 쓸 수 없게 녀석의 매직포스를 다른 종류의 포스로 변환시킨 거야? 대머리 아저씨도 마찬가지?

"뭐…… 그렇다고 할 수 있지."

대강의 상황을 짐작해 낸 나는 일단 일부 사실을 시인했다. 그러자 코르디안 왕은 놀랍다는 표정으로 말했다.

"그래? 상대의 능력을 쓰지 못하게 하는 마법 코드라……. 대단한 놈이군."

"……."

어이, 코르디안 왕. 아니, 이제는 그냥 단순히 아저씨군. 어쨌든 코르디안 씨, 원래 그 코드는 능력을 쓰지 못하게 하는 게 아니라 포스를 상호 변환시키는 거라우. 만약 당신이 매직 포스 외의 포스를 느낄 수 있었다면 포스 변환 코드의 위대함을 몸서리치게 깨우쳤을 거야. 뭐, 아무튼 그 얘긴 접어두고 다른 걸 물어봐야겠다.

"그건 그렇고, 로이스 맨스레드가 살아 있다는 게 사실이냐?"

"그자 말인가? 말했잖은가. 멀쩡히 살아서 나한테 진실을 알려줬다고."

"나도 그를 몇 번 만난 적이 있는데, 그때 그는 매우 젊었다. 그도 레이뮤 씨…… 아니, 대마법사님처럼 영원히 늙지 않는 몸이냐?"

"그건 나도 모른다. 정확한 이유는 알려주지 않았으니까. 단지 녀석은 대마법사처럼 계속 사는 게 아니라 정기적으로 죽어야 하는 것 같더군."

“……?”

뭔 소리야? 정기적으로 죽다니? 그럼 녀석이 애플 성에서 자폭한 것도 죽어야 하기 때문이라고? 왜 그럴 필요가 있지? 크으, 하여간 그 인간은 파악 자체가 불가능해.

“뭐, 모른다니까 더 이상 묻지는 않겠다. 그런데 이번 전쟁은 너 혼자 계획한 거냐? 누구와 손을 잡은 거지?”

난 일단 로이스 맨스레드에 관한 일은 접어두었다. 코르디안에게 물어봤자 더 이상 캐낼 것도 없을 것 같아 이번에는 녀석의 배후 세력을 알아보고자 했다. 하지만 한 나라의 왕이 굳이 배후 세력을 가지고 있을 필요는 없어 보여서 별 기대는 하지 않았다. 그리고 코르디안은 그런 내 기대를 저버리지 않았다.

“나 혼자 했다. 굳이 남의 손을 빌릴 필요는 없었으니까.”

코르디안은 어깨를 쫙 펴며 당당한 모습을 보였다. 자신이 전쟁을 벌였다는 것에 상당한 자부심을 가지고 있는 듯했다. 그러나 나로서는 전쟁을 일으켜 놓고 당당해하는 그 모습이 매우 마음에 들지 않았다. 어차피 로이스 맨스레드에 관한 것이 아니라면 질문할 거리도 없었기 때문에 난 그쯤에서 입을 다물었다. 내가 입을 다물자 기다렸다는 듯이 보병 돌격대장 휴트로가 입을 열었다.

“최근 일어났던 몬스터 도발 사건도 네 짓인가?”

“…….”

휴트로가 물음을 던졌음에도 코르디안은 입을 열 생각을 하지 않았다. 아마도 다른 대장들과는 얘기하고 싶지 않은 듯했다. 그것을 보고 유리시아드가 내 옆구리를 찌르며 무언의 신호를 보냈고, 결국 난 휴트로가 했던 질문을 또 해야 했다.

"굳이 몬스터를 도발시킨 이유가 뭐지? 마수들을 제어할 수 있나 없나 실험이라도 한 거냐?"

"그렇다. 아무리 마수라도 다루는 건 쉽지 않거든. 유능한 흑마법사를 여러 지역에 파견하여 마수 조련 연습을 한 것이다."

흐으, 왜 내가 물어볼 때만 대답하는 거야? 이러면 다른 사람들의 질문을 내가 죄다 혼자 해야 되잖아! 부탁이니까 다른 사람 질문에 대답 좀 해! 으으, 아무도 질문할 생각을 안 하잖아? 결국 내가 계속 질문해야 한다는 거야? 대략난감…….

"그럼 푸가 체이롤로스 소환은 쿠드 게리노비아를 위한 사전 연습이었냐?"

"물론이다."

웅성웅성—

내가 푸가 체이롤로스의 이름을 언급하자 대장들 사이에서 작은 소란이 일어났다. 그것은 여태까지 푸가 체이롤로스 사건이 알려지지 않았기 때문이었다. 이곳에서 쿠드 게리노비아의 무서움을 몸소 체험했으니 그와 어느 정도 대등한 힘을 가지고 있는 하급 마왕 급의 상급 마족의 이름을 듣고 가만히 있을 수는 없었던 것이다.

"코르디안은 쿠드 게리노비아 말고도 푸가 체이롤로스를 소환했단 말인가?"

"그런데 왜 알려지지 않았지? 그런 소문은 들어본 적이 없는데?"

"그 말이 사실이라면 푸가 체이롤로스는 대체 누가 쓰러뜨린 건가?"

대장들은 자기네끼리 의견을 주고받으며 장내를 소란스럽게 만들었다. 결국 부책임자인 레이뮤가 직접 나섰다.

"모두 조용히 해주십시오."

"……."

레이뮤의 근엄한 말이 떨어지자 대장들은 일제히 입을 다물었다. 그렇게 대장들을 진정시킨 레이뮤는 그들에게 사실을 알려주었다.

"지금으로부터 5개월 전, 매트록스 왕국 미스틱 지방에서 코르디안 왕은 상급 마족 푸가 체이롤로스를 소환하였습니다. 당시 그 자리에 나와 슈아로에, 소성녀와 나그네검객, 자유기사와 레지스트리 군이 있었습니다. 마계 종족, 그것도 하급 마왕 급의 상급 마족을 상대해 본 적이 없었던 우리들은 고전했으나 레지스트리 군의 작전으로 푸가 체이롤로스를 쓰러뜨렸습니다."

"무슨 작전이었습니까?"

레이뮤의 말을 듣고 지원 부대장인 메보사르트 후작이 질문을 던졌다. 인해전술이 아닌 소수의 인원으로 상급 마족을 쓰러뜨렸다는 사실을 믿지 못하는 듯했다. 레이뮤는 모든 사람들을 한 번씩 훑어보며 친절하게 설명해 주었다.

"푸가 체이롤로스는 마계 종족이며, 마계 종족은 소성녀의 노래에 상대적으로 약합니다. 그것에 착안해 레지스트리 군은 음성 증폭 마법을 통해 소성녀의 노래를 증폭시켰고, 그에 푸가 체이롤로스가 괴로워하는 사이 슈아로에가 강력한 파이어 볼로 푸가 체이롤로스를 쓰러뜨렸습니다. 이번 쿠드 게리노비아 역시 그때와 비슷한 작전을 취했지만 결정타는 다릅니다. 이번에는 레지스트리 군이 개발한 캐논 슈터로 쿠드 게리노비아를 잠재웠으니까요."

"캐논 슈터?"

대장들은 처음 듣는 마법 이름에 어리둥절해했다. 그리고 나도 레이뮤가 왜 그런 세세한 사항까지 설명하고 있는지 이해하지 못하여 고개를 갸우뚱했다. 그런 사람들의 반응을 보며 레이뮤는 보충 설명을 계속했다.

"캐논 슈터는 파이어 볼을 폭발 마법으로 가속시키는 마법입니다. 거기에 정령술사의 도움이 있으면 더욱 강력해지지요. 그 캐논 슈터로 에이티아이 제국의 버지 마을에서 광포화되었던 그린 드래곤 페르키암을 잡을 수 있었습니다. 레지스트리 군의 캐논 슈터가 아니었다면 9명의 인원으로 노룡을 잡는 건 불가능했을 것입니다."

"……!"

대장들은 전부 놀란 표정을 지었다. 세간에는 나에 대한 소문이 거의 없었는데 레이뮤가 갑자기 날 사건의 중심에 놓고 설명했기 때문이었다. 그녀의 말만 들어서는 푸가 체이롤로스, 페르키암, 쿠드 게리노비아와의 전투에서 내가 엄청나게 큰 공을 세운 것 같은 착각이 들 정도였다. 그래서인지 대장들은 새롭게 봤다는 듯이 놀란 얼굴로 날 쳐다보고 있었다.

"마법 돌격대장, 한 말씀 하세요."

"……!"

허억, 레이뮤 씨! 갑자기 무슨 말을 하라는 겁니까?! 이 상황에서 '후후, 모두 내 업적을 이해하셨수? 그럼 수고비 좀 주시지?' 라고 할 수도 없잖아요!

"본인 혼자서 한 건 아닙니다. 여기 있는 대마법사님, 자유기사, 나그네검객, 슈아로에, 그리고 소성녀님과 두 엘프 분들, 또 사우스브릿지 산맥의 드워프족 장로이신 쿠탈파 씨도 자신의 역할을 잘 해냈기에 그 모든 작전이 가능했습니다. 모두가 합심하여 세운 공입니다."

"……."

내 말에 장내가 조용해졌다. 그 순간 내가 말실수를 한 게 아닐까 하고 생각했다. 그러나 대장들의 표정은 그게 아니었다. 그들은 날 매우 우호적인 눈빛으로 바라보고 있었던 것이다. 심지어 어떤 이는 날 존경스럽다는 눈초리로 쳐다보고 있었다. 그런 눈빛에 내가 매우 부담스러워하고 있을 때 레이뮤가 마무리를 했다.

"이번 윈도우즈 연합 토벌에는 마법 돌격대장의 역할이 매우 컸습니다. 마법 돌격대장은 잠입 폭격 작전으로 나인에이트와 윈미 성을 단 3명만으로 함락시켰고, 엑스피와 비스타 성에서의 전투에서도 많은 전과를 올렸습니다. 그리고 코르디안이 소환한 쿠드 게리노비아까지 물리쳤습니다. 따라서 부책임자 레이뮤 스트라우드는 마법 돌격대장 레지스트리에게 '검은 천사'의 칭호와 함께 백작의 작위를 내릴 것입니다."

"……!"

허억?! 검은 천사는 뭐고, 갑자기 웬 백작의 작위?! 예고도 없이 그런 걸 멋대로 결정하면 어떡합니까! 내가 어딜 봐서 천사 같다고! 검은 천사? 얼마 전까지 음흉하다면서 내 흉을 봤던 분이 무슨 그런 말도 안 되는! 그리고 일개 평민한테 느닷없이 백작이라니요! 귀족 계급 중에서 서열 3위에 해당하는 부담스런 지위가 아닙니까! 그런 파격적인 대우를 하면 여기 있는 사람들 전부 반발할……!

"……."

레이뮤의 청천벽력과도 같은 선언이 떨어졌는 데도 장내

는 조용했다. 그것은 레이뮤의 말을 그대로 수용하겠다는 분위기였다. 덕분에 놀란 건 오히려 나였다.

흐으, 부책임자의 말에 거역할 사람은 없겠지만 이 인간들은 어째서 불만스런 표정도 짓지 않는 거야? 내가 정말 그 정도의 대우를 받아도 될 정도의 활약을 했다고 생각하는 거냐? 내가 직접 푸가 체이롤로스나 페르키암을 잡는 걸 보지도 않았으면서 레이뮤 씨의 말만 믿고 '그렇게 하십시오' ? 이 인간들, 줏대가 너무 없어!

"윈도우즈 연합 토벌군 총책임자 사베루트 황제가 전쟁 포로 처리에 관한 모든 권한을 본인에게 위임했으므로 본인은 이 자리에서 선언하겠습니다."

갑자기 레이뮤가 또다시 화제를 돌렸다. 그녀가 또 뭔가 이상한 말을 할 것 같은 분위기라 난 잔뜩 긴장을 했다. 그리고 그런 내 예상대로 레이뮤는 말도 안 되는 선언을 해버렸다.

"코르디안과 메드포르의 처분은 마법 돌격대장인 검은 천사 레지스트리 백작이 결정할 것입니다. 처분 내용은 내일 이 시간에 이 자리에서 레지스트리 백작이 직접 발표하겠습니다. 오늘은 이만 회의를 마치도록 하겠습니다."

스륵― 스륵―

레이뮤의 말이 끝나자마자 대장들은 납득했다는 얼굴을 하며 자리에서 일어났다. 그리고 코르디안과 대머리 아저씨는 병사들에 의해 어딘가로 끌려갔다. 아마도 감옥 같은 곳에

가둬둘 생각인 듯했다. 어쨌든 나로서는 방을 나서는 대장들을 따라갈 수 없었다. 레이뮤가 나에게 이상한 칭호와 함께 예상치 못한 작위를 내려준 것도 모자라 말도 안 되는 결정권까지 쥐어줘 버렸기 때문이었다.

쿵—

마지막 대장이 나가고 회의장에 나와 레이뮤, 슈아로에, 유리시아드, 휴트로만이 남게 되었다. 모두 날 잘 알고 있는 사람들이라 난 즉시 평상시의 어조로 바꾸어 레이뮤에게 이의를 제기했다.

"레이뮤 씨! 이제 깨어나서 아직 정신이 몽롱한 사람에게 그런 사항을 갑자기 알려주면 어떡해요!"

"지금 레지스트리 군의 정신은 매우 멀쩡한 듯 보입니다만, 무슨 문제라도 있나요?"

"전부 다 문제죠! 나한테 검은 천사라는 말도 안 되는 칭호에다 백작 작위는 물론이고 전쟁 포로 처분권까지 주다뇨! 전쟁 경력이 두 달밖에 되지 않은 애송이인데 너무 과하잖아요!"

난 최선을 다해 레이뮤의 결정을 되돌리려고 했다. 그러나 부책임자라는 높은 지위에 있는 레이뮤의 체면상 하루아침에 결정 사항을 뒤바꾸지는 않을 것임을 잘 알고 있었다. 단지 레이뮤가 무슨 생각으로 그런 결정을 내렸는지가 알고 싶었다. 그래서 레이뮤를 닦달한 것이고, 레이뮤는 그런 내 바람을 알고 천천히 입을 열었다.

"레지스트리 군은 이번 전쟁에서 많은 공을 세웠어요. 훌륭한 작전관임과 동시에 훌륭한 전투병이었지요. 레지스트리 군 본인이 인정하지 않더라도 당신을 옆에서 지켜본 사람들은 당신의 활약을 잘 알고 있어요. 그리고 결정적으로 쿠드 게리노비아를 상대로 전혀 위축되지 않고 차분하게 대응한 레지스트리 군의 모습을 모두 보았지요. 레지스트리 군은 쿠드 게리노비아를 상대하느라고 몰랐겠지만 많은 사람들이 어린 나이에도 흔들림없이 하급 마왕을 상대하는 레지스트리 군의 모습에 감탄을 금치 못했어요. 그 모습이 모두의 뇌리에 깊이 박혀 있는 것이지요."

"……."

흐으, 나 혼자 쿠드 게리노비아를 상대했다면 몰라도 네리안느와 레이뮤 씨, 그리고 슈아로에와 엘프 남매들도 모두 도와줬는데? 모두 같이 움직였는데 내 모습만 뇌리에 박혔다? 나로서는 쉽게 납득할 수가 없는걸?

"그렇기 때문에 난 레지스트리 군을 영웅으로 만들고자 검은 천사라는 칭호와 함께 백작의 작위도 내려준 거예요. 상급 마족 푸가 체이롤로스와 하급 마왕 쿠드 게리노비아, 그리고 그린 드래곤 페르키암을 쓰러뜨린 젊은 청년. 충분히 영웅이 될 자격이 있다고 생각해요."

"……."

아아, 레이뮤 씨, 히어로 메이커 하실 생각이십니까? 남자 녀석을 키워서 뭘 어쩌시려고…….

"왜 날 영웅으로 만들려는 거죠? 나보다는 슈아나 유리시아드 쪽이 더 어울릴 것 같은데요."

난 이 자리에 있는 슈아로에와 유리시아드를 가리켰다. 그들은 분명 나보다 높은 4서클의 매직포스를 가지고 슈아로에는 마법에서, 유리시아드는 무공에서 강력한 모습을 보였다. 비록 여자라는 점이 불리하게 작용할 수도 있지만 영웅이라고 불려도 크게 문제될 것이 없어 보였다. 그러나 레이뮤는 내 생각과 달랐다.

"슈아로에는 아직 너무 어려요. 그리고 마법밖에 사용하지 못한다는 단점이 있어요. 그리고 유리시아드는 1대 1에는 능하지만 한번에 폭발적인 힘을 내는 공격은 하지 못해요. 하지만 그런 것보다 더 중요한 것은 레지스트리 군을 제외한 사람들은 기존에 이미 많은 명성을 얻고 있다는 점이에요. 이미 알려져 있는 사람이 더 큰 공을 쌓아서 영웅으로 불리는 것보다 새로 나타난 젊은 청년 영웅이 훨씬 더 매력적이지요."

"……."

하아, 매력을 따져서 뭐 하시려고……. 뭐, 베테랑보다는 날아다니는 신인이 더 사람들의 관심을 끌기는 하지만 나한테 그런 실력이 있기는 한 거야? 영웅이라면 적어도 혼자서 적을 상대할 만한 힘을 가지고 있어야 하지 않아? 근데 난 동료가 없으면 제대로 싸우지를 못한다고. 상급 마족, 하급 마왕, 그린 드래곤 그 무엇 하나 나 혼자 때려잡은 건 아니잖아? 그런 내가 영웅이라니……. 코끼리가 시속 100㎞로 달릴 수 있다는 것보다 더 말이 안 되잖아.

"슈아와 유리시아드는 레이뮤 씨의 말을 어떻게 생각해?"

레이뮤 공략이 불가능하다고 판단한 나는 타깃을 슈아로에와 유리시아드로 돌렸다. 그러자 슈아로에가 먼저 자신의 의견을 밝혔다.

"레지 군은 충분히 그럴 자격이 있어요. 내가 옆에서 쭉 지켜봐 왔으니까요."

"……."

쓰읍, 슈아로에는 날 너무 높이 평가하는군. 객관적이지가 못해.

"유리시아드는?"

"인정하기는 싫지만 그쪽에게 그런 능력이 있다는 건 사실이에요. 그리고 더 무서운 것은 욕망덩어리 씨가 아직 성장 가능성이 매우 많이 남아 있다는 점이구요."

"성장 가능성?"

으잉? 웬 뜬금없이 성장 가능성? 성장 가능성이라면 아직 젊은 슈아로에나 유리시아드도 많잖아. 난 두 사람보다 나이가 많으니 성장 가능성이 더 없는데?

"욕망덩어리 씨는 짧은 시간에 3서클을 달성했고, 정령술까지 쓰면서 4서클의 마나를 가지고 있는 바람의 정령을 부릴 수 있어요. 그리고 포스 변환이라는 코드 때문에 아주 적은 가능성이긴 하지만 신력까지 사용할지도 모르죠. 아무런 힘도 쓰지 못한다는 검은 머리의 청년이 마법에다 정령술, 무공, 신력까지 쓴다면…… 사람들에게 영웅으로 추앙받아도 이상할 건 없어요."

"……."

유리시아드가 날 그렇게 평가할 줄은 몰랐기에 난 조금 당황스러웠다. 비록 내 무의식에 들어 있다는 욕망 때문에 날 매우 싫어하기는 하지만 그 외의 면에서는 날 인정하는 듯했다. 그것은 기분 좋은 일이었지만 결국 슈아로에나 유리시아드 모두 레이뮤의 영웅 만들기에 찬성이라는 소리라서 나로서는 다른 돌파구가 필요했다.

"휴트로 씨는 어떻게 생각하세요?"

난 최후의 보루인 휴트로를 붙잡고 늘어졌다. 남자에 대한 평가가 인색한 휴트로라면 내 단점을 콕콕 찍어 말해줄 것이 분명했기 때문이다. 그러나 불행히도 휴트로 역시 내 단점보다는 장점 말하기에 치중했다.

"넌 마법도 쓰고 정령술도 쓰는 데다 내공까지 가지고 있으니까 대단한 녀석이긴 하다. 또 겉보기와는 다르게 냉철하고, 결단력도 빠르지. 대마법사님이 널 키워주려고 하는 것도 무리는 아니다. 근데 말이야, 네리안느한테서 들었는데……

너 다른 세계에서 왔다고?"

으잉? 휴트로 씨는 아직 내 정체를 믿지 않는 건가? 그래, 그래야지. 어떤 인간이 다른 세계에서 왔다는 말을 쉽게 믿냐고. 여기 있는 사람은 휴트로 씨 빼고 전부 비정상이라니까.

"믿기 어렵겠지만 사실이에요."

"그러냐? 흠, 그렇군."

"……."

어이, 휴트로 씨. '그러냐? 흠, 그렇군' 으로 끝이야? 뭔가 더 격렬한 반응을 보여야 하는 거 아니야? 설마 이 사람도 내가 다른 세계에서 왔다는 걸 납득한다는 뜻은 아니겠지? 그런 말을 그렇게 쉽게 믿어버리면 안 된다고! 부탁이니까 내 말 좀 부정해 줘!

"레지스트리 군도 들었다시피 모두들 레지스트리 군을 인정하고 있어요. 그러니 군말하지 말고 검은 천사라는 칭호와 백작 작위를 받도록 해요. 받아서 손해 볼 일은 없으니까 걱정하지 말아요."

레이뮤는 기정사실이라는 표정을 지으며 딱 부러지게 못을 박았다. 일단 내 주변 사람들이 그러한 포상에 대해서 별 불만을 가지고 있지 않다는 것을 확인까지 했으니 나도 주는 건 그냥 낼름 받아먹기로 했다. 거저먹을 수 있는 걸 제때 먹지 않으면 나중에 후회할 수도 있기 때문이었다.

"아, 그리고……."

그 와중에 갑자기 레이뮤가 화제를 다른 쪽으로 돌렸다.

"성스러운 투구와 성스러운 흉갑은 우리 매지스트로에서 관리하기로 했어요. 본래 성스러운 투구를 관리하던 매킨토시 왕국이 윈도우즈 연합에게 멸망당했고, 성스러운 흉갑을 관리하던 윈도우즈 연합도 우리 토벌군에게 멸망당했기 때문에 오에스 대륙에서 두 성물을 보존할 세력이 없어졌죠. 그래서 오에스 대륙에 새로운 왕국이나 제국이 건설될 때까지 두 성물은 매지스트로에서 보관하기로 결정됐어요."

"……."

하아, 아무리 레이뮤 씨가 토벌군 부책임자라고 하지만 너무 독단적인 거 아니야? 성물을 관리할 세력이 없다고 성물 두 개를 냉큼 먹어버리다니. 그런 결정에도 반대하는 사람이 없다는 건 그만큼 레이뮤 씨에 대한 사람들의 신망이 두텁다는 뜻도 되겠지만, 그 때문에 레이뮤 씨 안티 세력이 꼬투리를 잡게 되는 결과를 초래할 수도 있는데 말이지. 걱정되는군.

"그리고 성스러운 건틀렛은 리엔과 리에네가 가져가기로 했어요. 본래 성스러운 건틀렛은 노스브릿지 산맥의 엘프들이 관리하는 것이고, 그 담당자가 리엔과 리에네이니 당연한 일이지요."

흐음, 매직 오너멘트 세공점에서 만난 지 거의 넉 달 만에 리엔과 리에네가 성스러운 건틀렛 회수라는 목적을 달성했

군. 이제 그럼 리엔과 리에네는 노스브릿지 산맥으로 돌아가는 건가? 그동안 두 엘프를 실험 재료로 쓰느라 정도 많이 들었는데 앞으로 볼일이 없어진다니 아쉽군. 아, 리엔과 리에네한테 남녀 간의 므흣한 정보를 알려줘야 하는데. 그래야 종족 번식을 할 거 아니야. 쓰읍, 안타깝다.

"레지스트리 군은 코르디안과 메드포르를 어떻게 할 생각인가요?"

레이뮤는 또다시 화제를 바꿔 버렸다. 이야기의 중심이 이리저리 이동하고 있어서 정신없었지만 어차피 결정해야 할 일이라 성심성의껏 대답했다.

"모르겠는데요."

"……."

순간 주위의 분위기가 싹 가라앉았다. 이에 난 매우 당당한 표정으로 입을 놀렸다.

"이곳에서는 전쟁 포로를 보통 어떤 식으로 처리하나요? 특히 포로가 수뇌부일 경우예요."

"레지스트리 군이 사는 세계에서는 전쟁이 일어나면 어떻게 되는지 잘 모르겠지만, 적어도 이 세계에서는 전쟁에서 패한 나라의 여자나 아이들은 노예가 되고 남자들은 죽임을 당하는 경우가 많아요. 수뇌부일 경우에는 공개 처형을 하지요."

에이, 이곳이나 저곳이나 똑같잖아.

“공개 처형 방식에는 어떤 게 있는데요?”

“참수, 끓는 기름 속에 집어넣기, 팔다리를 줄로 묶고 세게 잡아당겨 찢어버리기 등등이 있지요. 처형 방식에 대한 법은 없고 자유롭게 사용하면 돼요.”

“…….”

레이뮤는 생각만 해도 몸서리쳐지는 말을 아무런 표정 변화 없이 얘기했다. 하지만 그렇다고 레이뮤가 사람 목숨을 껌딱지처럼 여긴다는 느낌은 받지 않았다. 오히려 레이뮤의 무표정은 내 동정을 살펴보기 위한 일종의 속임수 같았다. 물론 레이뮤의 아름다운 외모 때문에 그런 편견을 가지게 됐거나 그렇게 생각하고 싶은 나의 바람일 가능성도 있었지만.

“레지스트리 군이 나에게 처형 방식을 묻는 걸 보니 이미 마음의 결정을 내렸나 보군요?”

그렇게 말하는 레이뮤의 눈빛은 뭔가 의미심장해 보였다. 이미 내 마음속을 꿰뚫어 보고 있는 듯한 눈빛이었다. 그래도 난 내 생각을 말했다.

“전쟁 발발의 원흉을 살려두면 말이 안 되죠. 살려두면 사람들이 난리를 칠 텐데.”

“그 이유뿐인가요? 불구로 만든 다음에 노예로 부려먹어도 되지 않을까요?”

헉! 레이뮤 씨, 너무 과격해.

“코르디안이나 대머리 아저…… 아니, 메드포르를 살려두는 건 위험해요. 지금은 포스 변환 코드 때문에 자신의 본래 포스를 사용할 수 없지만 포스 변환 코드를 역이용하거나 다른 포스를 배울 가능성이 있어요. 그리고 한 나라의 왕이었던 자라면 사람들을 선동하는 방법도 알고 있겠죠. 힘이 없어도 사람들을 이용해서 뭔가 계략을 꾸밀 위험이 있어요."

"……."

"하지만 그보다 더 결정적인 건 두 사람이 모두 야망을 버리지 않았다는 점이에요. 야망을 가지고 있는 한 두 사람은 계속 전쟁을 일으키려고 할 겁니다. 꼭 전쟁이 아니더라도 위험한 일을 반드시 실행하겠죠. 그렇기 때문에 무조건 두 사람을 죽여야 해요."

내 어조는 단호했다. 사람이 사람의 죄를 판단하여 죽인다. 현 시대에서도 크게 논란이 되고 있는 부분. 그러나 이곳은 인권 따위는 전혀 신경 쓰지 않는 중세 정도의 시대이기 때문에 사람이 사람의 죄를 벌해도 상관없다. 권력을 가지지 못한 사람으로서는 매우 살기 힘든 세상이지만 백작이라는 권력을 행사할 수 있는 나에게는 매우 바람직한 시스템인 것이다.

"레지스트리 군이 그렇게 결정을 내렸다면 그에 따르도록 하겠어요. 내일 레지스트리 군이 다른 대장들 앞에서 직접 코르디안과 메드포르의 처형을 선언하도록 해요. 모든 대장들이 레지스트리 군의 선언에 고개를 끄덕일 거예요."

레이뮤는 그 말을 끝으로 자리에서 일어서면서 슈아로에를 향해 말했다.

"슈아로에, 레지스트리 군을 방으로 데려가도록 하거라."

"네, 레이뮤님."

지시를 받은 슈아로에는 날 끌고 취조실을 빠져나왔다. 나머지 사람들도 취조실에서 나와 각자의 방으로 돌아갔다. 그들보다 하루 늦게 정신을 차린 나로서는 내 방이 어디 있는지 모르기 때문에 슈아로에의 뒤만 졸졸 따라다녀야 했다.

또각또각—

스웨이드 부츠를 신은 슈아로에의 발자국 소리가 복도에 울려 퍼졌다. 그녀가 가는 방향을 보니 내가 아까 전까지 잠들어 있었던 그 방으로 향하는 것 같았다. 목적지를 알게 되어서 마음의 여유가 생긴 내가 슈아로에에게 말을 걸려고 했을 때 슈아로에가 고개를 돌려 선수를 쳤다.

"나보다 레지 군이 먼저 백작이 됐네요. 축하해요."

"아, 고마워. 근데 난 센트리노 제국에서 백작 작위를 받았으니까 센트리노 제국에서만 통하잖아."

"다른 나라에 가도 백작 대우를 받아요."

하긴, 우리나라 대통령이 다른 나라에 가서 극빈 대접을 받는 거와 같은 이치겠지. 직접적으로 그 나라에서 권력을 행사할 수는 없겠지만 간접적으로 영향력을 행사할 수 있으니까 말이야. 내가 다른 나라로 놀러 갔다가 그 나라에서 형편없는 대우를 받으면 센트리노 제국으로 돌아가 '금마들 4가지가 없더만?' 하면 센트리노 제국에서 압박을 가하는 거 아니겠어?

"이제 레지 군이 유명해지면 이렇게 맘 편하게 얘기도 못 하겠네요."

그 말을 하는 슈아로에의 표정은 어딘지 모르게 쓸쓸해 보였다. 슈아로에가 백작 작위를 받으려면 2년이 더 지나야 하기 때문에 지금 상황에서는 내가 슈아로에보다 지위가 높았다. 그렇기 때문에 대외적으로 슈아로에가 날 만만하게 보는 것은 문제의 소지가 있었다. 하지만 난 슈아로에에게 형식적인 대접을 받고 싶은 생각이 전혀 없었다.

"어차피 같은 매지스트로 학생인데 상관없잖아? 레이뮤 씨는 날 영웅으로 만들겠다고 하지만 솔직히 내가 사람들에게 인정받을 거라는 생각은 안 들어. 난 부족한 점이 너무 많잖아. 그러니까 지금처럼 슈아가 옆에서 많이 도와줬으면 좋겠다."

"……!"

내 말을 들은 슈아로에의 얼굴이 순간적으로 빨개졌다. 그녀의 얼굴이 왜 빨갛게 물들었는지에 대해서 생각할 때 슈아로에는 재빨리 얼굴색을 원래대로 되돌리며 입을 열었다.

"내가 없으면 레지 군은 아무것도 못하니까 곁에 있어줄 게요."

"그래그래, 고맙다."

난 슈아로에의 머리를 쓰다듬으며 웃었다. 슈아로에와 지낸 지 벌써 반년이 넘자 이렇게 편하게 대할 수 있었다. 그러나 어린애 취급을 당한 슈아로에는 삐친 표정을 지었다.

"난 어린애가 아니라구요."

"키가 10㎝ 더 자라면 어린애 아니라고 인정해 줄게."

"……!"

그러자 슈아로에의 눈에서 불똥이 튀었고, 그 순간 그녀의 손가락이 내 옆구리 살을 움켜잡았다. 근육일 리가 없는 옆구리 살을 잡힌 난 움찔거렸고, 슈아로에는 득의의 미소를 지었다.

"어린애한테 당하는 레지 군도 어린애죠?"

흐윽, 슈아로에가 별로 세게 잡은 것도 아닌데 옆구리가 움찔움찔거린다. 옆구리 근육을 단련할 필요성이…….

"하하, 나야 어리게 봐주면 고맙지."

"……."

난 짐짓 웃으면서 너스레를 떨었지만 그것은 도리어 슈아로에의 옆구리 공격을 부추기는 결과를 초래하고 말았다. 그나마 슈아로에가 옆구리 살을 그냥 손가락으로 잡기만 했을 뿐이라 다행이었다. 옆구리 살을 잡고 비틀었다면 난 극도의 고통을 느꼈을 것이다. 어쨌든 그렇게 나와 슈아로에는 서로 티격태격하면서 각자의 방으로 돌아갔다.

*　　　*　　　*

"지금부터 코르디안과 메드포르의 처분 회의를 시작하겠습니다."

다음날 오후 1시, 점심을 먹고 나서 대장 급 회의가 열렸다. 그러나 어제와 다른 점은 각 부대 대장뿐만 아니라 네리안느와 엘프 남매도 참석했다는 것이다. 사실 이번 회의는 논의를 통해 결론을 도출하는 게 아니라 처분 권한이 나에게 넘겨진 상태라서 무계급의 그들도 명성 때문에 참석시킨 것이었다.

"윈도우즈 연합 토벌군 부책임자 레이뮤 스트라우드는 코르디안과 메드포르의 처분 권한을 마법 돌격대장 레지스트리 백작에게 이양하였습니다. 따라서 이번 건은 레지스트리 백작의 의견에 따르도록 하겠습니다. 레지스트리 백작."

레이뮤는 그렇게 말하며 날 지목했고, 난 최대한 담담한 표정을 지으며 자리에서 일어났다. 사실 굳이 일어날 필요는 없었는 데도 불구하고 일어나는 게 주목도가 더 높을 것 같아서 일부러 일어났다. 어쨌든 내가 일어서자 모두의 이목이 나에게로 집중되었다. 오랜만에 느끼는 대중의 시선 집중이라 난 떨리는 마음을 억누르며 입을 열었다.

"코르디안과 메드포르는 성물을 노리고 전쟁을 일으켰으며, 모두 자신의 욕망을 위해 많은 수의 사람을 희생양으로 삼아 하급 마왕 쿠드 게리노비아를 소환하였습니다. 이는 절대 용서할 수 없는 일이기에 본인은 코르디안과 메드포르에게 공개 참수형을 선언하는 바입니다."

나의 말은 간단하게 끝났다. 이런저런 말할 필요도 없이 전쟁을 일으킨 장본인이라는 점이 내 결정을 쉽게 내리도록 만들었고, 다른 사람들도 모두 고개를 끄덕였다. 대신 처분 방식이 머리를 칼로 내려치는 참수라는 점에서 반대 의견이 존재했다.

"참수는 너무 가벼운 처분이 아닙니까?"

"적어도 사지를 찢는 정도는 되어야……."

어이구, 그런 무서운 말들을 아무렇지도 않게 하시는군요. 하지만 어쩌나, 난 불행히도 윤리 관념이 강하게 박혀 있어서 상대를 고통없이 한 방에 보내 버리고 싶은걸.

"참형에는 여러 가지 방법이 있으나 본인이 참수형을 선택한 것에는 이유가 있습니다."

일단 그렇게 운을 뗀 후 모두가 조용해진 틈을 타서 말을 이어나갔다.

"코르디안이나 메드포르는 정신적으로 많이 비뚤어진 자들입니다. 그런 그들을 천천히 고통스럽게 죽이다가는 죽어가는 과정에서 그들이 어떤 저주를 퍼부을지 알 수 없습니다. 그 저주가 실현되고 안 되고를 떠나서 그런 말을 들으면 사람들이 동요할 가능성이 있기 때문에 놈들이 이상한 저주를 퍼붓기 전에 죽이려는 것입니다. 물론 놈들의 잘린 머리는 모두가 볼 수 있도록 높이 매달아야겠죠."

"오오."

대장들은 내 말에 수긍하는 모습을 보였다. 사실 일부 마음이 연약한 사람들은 적군이라도 사람을 잔인하게 죽이는 것에 거부감을 느낄 수도 있기 때문에 무난하게 가는 편이 안전했다. 그래도 머리를 자르고 그냥 묻어버리면 공개 처형을 했다는 느낌이 살지 않아서 자른 머리를 매달게 시킬 생각이었다. 그래야 우리 편이 코르디안과 메드포르의 머리를 보고 '우리가 이겼군' 이라고 생각할 수 있는 것이다.

"레지스트리 백작은 공개 참수형을 선언하였습니다. 이의 있습니까?"

"……."

레이뮤는 모두를 둘러보며 물음을 던졌고, 다행히 반대하는 사람은 아무도 없었다. 그리하여 회의가 있은 지 한 시간 뒤에 곧바로 코르디안과 메드포르의 공개 참수가 시작되었다. 비스타 성의 광장 한가운데에 임시 단상을 설치하고 많은 사람들이 지켜보는 가운데 코르디안과 메드포르가 온몸을 묶인 채 꿇어앉혀졌다. 난 레이뮤, 슈아로에, 유리시아드,

휴트로, 엘프 남매와 함께 그 광경을 단상 뒤에서 지켜보았다.

"후우……."

코르디안과 메드포르의 참수형이 집행되는 것을 보며 휴트로는 나지막한 한숨을 내쉬었다. 아무리 잘못된 길로 들어섰다고는 하지만 메드포르는 휴트로의 절친한 친구이자 라이벌이었기 때문에 휴트로로서는 안타까울 수밖에 없었던 것이다.

"휴트로 씨한테는 큰 잘못을 저지르게 되었네요."

난 약간 미안한 어조로 휴트로에게 말했다. 그러자 휴트로는 고개를 내저으며 입을 열었다.

"넌 당연한 일을 한 거다. 이 정도 일로 널 원망한다면 그건 내 도량이 없는 거지. 모든 건 저 바보 같은 녀석이 자초한 일이니까."

"……."

나와 휴트로가 대화를 주고받고 있는 동안 큰 도를 든 두 명의 병사가 단상으로 올라왔다. 그들이 올라오자 메보사르트 후작이 힘차게 공개 참수형을 선언했다.

"참수!"

퍽!

수많은 사람들이 지켜보는 가운데 목뼈가 잘려 나가는 둔탁한 소리와 함께 코르디안과 메드포르의 목이 단상을 굴러

다녔다. 하고 싶은 말이나 남기고 싶은 말 따위를 묻지도 않고 그냥 목을 쳐버린 것이라서 코르디안과 메드포르는 유언 하나 남기지 못한 채 이승을 떠나야 했다. 자신들만의 욕망을 위해 성물을 탈취하고 전쟁을 일으켰던 악당치고는 너무나 허망한 끝이었다.

“뭔가 허전하네요.”

슈아로에는 허공을 쳐다보며 그렇게 말했다. 원래는 코르디안과 메드포르의 잘린 머리를 보면서 해야 하는 말이었지만 참수 시에도 그랬고, 집행이 끝난 지금도 슈아로에는 잘린 머리를 보지 못했다. 사실 어릴 때부터 폭력물을 무수히 섭렵하여 내성이 생긴 나도 잘린 머리를 자세히 들여다볼 자신은 없었기 때문에 그녀의 심정이 이해가 갔다.

“원래 끝이란 건 다 허전한 거야.”

난 슈아로에의 어깨에 은근슬쩍 손을 올리며 말하자 슈아로에는 내 말에 말없이 고개를 끄덕였다. 그때 우리의 옆에 있던 리엔이 나를 보며 입을 열었다.

“본인과 리에네는 성스러운 건틀렛을 가지고 내일 노스브릿지 산맥으로 떠날 것입니다. 그전에 레지스트리와 작별 인사를 하고 싶습니다.”

내 주위에 레이뮤, 유리시아드, 휴트로, 네리안느도 있었는데 리엔은 날 콕 집어 말했다. 그것에 내가 당황하고 있을 때 리엔이 나에게 악수를 청했다. 엘프가 인간에게 악수를 청한다는 말은 들어본 적도 없고, 더욱이 리엔이 그런 행동을 취할 줄 몰랐기 때문에 난 더욱 당황해 버렸다. 그래도 얼떨결에 리엔과 악수를 하긴 했다. 리엔은 나와 악수를 하면서 말을 이었다.

"본인은 지금껏 작은 우물 안에 갇혀 있었습니다. 정령술을 최고라고 여기며 그 외의 것은 무시하고 배척했습니다. 하지만 레지스트리를 만나 아무도 만들어내지 못한 코드를 알게 되었고, 상식을 무너뜨리는 모습을 보았습니다. 레지스트리 덕분에 본인의 시야가 넓어졌습니다."

"에……."

리엔이 내 칭찬을 늘어놓고 있어서 난 뭐라고 할 말이 없었다. 그냥 멋쩍은 표정으로 리엔의 손을 맞잡고 있을 뿐이었다. 그때 리엔의 옆에 있던 리에네도 남은 내 손을 맞잡으며 진지한 표정으로 말문을 열었다.

"레지스트리는 본인의 스승입니다. 본인도 레지스트리를 통해 많은 것을 배웠습니다. 정말 감사합니다."

"……."

으으, 이 엘프들이 갑자기 왜 이래? 평소에는 날 무시하더니 왜 헤어질 때쯤 되니까 존경하는 척하냐고. 그냥 평소처럼 '본인은 갑니다. 인연이 있으면 또 만나기를 빕니다' 정도로 작별 인사를 하면 되잖아? 갑자기 이렇게 오버하는 이유는 뭐야? 설마 이미지 관리하겠다는 뜻?

"레지스트리와 또다시 만날 날이 오기를 희망합니다."

"본인도 마찬가지입니다."

리엔과 리에네는 마지막으로 그렇게 말하며 다른 사람들과도 작별 인사를 나누었는데, 나하고 한 작별 인사에 비해 다른 사람들하고는 매우 간단하게 끝냈다. 그러고 나서 엘프 남매는 총총히 자신들의 방 쪽으로 사라졌다. 그들의 모습을 보아하니 오늘 중이나 내일 이른 아침쯤에 성스러운 건틀렛을 가지고 비스타 성을 떠날 것 같다는 느낌이 들었다.

"아아, 리엔 씨와 리에네 씨를 앞으로 또 볼 수 있을까요?"

사라져 가는 엘프 남매의 모습을 보며 슈아로에가 아쉽다는 듯이 입을 열었다. 그러나 엘프 남매뿐만 아니라 유리시아드와 네리안느, 휴트로 모두와도 헤어져야 할 시간이었기 때문에 아쉬움을 연속으로 느껴야 했다.

"나와 소성녀는 일단 신전으로 돌아갈 생각입니다. 몬스터 도발이 또 일어난다면 다시 여행을 시작하겠죠. 우리는 오늘 저녁 중으로 떠날 것입니다."

"아……."

휴트로의 선언에 슈아로에는 또다시 아쉬운 표정을 지었다. 그런 슈아로에를 네리안느가 살짝 안으며 말했다.

"또 만날 수 있으니 아쉬워 말아요."

"네, 네리안느 씨."

슈아로에는 마치 어머니의 품에 안긴 듯 네리안느의 가슴에 얼굴을 묻었다. 그 광경을 내가 침 흘리며 보고 있자 유리시아드의 주먹이 내 옆구리에 꽂혔다. 그사이 우리의 대표인 레이뮤가 말문을 열었다.

"나나 슈아로에, 레지스트리 군은 매지스트로로 곧장 돌아갈 생각입니다. 이번 전쟁 때문에 학교를 너무 오래 비웠으니까요. 유리시아드, 뒷일은 그대에게 맡길게요."

"네, 레이뮤님."

호으, 레이뮤 씨. 귀찮은 일을 유리시아드에게 떠넘기겠다는 뜻? 뭐, 언제나 시작 준비하고 마무리 정리가 제일 손이 많이 가긴 하지. 그래도 유리시아드 혼자에게 떠넘기다니…….
유리시아드가 불쌍하긴 하지만 그렇다고 나도 하고 싶지는 않으니 그냥 얌전히 있자.

웅성웅성—

그때 갑자기 코르디안과 메드포르의 잘린 머리를 구경하던 사람들로부터 작은 소란이 일어났다. 난 무슨 일인가 하여 사람들을 쳐다보았는데 도리어 사람들은 자기네들끼리 속닥거리며 날 쳐다보고 있었다. 귀를 기울이니 그들이 하는 말을 어느 정도 듣게 되었다.

"저 소년이 검은 천사라며?"

"듣기로는 20살이 넘었다던대? 매지스트로 블루 케이프래."

"정말 저 사람이 드래곤하고 하급 마왕을 잡았단 말인가?"

"난 그가 마법에 정령술까지 쓰는 걸 봤다고."

이런, 갑자기 사람들이 내 얘기를 하잖아? 이 자리에 더 있다가는 무슨 말을 들을지 모르니 당장 사라져 줘야겠군.

"레이뮤 씨, 출발은 내일인가요?"

"그래요. 오늘은 푹 쉬도록 해요."

레이뮤는 주변에서 뭐라고 떠들던 신경 쓰지 않은 채 슈아로에를 데리고 내성 건물로 들어갔다. 네리안느와 휴트로 역시 나와 간단히 작별 인사를 하고는 유유히 내성 건물 쪽으로 사라졌다. 오늘 오후에 또 만날 수 있기에 굳이 작별 인사를 할 필요는 없었지만 그래도 일단 작별 인사를 하니 마음 한구석이 휑해졌다. 하지만 유리시아드는 무덤덤한 얼굴로 입을 열었다.

"어차피 모두 어디선가 또 만나게 되어 있으니 아쉬워할 필요 없어요. 내가 보기 싫어도 그쪽을 계속 만나는 것도 그렇지요."

"……."

그래, 미안하다. 보기 싫은데 자꾸 얼굴 내비쳐서.

"난 처리할 일이 많으니 먼저 실례하겠어요. 빨리 돌아가지 않으면 귀찮은 일을 당할 거예요."

유리시아드는 그 말을 남기곤 위엄있는 모습으로 내성 건물 쪽으로 향했다. 난 그녀가 한 말의 의미를 몰라 잠시 멍하니 서 있었는데, 그 틈을 노려 주변에서 수군대던 사람들이 일제히 내 쪽으로 몰려들었다. 그리고는 일시에 속사포 공격을 해대었다.

"백작님, 정말 20살이 넘으셨는지요?"

"정말 드래곤을 잡으셨습니까? 어떻게 잡으셨습니까?"

"어떻게 마법과 정령술을 그렇게 잘 다루십니까? 검은 머리는 마법 하나도 제대로 쓰기 어렵다고 하던대."

으으, 날 가드해 줄 인간이 모두 사라지니까 사람들이 벌떼처럼 몰려와 공격을 퍼붓는구먼. 유리시아드의 말은 이런 뜻이었나? 내가 만만하게 보이니까 사람들이 이러는 거 아냐? 어찌 됐든 지금의 질문 공세에 더 시달리다가는 가뜩이나 가벼운 몸무게가 절반으로 줄어들 것 같으니 냉큼 꺼져야겠다.

"본인은 피곤해서 먼저 실례하겠습니다."

난 최대한 피곤한 듯 인상을 확 찌푸린 뒤 황급히 내성 건물 쪽으로 걸음을 재촉했다. 내가 건물 안으로 들어갈 동안에도 사람들은 마치 특종을 노리는 기자처럼 날 집요하게 따라왔다. 덕분에 난 뜻하지도 않게 연예인 기분을 느낄 수 있었다.

*　　　*　　　*

다음날, 난 슈아로에와 레이뮤를 따라 매지스트로를 향해 출발했다. 출발할 때 유리시아드와는 또다시 작별 인사를 했지만 다른 사람들과는 만나지 못했다. 얘기를 들어보니 리엔과 리에네는 어제 오후에, 네리안느와 휴트로는 어젯밤에 떠났다고 했다.

덜컹덜컹—

거의 2개월 만에 타보는 마차라 나와 슈아로에는 또다시 마차에 적응하는 시간을 가져야 했다. 그래도 예전에 타본 경험이 있어서 그런지 금방 엉덩이가 적응했다. 비스타 성에서 매지스트로까지 가는 70일 동안 아무런 일도 일어나지 않았다. 오히려 너무 조용해서 심심할 정도였다. 그래서 난 레이뮤와 슈아로에에게 부탁하여 마나 복사를 받으려 했다. 그런데 처음엔 별 무리 없이 잘됐던 마나 복사도 몇 번을 하다 보니 제대로 되지 않았다. 마나 복사 코드는 기본적으로 타인과 타인의 정신을 연결하는 것이라 상대가 링크를 거부하거나 시전자가 집중력을 조금만 흩뜨려도 링크가 끊어져 버리기 때문이었다.

"또 실패네요."

5일 연속으로 마나 복사 코드 실행에 실패하자 내 옆에 앉은 슈아로에는 더 이상 못해먹겠다는 표정을 지었다. 슈아로에는 나름대로 열심히 했는데 내가 자꾸 잡생각을 해서 링크가 끓기고 있으니 그럴 만도 했다.

“미안. 역시 쉽게는 안 되는구나. 마나 복사는 그만 해야겠다.”

결국 난 레이뮤나 슈아로에로부터의 마나 복사를 그만두기로 했다. 거의 대부분 정신력이 산만한 나의 문제였기 때문에 더 이상 그녀들에게 희생을 강요할 수 없었던 것이다. 그런 나를 보며 슈아로에가 미묘한 얼굴 표정으로 입을 열었다.

“마나 복사 코드…… 처음 봤을 때는 말도 안 되는 마법이라고 생각했는데 의외로 사용하기 어렵네요. 뜻대로 안 돼서 괴롭겠어요, 레지 군.”

슈아로에 딴에는 날 위로한답시고 한 말이었으나 사실 그녀는 사기 마법이라고 생각했던 마나 복사 코드가 사용하기 어렵다는 것을 알게 되어서 기쁘다는 쪽에 가까웠다. 하지만 대놓고 기뻐하다가는 나한테 해코지를 당할 우려가 있어서 속마음을 감추느라 미묘한 표정을 짓고 있는 것이다.

흐으, 마나 복사 코드는 20분 정도 만에 1서클을 만들 수 있는 획기적인 마법이긴 하지만 타인과의 링크가 쉬운 게 아니라서 사용하기가 어려워. 상대방이 실프처럼 자아가 없다면 문제없겠지만 사람은 기본적으로 본인의 자아를 지키려고 하니 타인의 링크에 거부감을 일으키거든. 물론 서로 컨디션이 좋고 기분이 업된 상태라면 마나 복사 코드가 먹혀들겠지만, 그게 자주 있는 일은 아니니 원…….

"할 수 없다. 마나 생성 코드라도 써야지."

난 결국 마나 복사 코드에서 마나 생성 코드로 주도권을 넘겼다. 그러자 슈아로에가 나에게 이의를 제기했다.

"마나 생성 코드는 한번 실행시키면 중지가 안 되잖아요. 중간에 기습이라도 받으면 어쩌려구요?"

훗, 겨우 그 정도로 나의 행동을 저지할 생각이었어? 생각이 너무 얕군.

"기습받을 일은 없을 것 같은데? 설령 기습을 받는다고 하더라도 최고 마법사 두 명이 내 옆에 있는데 걱정할 필요는 없잖아? 안 그래?"

"그건 그렇지만……."

일단 슈아로에는 칭찬에 근접한 내 말을 전혀 부정하지 않았다. 그리고 내 칭찬 때문인지 더 이상의 반대 의사도 표현하지 않았다. 그래서 난 일단 실프를 소환해 놓은 상태에서 마나 생성 코드를 실행했다. 마나 생성 코드를 먼저 실행하면 실프 소환이 되지 않기 때문이었다.

"실프는 왜요?"

내가 실프를 소환하자 슈아로에가 의문스러운 얼굴로 물었다. 그래서 난 마나 생성 코드를 실행하고 나서 대답했다.

"난 마나 생성 코드로 마나를 모으고, 실프는 내공 주입으로 포스량을 늘리려고."

"……."

그럼 그렇지, 하는 표정을 지으며 슈아로에는 나지막이 한숨을 내쉬었다. 어떻게 해서든 편법으로 뭔가를 이루려는 내 모습에 기가 질린 모양이었다. 하지만 그렇다고 반대하지는 않았다. 그래서 난 실프를 내 무릎 위에 세워놓고 마차의 흔들림에 몸을 맡기며 실프에게 내공 주입을 시작했다. 실프의 내공 주입은 아무런 방해 없이 순조롭게 진행되어 하루 만에 5년 내공을 주입시키는 결과를 낳았다. 그러나 문제는 이때부터 발생했다.

"어?"

내공 주입 이틀째 되던 날, 난 어제와 마찬가지로 실프에게 내공 주입을 시도했다. 그러나 실프의 포스량이 어느 정도까지 늘어났을 때 갑자기 주입시킨 내공이 흩어져 버렸다. 아무리 내공 주입을 해도 내공을 주는 족족 사라져 버릴 뿐 내단이 형성되지 않는 것이다.

잉? 왜 이래? 실프가 내공 주입을 거부하고 있는 것도 아닌데 내공이 모이질 않잖아? 대충 보니 포스량이 거의 10,000 정도에 육박한 것 같은데……. 더 이상 내공 주입 불가? 설마 정령의 한계 포스량이 10,000 정도라는 건가? 그럼 나도 그렇고, 실프도 그렇고 포스량 증가를 이 이상은 할 수가 없다는 뜻? 으악! 안 돼! 실프마저 무너지면 난 어떡하라고! 실프를 군대라도 보내서 한계를 뛰어넘도록 해야……!

"실프, 마나 생성 코드를 써봐."

내공 주입이 더 이상 되지 않음을 깨달은 나는 마나 생성 쪽으로 방향을 바꾸었다. 내 명령을 거부하지 않는 실프는 내 말대로 마나 생성 코드를 외워서 마나를 자신의 머리에 새기기 시작했다. 현재 실프의 마나량은 4서클이고, 마나 하나를 새기는 데 걸리는 시간이 거의 1시간 30분 정도이기 때문에 실프에게 마나가 모이는지 모이지 않는지를 판단하기까지는 많은 시간이 필요했다.

"으으…… 답답해!"

실프의 포스량 증가에 진척이 없자 난 머리를 감싸 쥐고 좌절했다. 뭔가 큰 장벽에 가로막힌 듯한 느낌이 들어서 답답했던 것이다. 그런 날 보며 슈아로에가 한심하다는 듯이 혀를 끌끌 찼다.

"마나 생성 코드로 힘 안 들이고 마나를 모으고 있으면서 뭘 또 바라는 거예요? 레지 군은 세상을 너무 쉽게 살아가려는 안 좋은 버릇이 있어요."

"실프, 너도 내가 세상을 쉽게 쉽게 살아간다고 생각해?"

난 슈아로에를 직접 상대하지 않고 얌전히 마나 생성 코드를 실행시키고 있는 실프에게 질문을 던졌다. 사실 특별한 뜻 없이 그냥 재미로 한 말이었는데 슈아로에는 그걸 가지고 말꼬투리를 잡았다.

"실프에게 그런 걸 물어봐서 뭘 어쩌려구요? 실프가 자아를 가지고 있는 것도 아닌데 무의미한 질문이잖아요! 안 그러니, 실프?"

"……."

그러는 슈아, 너도 지금 실프에게 질문을 던지고 있지 않냐?

"자, 실프. 이 기회에 확실히 해두자. 나하고 슈아로에 중에 나쁜 사람이 누구게?"

난 매우 진지한 표정으로 실프의 얼굴을 쳐다보았다. 실프는 무표정한 얼굴로 날 쳐다보았고, 슈아로에는 '그런다고 실프가 대답할 줄 알아요?!' 라는 표정으로 날 사납게 째려보았다. 나 역시 '내가 지금 순진한 실프 가지고 뭐 하는 짓인가?' 하는 생각이 들어서 창밖으로 시선을 돌리려고 했을 때 갑자기 실프가 손을 들더니 내 얼굴을 가리켰다.

잉? 지금…… 실프가 내 명령없이 손을 든 것 아닌가? 난 분명 실프에게 질문만 했지 그 이후로 어떤 행동을 취하라는 명령을 내린 적이 없다고. 그렇다는 건 실프 스스로의 의지에 의해서 손을 들어서 날 지목했다는 말인데…… 이거…… 정령은 자아를 가지고 있지 않다는 이곳 세계의 상식을 깨부수는 대사건이잖아? 근데 왜 하필이면 나와 슈아로에 중에 누가 나쁘냐는 질문에 날 왜 지목한 거야? 난 이래 봬도 네 주인이라고! 주인을 나쁜 사람으로 지목하다니 지금 제정신이냐!

"에헤헤, 레지 군. 날 찍게 하려다가 실패했죠? 역시 레지 군은 뭐 하나 제대로 하는 게 없네요. 자기 정령도 제대로 다스리지 못하다니."

슈아로에는 지금 실프가 내 명령에 따르려다가 실수로 나를 지목했다고 생각하는 모양이었다. 하지만 결단코 난 실프에게 누구를 지목하라는 명령을 내리지 않았기 때문에 그녀의 말을 귀담아듣지 않았다. 대신 실프를 향해 또다시 질문을 던졌다.

"지금 마차에 앉아 있는 세 사람 중에서 슈아로에가 누구지?"

"뭐예요? 실프한테 왜 이상한 짓을 시키려……!"

내 질문 내용이 어처구니없다는 듯 고개를 설레설레 젓던 슈아로에는 그 뒤에 일어난 실프의 행동에 크게 놀랐다. 실프가 날 가리키던 손을 그대로 이동해서 내 옆에 앉은 슈아로에를 지목했기 때문이었다. 그것은 제3자가 보기에도 누군가의 명령을 받아서라기보다 실프 스스로의 의지로 슈아로에를 지목했다는 느낌이 강했다. 그렇기 때문에 우리의 바보 같은 행동을 따스한 눈으로 바라보고 있던 레이뮤도 꽤 놀란 표정을 지었다.

"지금 실프가 슈아로에를 알아본 것인가요?"

"그, 글쎄요. 일단 난 질문만 하고 행동을 취하라는 명령을 내리지는 않았으니까…… 실프 스스로 움직였다고 보는 게 맞지 않을까요?"

난 도리어 레이뮤에게 동의를 구했다. 그러나 정령에 대해서 자세히 알지 못하는 레이뮤라 그녀의 동의를 구해도 별다른 실속은 없었다. 그래서 난 또다시 실프를 향해 제3차 질문을 던졌다.

"우리 셋 중에서 레이뮤 씨는 누구?"

스윽—

내 질문을 받자마자 실프는 지체없이 레이뮤를 가리켰다. 슈아로에는 내 옆에 앉아 있었기 때문에 실프가 우연히 선택한 것이라고도 볼 수 있었지만 레이뮤는 나와 슈아로에의 반대편에 앉아 있었고, 그녀를 지목하기 위해서는 실프가 몸을 돌려서 레이뮤를 가리켜야 했다. 그런데 실프는 내 명령없이도 몸을 180도로 돌려서 정확히 레이뮤를 지목했다. 이는 실프가 내 질문 내용을 이해하고 자신의 의사대로 몸을 움직일 수 있다는 뜻이었다.

"말도 안 돼……!"

여태까지 없었던 실프의 돌발 행동으로 인해 슈아로에는 크게 놀랐다. 아니, 슈아로에뿐만 아니라 나와 레이뮤도 놀라고 있었다. 정령왕 이외의 정령은 자아를 가지고 있지 않다는 이곳 세계의 상식이 깨졌으니 당연했다. 물론 나에게는 이곳 세계의 상식이 통하지 않기 때문에 내가 받은 충격은 그다지 크지 않았다…… 라고 말하고 싶었으나 여태까지 수동적으로만 움직이던 나의 실프가 갑자기 능동적으로 변해 버려서 실프의 주인인 내가 셋 중에서 가장 큰 충격을 받았다.

실프가 나쁜 사람으로 날 지목했다는 사실이 매우 마음에 걸리긴 하지만, 실프에게 자아가 생겼다는 것이니 주인으로서 매우 감동이로구만. 자, 그럼 실프의 자아가 어느 정도 수준인지 한번 확인해 볼까?

"실프, 그럼 우리 셋 중에서 제일 예쁜 사람은?"

실프의 변화에 충격을 받음과 동시에 기쁨을 느낀 나는 실프에게 좀 더 고난이도의 질문을 했다. 만약 실프가 나 이외의 사람을 지목한다면 예쁘다라는 말의 의미를 알고 있다고 봐도 무방했던 것이다. 그러나 실프는 그런 내 기대를 무참히 짓밟으며 날 지목해 버렸다.

으으, 남자한테 예쁘다고 하면 일반적으로 실례라고. 꽃미남이라면 얘기가 다를지도 모르겠지만 난 그쪽하고 지구~안드로메다 사이의 거리만큼 떨어져 있으니까 말이야. 어쨌든 좋은 소리를 들어서 기분이 좋기는 한데…… 정말 실프가 예쁘다는 말의 의미를 알고서 날 지목한 걸까?

"말도 안 돼! 레지 군이 예쁘다니!!"

어이, 거기 꼬마 어린이. 조용히 하세요.

"자, 그럼 우리 셋 중에서 가장 착한 사람은 누구?"

스윽—

네 번째로 이어진 내 질문에 실프는 날 가리키던 손을 고정시켰다. 그것은 이번 질문에 대한 대답으로 날 선택했다는 뜻이었다. 이를 통해 난 실프의 자아 수준을 어느 정도 파악할 수 있었다.

아까 날 나쁜 사람으로 지목해 놓고 이번에는 착한 사람으로 지목한 건 결국 실프가 나쁘다와 착하다를 구별하지 못한다는 뜻. 결국 자기가 모르는 질문이 나오면 무조건적으로 날 지목한다는 건가? 쳇, 괜히 좋아했잖아.

"그럼 우리 셋 중에서 남자는? 마법 지팡이를 가지고 있는 사람은? 머리색이 검은 사람은?"

난 그 외에도 실프에게 여러 가지 질문을 던졌다. 그를 통해 알아낸 것은 실프가 주관적인 질문에는 무조건 날 지목했지만 비교적 해답이 명확한 객관적인 질문에는 제대로 된 지목을 했다는 점이다. 한마디로, 감성적인 면은 없지만 논리적인 면은 매우 우수하다는 뜻이었다.

"우와, 실프가 정말 똑똑하네요!"

실프가 여러 가지 질문에 정답을 맞추자—그래 봤자 선택지가 나, 슈아로에, 레이뮤 이 3개밖에 없는 삼지선다형이었지만—슈아로에는 연신 감탄사를 터뜨렸다. 언제나 담담한 레이뮤조차 비교적 놀란 표정을 짓고 있었기 때문에 난 왠지 흐뭇한 마음이 들어서 나도 모르게 실프의 머리를 쓰다듬었다. 어차피 아무런 형체도 없는 실프라서 만져 봤자 소용없지만 실프를 칭찬하기 위해서 그런 행동을 취했다. 그런데 실프의 머리 쪽으로 손을 가져간 순간 뭔가 물렁물렁한 것이 손가락에 닿았다.

"지금……!"

놀란 마음에 난 다시 한 번 실프의 머리를 더듬었다. 약간 말랑말랑한 느낌이 있었지만 분명 실프의 얼굴은 손으로 만질 수 있는 형체를 가지고 있었다. 머리뿐만 아니라 손과 발 역시 말랑말랑한 형체를 확인했다. 남자로서 실프의 다른 부분들도 확인하고 싶은 마음이 불현듯 치솟아올랐지만 그랬다가는 레이뮤나 슈아로에에게, 그리고 실프에게도 버림받을 것 같아서 실프의 형체 확인은 그 정도로 끝내었다.

"아……!"

내가 실프의 손과 발을 만지는 것을 이상한 눈으로 쳐다보고 있던 슈아로에가 직접 실프의 손을 만져 보고는 놀란 표정을 지었다. 그녀 역시 몇 번인가 내가 소환했던 실프를 만져 보고 실프에게 형체가 없다는 것을 알고 있었기 때문에 지금 만져지는 실프의 감촉에 놀랄 수밖에 없었던 것이다.

"아아, 정령이 마나를 모으기 시작할 때부터 뭔가 일이 벌어질 것 같았는데 결국 큰일이 터져 버렸네요."

슈아로에는 그렇게 말하면서 마치 아기를 끌어안듯이 실프를 자기 품에 끌어안았다. 내 명령이 없기 때문인지, 아니면 자신의 의지 때문인지 실프는 슈아로에에게 얌전히 안겼다. 슈아로에가 끌어안을 수 있다는 것은 실프의 몸 전체가 이미 형체화되어 있다는 소리라서 나로서는 특별히 만져 보지 않아도 되었다.

흐음, 겉모습은 아직 뭔가 덜 만들어진 듯한 엘프 소녀 마네킹 같지만 형체를 가지고 있군. 내가 윈도우즈 연합 토벌 전쟁에서 도마뱀 인간 20마리에게 습격을 받아 실프가 자기 멋대로 등장했을 때부터 자아를 쌓기 시작해서 2개월 만에 형체를 가지게 되었단 말인가? 전쟁 때문에 정신이 없어서 실프의 변화를 눈치 채지 못하다니……. 주인으로서 하염없이 부끄럽구만.

"이제부터 실프 교육은 내가 시킬 거예요. 레지 군에게 맡기면 실프가 위험하니까요."

슈아로에는 실프를 꼭 안고 그렇게 말했다. 그 모습을 보니 마치 아기를 안고 있는 엄마 같았다. 순간 '실프가 아기고 슈아로에가 엄마면, 내가 아빠?' 란 생각이 들었지만 그걸 입 밖으로 꺼냈다가는 즉결 처형될 것 같아서 참았다.

흐으, 근데 나한테 맡기면 실프가 왜 위험한데? 내가 뭐 이상한 짓이라도 할 것 같냐? 난 건전한 청년이라고. 가끔씩 슈아나 레이뮤 씨의 몸을 보면서 속으로 음흉하게 웃을 뿐이란 말이다. 그 정도는 애교로 봐줘야 하잖아. 남자의 슬픈 운명인 걸 어떡해?

제26장

백작 작위 수여식

윈도우즈 연합의 비스타 성에서 독립학교인 매지스트로까지 가는 70일 동안 난 마나 생성 코드를 걸어놓고 실프의 교육에 주력했다. 말이 교육이지 그저 이곳 세계 사람들이 사용하는 언어에서부터 사물 인식과 문제 해결 같은 포괄적인 면을 가르치는 것이었다. 교육은 주로 나와 슈아로에가 했고, 레이뮤가 가끔씩 도와주는 형태였다. 가르치는 사람들이 아무 체계 없이 이것저것 가르쳤지만 실프는 머리가 좋은 것인지 우리들이 가르치는 내용을 잘 습득했다. 실프를 가르치다 보면 정말 내가 부모가 된 것 같아서 매지스트로로 돌아가는 길이 지겹지 않았다. 물론 그건 실프가 내 말을 잘 들었기 때문이지, 말 잘 안 듣는 자식이었다면 이래저래 힘들었을 것이다. 나에게는 아기를 키운 경험이 전무했으니까.

덜컹덜컹.

"와! 매지스트로—!"

마차를 타고 가는 도중 산 중턱에 위치한 매지스트로의 건물이 보이자 슈아로에는 환한 얼굴 표정을 지었다. 보통 현역 학생들은 자기네 학교 건물을 보면 'Oh! Shit!' 을 연발하는 게 보통인데, 현역 학생임에도 불구하고 학교 건물을 보고 좋아하는 슈아로에의 모습은 나에게 신선함을 던져 주었다.

히이잉—

마침내 마차가 매지스트로의 모래 운동장에 멈춰 섰고, 우리들은 모두 마차에서 내렸다. 돌아온다는 연락도 없이 와서 그런지 환영하는 이가 한 사람도 없었다. 대신 마차가 오는 소리를 들은 몇몇 선생들이 황급히 우리 쪽으로 달려나오는 모습이 보였다.

"오셨습니까, 대마법사님."

"연락이라도 주셨으면 환영 준비를 했을 터인데……."

선생들은 레이뮤의 복귀에 매우 반가워하며 환영 인사를 했다. 본래 선생들은 학교장이나 교감 등을 좋아하지 않지만 레이뮤의 경우에는 윈도우즈 연합 토벌군에서 매우 높은 자리를 얻은 데다 전쟁을 성공적으로 수행했기 때문에 이처럼 받기는 것이었다. 전쟁에서 이겼으니 매지스트로에 떡고물이라도 떨어질 것이 분명했으니까.

"쉬지 않고 이동해서 오늘은 많이 피곤하군요. 실례하겠어요."

레이뮤는 선생들의 환영식조차 피곤하다는 이유로 거절하며 나와 슈아로에를 데리고 본관 건물로 들어가 버렸다. 사실 그녀의 말대로 70일간의 장기간 여행으로 여독이 쌓일 대로 쌓인 상태여서 매지스트로에 도착하자마자 가장 먼저 든 생각은 침대에 누워 신나게 자고 싶다였다.

"슈아로에, 레지스트리 군, 오늘은 푹 쉬고 내일부터 일을 시작하도록 해요."

"네, 레이뮤님."

"예."

본관 도서실 앞에서 우리 셋은 각자의 방으로 갈라졌다. 사실 매지스트로에서 내가 하는 일이라고는 시간이 남아도는 도서실 관리였기 때문에 전혀 일이라고 생각하지 않았다. 그래서 난 오늘도 쉬고 내일도 쉬고 모레도 쉬고 계속 쉬어야지 하는 생각을 했다.

…….

매지스트로에 도착하고 며칠이 지났다. 워낙 할 일이 없는 나날이 이어지다 보니 내가 전쟁에 참가하여 검은 천사라는 칭호를 얻고 백작 작위까지 받았다는 것이 전혀 실감나지 않았다. 그도 그럴 것이, 백작 칭호를 받았다고 하더라도 '나, 백작이야. 알아서 기어라' 라고 할 만한 증거물이 없어서 백작 지위를 이용할 수 없었다. 말하자면 이름뿐인 백작이었던 것이다. 그러다가 레이뮤로부터 청천벽력 같은 소리를 들었다.

"레지스트리 군, 내일 레지스트리 군의 백작 작위 수여식이 있으니 그렇게 알아두도록 하세요."

"……!"

잉? 백작 작위 수여식? 그렇다는 건…… 나 여태까지 백작이 아니었다는 소리잖아?!

"레이뮤 씨, 나 아직 백작이 아니었어요?"

"일단 예비 백작이었죠. 작위 수여식이 끝나야 정식으로 백작이 되는 거예요. 몰랐나 보군요."

으윽! 당연히 모르지, 이 사람아! 내가 그런 형식을 어떻게 아냐고! 난 윈도우즈 연합 토벌군의 부책임자가 백작 작위를 준다길래 그 말 한마디로 모든 절차가 끝난 줄 알았단 말이다! 만약 내가 날 백작으로 착각해서 그 지위를 이용하려고 했다면 큰일 날 뻔했잖아! 이거 뭐, 사람 뒤통수치겠다는 것도 아니고 너무하는 거 아니야?

"작위 수여식은 내일 오후 2시부터예요. 특별한 것은 없고, 가까이 있는 '레이지' 성에서 각국의 귀족들을 초청하여 작위 수여식을 거행합니다. 우선 레지스트리 군의 블루 케이프를 나에게 줘요."

레이뮤는 그렇게 말하며 블루 케이프를 내놓으라는 손짓을 했다. 백작 작위 수여식과 블루 케이프와의 관계가 무엇인지 일순간 고민했던 나는 레이뮤의 지시대로 순순히 블루 케이프를 벗어서 넘겨주었다. 지금이 3월 중순쯤이긴 하지만 도서실에 난방 시설이 제대로 되어 있을 리가 없기 때문에 블루 케이프를 벗자 갑자기 추워지는 느낌이 들었다. 그래서 도서실 내에 있는 얇은 담요를 몸에 둘둘 말았다. 그걸 보고 레이뮤가 한마디 했다.

"건장한 성인 남자가 봄 날씨에 담요로 몸을 감싸다니, 부끄럽지 않나요?"

"제가 추위에 좀 약하거든요."

"전혀 믿음직스럽지 못하군요. 그래서야 백작 체면이 서겠어요?"

"아직 백작도 아닌데요, 뭘."

난 레이뮤의 힐책 아닌 힐책을 능구렁이 담 넘어가듯이 넘겨 버렸다. 레이뮤 역시 내 행동을 제지할 생각은 없는지 금방 뒤로 물러섰다.

"알았어요. 내일 출발하기 전에 옷을 줄 테니까 그렇게 알고 있어요."

그 말을 끝으로 레이뮤는 내 블루 케이프를 들고 도서실을 빠져나갔다.

그리고 그 다음날,

"이걸 입어요."

라면서 레이뮤가 나에게 한 벌의 옷을 건네주었다. 그것은 검은색으로 된 케이프와 검은색 상의, 검은색 바지, 그리고 검은색으로 된 구두였다. 완벽한 블랙 계열이었던 것이다.

"이걸 입어야 돼요?"

난 조심스러운 어조로 레이뮤에게 물었다. 너무 검은색 일색이라 입으면 뭔가 에러가 뜰 것 같았기 때문이었다. 하지만 레이뮤는 매우 의미심장한 표정으로 입을 열었다.

"그래요. 명색이 검은 천사니까 그 느낌을 살려야지요."

"……."

흐으, 컨셉을 블랙으로 하겠다는데 내가 무슨 할 말이 있으리오. 근데 온통 블랙이면 인간이 너무 우중충해 보이지 않을까? 누가 보면 악당이라고 오해받겠다.

"어서 입어요."

레이뮤는 환복을 재촉했다. 그래서 난 어제와 마찬가지로 추워서 몸을 덮고 있던 담요를 떨치고 레이뮤가 준 옷으로 갈아입으려 했다. 그런데 내가 옷을 갈아입으려고 해도 레이뮤가 전혀 움직일 기미를 보이지 않아서 난 동작을 멈추고 한마디 했다.

"자리를 비켜주셔야 옷을 갈아입을 수 있는데 말이죠."

"그런가요? 나와 레지스트리 군의 나이 차이가 480년인데 뭘 부끄러워하나요. 난 신경 쓰지 말고 어서 옷 갈아입어요."

"……."

지금 레이뮤 씨가 농담하는 거지? 어째 그런 말을 표정 하나 바꾸지 않고 할 수가 있어? 누가 보면 진짜인 줄 알겠다. 그리고 아무리 나이 차가 480년이라고 해도 겉모습 차이가 거의 안 나는데 안 부끄럽게 생겼냐!

"난 누가 보면 옷 못 갈아입어요. 그러니 자리를 피해주세요."

"레지스트리 군은 의외로 부끄럼을 많이 타는군요. 여성을 음흉한 눈으로 힐끔힐끔 바라보는 사람이라고는 생각할 수가 없어요."

"……!"

흐억! 왜 갑자기 얘기를 그리로 몰고 가는 거야?! 지금 그런 얘기를 하고 있는 게 아니잖아! 그리고 내가 언제 음흉한 눈으로 여자를 힐끔힐끔 봤다고 그래?! 난 음흉한 눈으로 봤다라기보다…… 그래, 그저 흐뭇한 눈으로 바라보았을 뿐이라고!

"그럼 부끄럼 많은 레지스트리 군을 위해 내가 자리를 비켜주겠어요."

레이뮤는 마치 큰 선심이라도 쓰는 것처럼 말하며 유유히 도서실을 빠져나갔다. 그것을 보고 순간 '그냥 이 자리에서 확 벗어버려?!' 라는 충동이 들었지만 내가 옷을 벗어도 레이뮤가 '남자가 몸이 그게 뭔가요? 운동이나 해요' 라고 할 것 같아서 참았다.

스윽— 슥—

난 레이뮤의 지시대로 속옷을 제외한 나머지를 전부 갈아입었다. 머리카락도 검고 옷도 검고 구두도 검어서 분위기가 전체적으로 우중충했다. 그나마 내 피부가 하얀 편에 속해서 어디가 얼굴이고 어디가 팔인지 구별은 갔다.

흐으, 진짜 너무 검은색 일색 아니야? 잉? 그러고 보니 블랙 케이프에 박혀 있는 이 매직 오너멘트…… 내 블루 케이프에서 떼어다가 붙인 거 아닌가? 근데 이거 내가 쓰는 매직 오너멘트 위치대로 붙인 거야? 난 왼쪽이 리프레쉬, 오른쪽이 라이트닝 볼트, 중앙이 파이어 볼이라고. 뭐, 레이뮤 씨의 센스를 믿어보긴 하겠지만… 마법을 쓰다가 매직 오너멘트 순서가 뒤바뀌어서 나중에 뒤통수를 맞는 것은 아닐지 걱정이……!

덜컥!

"……!"

내가 막 블랙 케이프까지 걸쳐서 환복을 끝냈을 때 갑자기 도서실 문이 열리며 레이뮤가 모습을 드러내었다. 레이뮤는 문을 열자마자 날 쳐다보았는데, 내가 옷을 모두 입은 걸 확인하자 아주 찰나의 순간 아주 약간의 아쉬운 표정을 지어 보였다.

"빨리 입었군요."

"…내가 원래 옷을 좀 빨리 입어요."

대체 레이뮤 씨는 무슨 의도로 들어온 거야? 설마 내 몸을 보려고 했던 건 아니겠지? 어차피 내 몸은 볼 것도 없는데 그건 아닐 테고…… 그렇다면 문을 벌컥 열어서 옷 갈아입다 허둥대는 내 모습을 볼 생각이었던 건가? 한마디로, 날 놀리려고 했던 거로군!

"다 입었으면 날 따라와요."

내가 무슨 말을 하기도 전에 레이뮤는 몸을 돌려 도서실 밖으로 나가 버렸다. 그래서 난 할 수 없이 하고 싶은 말을 속으로 삼키며 그녀의 뒤를 따랐다. 레이뮤가 날 데리고 간 곳은 슈아로에의 방이었다. 난 순간적으로 레이뮤가 아까 했던 것처럼 방문을 벌컥 열 것이라고 생각했다. 그러나 레이뮤는 매우 평범하게 노크를 하였다.

똑똑—

"슈아로에, 옷은 다 갈아입었니?"

"네, 지금 나갈게요."

흐으, 왜 내가 옷 갈아입을 때는 문을 벌컥 열더니 슈아로에가 옷 갈아입을 때는 노크를 하는 것입니까? 이건 남녀 차별에 인종 차별, 연령 차별이라구요!

덜컥.

내가 속으로 레이뮤에게 반론의 말을 퍼붓는 동안 슈아로에가 문을 열고 복도로 나왔다. 학교 내에서는 항상 붉은 원피스 교복+화이트 케이프 복장이었던 슈아로에였는데, 지금 입고 있는 옷은 핑크빛의 드레스였다. 물론 슈아로에의 고향인 매트록스 왕국의 퍼미디어 성에 들렀을 때 슈아로에의 드레스 차림을 보기는 했지만 학교 내에서 보게 되니 왠지 느낌이 달랐다. 어리게만 보였던 슈아로에가 이제 숙녀가 다 되었다는 느낌이 들었다.

흐음, 근데 키는 아직 그대로인 것 같은데… 저 상태에서 숙녀가 된 것이라면 더 이상 성장하지 않는다는 뜻이고, 그건 그거대로 조금 난감하지 않을까? 뭐, 여성의 키가 너무 크면 그것도 문제지만 너무 작으면 그것도 문제지. 언제나 중간이 좋다니까. 그러고 보니…… 슈아로에의 키가 그렇게 작은 편만은 아니군? 레이뮤 씨는 170㎝ 정도 되니 여성치고는 큰 편이고, 슈아로에도 160㎝ 보다 좀 작아 보이니까 나름대로 평균 신장?

"……."

"……."

나와 슈아로에는 말없이 서로의 복장을 쳐다보았다. 내가 슈아로에의 키 가지고 이런저런 생각을 하는 것과는 달리 슈아로에는 순수하게 내 복장 상태에 대해서 생각하는 듯했다. 그렇게 잠시간의 시간이 흐른 뒤 슈아로에의 입에서 감상 후기가 튀어나왔다.

"레지 군, 그렇게 입으니 악당 같아요."

"……!"

크악! 그거 봐요, 레이뮤 씨! 올 블랙 컨셉은 에러라니까!

"농담이에요. 나름대로 잘 어울려요."

내가 좌절 모드로 들어가자 슈아로에가 뒤늦게 사태 수습에 나섰다. 그렇지만 쓸데없이 '나름대로'라는 말을 붙임으로써 난 절망 모드까지 진입해 버렸다. 그런 나를 내버려 두고 두 여성은 마차가 대기해 있는 모래 운동장으로 향했다. 내가 옷에 대해 불평을 해도 그 누구도 귀담아듣지 않을 것 같았기 때문에 난 속으로 피눈물을 흘리며 그녀들의 뒤를 따라가야만 했다.

흑흑, 이런 에러 복장으로 백작 작위 수여식에 가야 하다니 안구에 습기가 밀물이 밀려오듯이 들어차는구나. 근데 레이뮤 씨는 평소 입던 연녹색의 차이나 드레스 같은 옷을 입고 갈 생각인가? 하긴, 저 옷이 대마법사의 이미지니까 굳이 다른 옷을 입을 필요는 없을 테지만…… 다른 옷을 입은 레이뮤 씨의 모습도 보고 싶군. 예를 들어 정열적인 빨간 드레스라든가.

"출발 준비를 마쳤습니다."

"조심히 다녀오십시오."

우리들이 모래 운동장으로 나오자 미리 대기해 있던 몇몇 선생들이 우리들을 맞이했다. 레이뮤와 슈아로에는 선생들과 인사를 나누었지만 난 선생들과 인사를 나누지 않았다. 비록 내가 매지스트로 마법학교의 블루 케이프이긴 하지만 편법을 써서 획득한 것이라 대부분의 사람들이 인정하지 않았고, 특히 블루 케이프라면서 학교 수업에는 전혀 참여하고 있지 않아서 학생들뿐만 아니라 선생들도 나에 대한 반감이 많았다. 게다가 내 정체가 슈아로에의 먼 친척이 아니라는 것도 기정사실로 받아들여진 상태라 선생들이나 학생들이나 날 매우 탐탁지 않게 여기고 있었다.

뭐, 정체를 알 수 없는 이상한 녀석이 이상한 방법으로 이상하게 놀고 있으니 사람들이 경계를 하는 수밖에. 만약 레이뮤 씨가 날 계속 보호해 주지 않았다면 난 한참 전에 이곳에서 쫓겨났겠지. 역시 사람은 절대 권력자의 옆에서 빌붙어 살아야 된다니까. 사람들이 아무리 날 싫어하면 뭐 해? 절대자 옆에 붙어 있으니 아무 말도 못하잖아.

"출발합니다! 이랴!"

히이잉—!

나와 레이뮤, 슈아로에가 4인용 마차에 올라타자 마부는 곧바로 마차를 몰기 시작했다. 레이지 성이 매지스트로에서 얼마 떨어져 있지 않은 곳에 있어 경호원 같은 건 붙지 않았다. 말을 들어보니 매지스트로에서 레이지 성까지 마차로 5시간 정도 걸린다고 했다. 만약 내가 살던 곳의 버스나 지하철 같은 빠른 운송 수단에 익숙해 있던 나였다면 그 5시간도 굉장히 길다고 느꼈겠지만, 이 세계로 소환된 뒤부터는 마차를 질리도록 타왔기 때문에 5시간 정도는 훗, 하고 가볍게 웃어넘길 수 있었다.

"음……."

레이지 성까지 가는 동안 내 옆에 앉은 슈아로에가 계속 날 쳐다보며 의미 불명의 신음 소리를 냈다. 그 신음 소리의 의미를 알아내기 위해 난 슈아로에에게 물음을 던졌다.

"왜? 슈아도 이 옷이 이상하게 보이지?"

"음…… 이상하다기보다는… 뭐랄까, 좀 묘하다고나 할까?"

슈아로에는 매우 불명확한 대답을 했다. 그래도 일단 악당같아 보인다는 것에서 묘하다는 것으로 바뀌었기 때문에 나름대로 이미지가 괜찮아졌다고 판단, 난 간신히 절망 모드에서 좌절 모드로 빠져나올 수 있었다.

"뭐가 묘하다는 건대?"

"음, 좋다고 하기도 그렇고 나쁘다고 하기도 그렇고……."

쓰읍, 칭찬은 아니지만 그래도 나쁘다는 말을 듣는 것보다는 낫군.

"레이뮤님, 왜 레지 군의 옷을 온통 검게 한 거예요?"

한참 내 옷을 뚫어져라 쳐다보던 슈아로에가 레이뮤에게 질문을 던졌다. 그 질문은 나 역시 레이뮤에게 하고 싶었던 것이었기에 난 기대를 가지고 레이뮤의 대답을 기다렸다. 잠시 후 레이뮤의 입에서 내 옷 컨셉에 대한 이유가 흘러나왔다.

"레지스트리 군은 얼굴이 순하기 때문에 강한 이미지를 주기 위해서 검은색을 고른 거란다. 그래야 조금 영웅 같은 느낌이 나니까."

"……."

흐으, 내 얼굴이 순하다고? 언제는 음흉하다고 했으면서 무슨 그런 말도 안 되는 소리를! 혹시 그 말은 '멍청하게 생겼다' 를 완곡하게 표현한 거 아니야? 보통 칭찬할 곳이 없는 얼굴일 때 '얼굴이 참 정감가네요' 라든가 '개성있는 얼굴이에요' 같은 표현을 쓰잖아.

"아! 레이뮤님의 말씀을 듣고 보니 정말 그러네요! 역시 레이뮤님은 생각이 깊어요!"

과연 어떤 부분에 동감을 한 것인지 슈아로에는 레이뮤의 센스에 탄복했다. 그렇게 두 사람은 내 옷에 대해서 이런저런 얘기를 주고받았고, 난 그냥 가만히 앉은 채 얘기를 듣기만 했다. 백작 작위 수여식에 가는데 실프를 대동하고 가면 조금 거시기할 것 같아서 실프는 소환하지 않았고, 나 역시 마나 생성 코드를 실행시키지 않았다. 오늘은 백작 작위 수여식이 끝날 때까지 아무것도 안 하기로 마음먹었다.

"와—! 마차가 많아요!"

5시간에 걸쳐 달린 끝에 우리들은 레이지 성에 들어갈 수 있었고, 성내에 있는 마차의 수를 보고 슈아로에가 탄성을 내질렀다. 레이지 성이 그렇게 넓은 편은 아니었는데 서 있는 마차의 수는 어림잡아 100여 대는 되었다. 보통 마차 하나에 2명 이상씩 탄다고 계산했을 때 내 백작 작위 수여식에 적어도 200명 이상의 귀족들이 왔다는 소리였다.

크으, 단순히 모바일 대륙의 센트리노 제국에서 내려주는 백작 작위인데 뭔 귀족들이 이렇게 떼거지로 몰려온 거야? 귀족들이 진짜 할 일이 없는 모양이군. 나도 곧 귀족의 일원이 되기는 하겠지만…… 개인적으로 귀족이라는 존재에 정감은 안 간다.

"어서 오십시오."

마차에서 내리자 대기해 있던 40대의 집사 아저씨가 몇 명의 시녀를 대동한 채 우리를 맞이했다. 아마도 계속 그 자리에 서서 방문하는 귀족들마다 마중을 한 것 같은데 얼굴에는 피곤한 기색 하나 없었다. '진정한 프로의 모습은 저거다!' 라고 느끼며 나는 길 안내를 해주는 시녀들을 따라 성내의 한 건물 안으로 들어갔다. 근처에 넓은 무도회장이 있었고, 그 안에 귀족들이 모여 있는 것을 보았는데 우리들은 그곳을 지나쳐 작은 건물 안으로 이동했다.

잉? 왜 다른 귀족들하고 다른 곳으로 가는 거지? 설마 다른 곳으로 유인해서 죽도록 때릴 생각은 아니겠지? 아니면… 백작 작위 수여식의 리허설이라도 할 속셈인가? 아, 그딴 수여식 그냥 대충 끝내 버리면 될 것을…….

똑똑—

"대마법사님 일행을 모셔왔습니다."

길 안내를 했던 시녀 중 하나가 작은 건물의 문을 두드렸고, 곧이어 안에서 꽤 익숙한 목소리가 흘러나왔다.

"들여보내세요."

끼이—

허락이 떨어지자 우리들은 건물 안으로 들어갔고, 거기서 장미 문양이 화려하게 수놓아져 있는 흰색 드레스를 입은 한 명의 젊은 여성을 보았다. 붉은 단발머리에 붉은 눈동자를 가진, 그러나 싸늘한 표정을 짓고 있는 아름다운 외모의 젊은 여성은 레이뮤를 보자마자 목례를 했다.

"오랜만이에요, 레이뮤님."

"그렇군요. 벌써 두 달이 훨씬 넘었으니."

레이뮤는 젊은 여성과 안면이 있는 듯했고, 슈아로에 역시 그 여성과 반가운 인사를 주고받았다.

"그렇게 입으니 정말 공작 같아요! 정말 아름다워요!"

"고마워."

흐음, 레이뮤 씨하고 슈아는 저 사람을 알고 있는가 보군. 내가 이 세계로 소환되기 전에 알게 된 사이인가? 어쨌든 예

쁜 여성하고는 잘 지내야 하니까 최대한 인상을 부드럽게 해서,

"매지스트로의 레지스트리입니다."

난 얼굴의 긴장을 풀고 가볍게 목례를 했다. 그러자 레이뮤와 슈아로에가 이상하다는 눈으로 날 쳐다보았다. 그녀들의 시선이 왜 그런지 이해할 수 없어서 머리를 갸웃할 때 젊은 여성이 날 쳐다보더니 싸늘한 한마디를 날렸다.

"두 달 새에 날 완전히 잊은 모양이군요, 욕망덩어리 씨."

"……!"

헉! 욕망덩어리?! 날 그런 식으로 부르는 사람은 유리시아드밖에 없는데!

"유리시아드?"

"그럼 누구라고 생각했죠? 기억력이 정말 형편없군요."

내가 놀란 표정으로 질문을 던지자 유리시아드는 한심하다는 표정으로 날 째려보았다. 지금 보니 확실히 유리시아드라는 느낌이 확 왔지만 경장갑 차림이 아닌 드레스, 그것도 장미가 수놓아진 화려한 드레스를 입고 진하게 화장까지 한 유리시아드의 모습은 자유기사라기보단 지위 높은 귀족이라는 인상을 강하게 심어주었다.

"아…… 유리시아드구나."

난 약간 넋 빠진 표정으로 그렇게 말했다. 예전에 퍼미디어

성에서 유리시아드가 드레스를 입은 모습을 보기는 했지만 지금은 완전히 다른 사람 같아서 뭔가 기분이 미묘했다. 내가 유리시아드를 알아보지 못한 것이 사실로 증명되자 슈아로에가 어이를 상실했다는 표정으로 날 비난했다.

"레지 군! 어떻게 유리시아드 씨를 잊을 수가 있어요? 정말 바보예요?"

"……."

할 말이 없다. 내가 원래 사람 얼굴을 잘 기억 못하거든. 특히 여자는 화장이라는 궁극의 필살기를 가지고 있어서 남자보다 알아보기 더 힘들어. 화장발에 옷발까지 더해지니 사람이 달라 보이는 걸 나보고 어쩌라고?

"레지스트리 군이 유리시아드를 알아보지 못할 만큼 유리시아드가 아름답다는 뜻이라고 보면 된단다. 나도 오늘 유리시아드를 보고 사실 놀랐으니."

레이뮤는 말은 그렇게 했지만 얼굴 표정은 전혀 놀란 사람의 것이 아니었다. 어쨌든 난 한순간에 바보가 된 나 자신을 구원하기 위해 화제를 다른 것으로 돌렸다.

"근데 유리시아드가 왜 여기 있어?"

"있고 싶어서 있는 게 아니에요. 그쪽 백작 작위 수여 때문에 왔다구요."

잉? 백작 작위 수여식 때문에?

"왜?"

"머리가 나쁘군요. 센트리노 제국에서 그쪽에게 백작 작위를 주는데 센트리노 제국 사람이 와야 할 거 아니에요. 그래서 황제 대리로 내가 온 거예요."

유리시아드는 날 죽일 듯이 노려보면서도 친절하게 설명해 주었다. 그러던 중 건물 내의 다른 문을 통해서 몇 명의 사람들이 뭔가를 들고 안으로 들어섰다. 유리시아드는 그 사람들을 보자 나에게 명령조 비슷하게 말했다.

"지금부터 백작 작위 수여식의 예행 연습을 하겠어요. 시간이 많지 않으니까 제대로 해요."

"응……."

고압적인 유리시아드의 태도에 난 찍소리도 못하고 고개를 끄덕였다. 내가 오늘 백작 작위를 받게 되면 유리시아드보다 낮은 위치가 되는 것이기 때문에—물론 지금도 매우 낮은 위치지만—그녀의 말을 고분고분 잘 들어야 했다. 그리하여 난 유리시아드의 지시 아래 백작 작위 수여식의 예행 연습을 했고, 그 과정에서 못한다고 무지막지한 꾸지람을 들었다.

빵빠라방—

예행 연습을 끝마치고 우리들이 무도회장으로 이동했을 때 무도회장 내에 나팔 소리가 울려 퍼졌다. 그것은 백작 작위 수여식의 시작을 알리는 소리였기 때문에 잡담을 하던 귀족들이 시선을 일제히 무대 쪽으로 돌렸다.

"먼 길 오시느라 고생하셨습니다. 본인은 센트리노 제국의 유리시아드 케리만 공작입니다."

무대에 먼저 올라가 있던 유리시아드가 말문을 열었다. 레이뮤와 슈아로에는 다른 귀족들과 섞여 있었고, 난 무대 옆의 조그만 대기실에서 대기 중이었다. 대기실에는 나하고 나이가 많은 시녀 둘뿐이라 그런지 썰렁한 느낌이 들면서 괜히 긴장되었다. 그러한 느낌을 타파하고자 난 시녀와 가벼운 잡담을 나누었다.

"백작 작위 수여식에도 뭔가 절차가 있나 보네요?"

"그렇게 복잡하지는 않으니 걱정 마십시오, 백작님."

흐으, 아직 나 백작 아닌데. 뭐, 몇 분 후면 백작이 되지만.

"제가 신호를 드릴 때 나가시면 됩니다."

시녀는 그렇게 말하며 바깥의 상황에 촉각을 곤두세웠다. 사실 시녀가 없더라도 유리시아드의 말소리가 다 들려서 수여식 진행 정도는 충분히 알 수 있었다. 그러는 사이 유리시아드는 계속해서 말을 이었다.

"이번 윈도우즈 연합 토벌에서 매지스트로의 레지스트리 마법 돌격대장이 혁혁한 전과를 올렸기에 그걸 기리는 차원에서 레지스트리에게 백작 작위를 수여할 것입니다."

앗, 지금이다.

저벅저벅—

유리시아드의 말이 끝나자마자 난 대기실을 빠져나가 무

대 위로 걸어 올라갔다. 예행 연습 때 이 부분에서 타이밍을 많이 놓쳤던 터라 주의를 기울이고 있었고, 그 때문에 난 유리시아드의 말에 맞추어서 무대 위로 올라갈 수 있었다.

쓰읍, 그냥 '레지스트리, 나와주세요' 같은 말을 하면 내가 타이밍을 잡기가 더 쉬워지잖아. 예행 연습 때 뒤에 뭔가 할 말이 더 있는 것 같아서 타이밍 잡기가 어려웠다고. 다행히 실전에서는 무난히 성공했지만.

"오오—"

짝짝짝—

내가 무대 위로 올라가자 일부 귀족은 탄성을 질렀고, 일부 귀족은 박수를 쳤다. 그렇게 통일된 모습을 보이지 않는다는 것은 방청객인 귀족들을 상대로 리허설을 하지 않았다는 뜻이었다. 아무래도 자존심 높은 귀족들을 통솔하기는 어려워서 나만 리허설을 하고 방청객은 알아서 하라고 내버려 둔 모양이었다.

"지금부터 나, 유리시아드 케리만이 센트리노 제국 황제 사베루트 케리만을 대신하여 레지스트리에게 백작 작위를 수여하겠습니다."

좌중이 조용해진 틈을 타서 유리시아드는 시녀로부터 검신은 은, 가드와 손잡이는 청동으로 만들어진 검을 넘겨받았다. 그리고 그 검을 양손으로 받쳐 들며 내 쪽으로 몸을 돌렸다.

"그대, 레지스트리는 전쟁에서 혁혁한 전과를 올렸기에 백작 작위를 수여합니다."

"센트리노 제국 사베루트 케리만 황제의 은총에 감사드립니다."

유리시아드가 나에게 검을 내밀자 난 하고 싶지 않은 말을 나불대며 유리시아드로부터 은+청동검을 인수인계받았다. 그러고 나서 귀족들에게로 몸을 돌린 뒤 검을 오른손에 쥐고 높이 치켜올렸다.

"나, 레지스트리는 오늘부로 센트리노 제국의 백작이 되었음을 선언합니다."

짝짝짝—

내가 마지막까지 무난하게 처리했을 때 귀족들은 짜고 한 것처럼 일제히 박수를 쳤다. 역시 눈치 빠른 귀족들이라고 느끼며 난 검을 든 채로 무대 아래로 내려갔다. 이 검은 센트리노 제국에서 신임 백작에게 주는 일종의 증표 같은 거라 백작 작위를 박탈당하기 전까지 내가 가지고 있어야만 했다. 물론 유리시아드가 말해준 사항이었다.

"축하드리오."

"백작 취임, 축하드립니다."

내가 무대 아래로 내려가자 주변에 있던 귀족들이 나에게 축하 인사를 건넸다. 하지만 그 귀족들 중에서 안면이 있는 사람은 단 한 명도 없었기에 난 간단한 목례만을 한 후 서둘러 레이뮤와 슈아로에에게로 걸어갔다. 레이뮤와 슈아로에는 내가 곁으로 오자 나에게 한마디씩 했다.

"잘했어요."

"실수 안 했네요. 실수할 줄 알았는데."

흐으, 왠지 두 사람 다 내가 실수할 거라고 생각한 듯한 어투로군. 뭐, 예행연습 때 하도 틀려먹어서 본방에서도 실수하겠지라고 생각하는 게 당연하긴 하지만. 어쨌거나 본방을 무사히 넘겼으니 다행이다. 만약 실수했으면 유리시아드가 '제국의 수치다!' 라고 하면서 날 죽이려고 달려들었을걸?

"레지스트리 백작님."

레이뮤와 슈아로에로부터 칭찬 비슷한 말을 듣고 있을 때 시녀 한 명이 내쪽으로 다가오더니 날 불렀다. 내가 얼굴에 물음표를 띠우고 쳐다보자 시녀는 조심스러운 어조로 입을 열었다.

"그 검은 제가 레지스트리 백작님의 방에 놓아두도록 하겠습니다."

"아, 고마워요."

시녀의 말에 난 냉큼 손에 든 검을 시녀에게 넘겨주었다. 무도회장에서 계속 검을 들고 있기도 좀 그러려니와 검을 들고 있으면 음식을 먹지 못하기 때문에 시녀의 등장 타이밍은 매우 적절했다. 시녀는 내 검을 조심스럽게 양손으로 받아서 총총히 무도회장을 빠져나갔다.

흐음, 저러다 저 시녀가 내 검을 장물아비한테 팔아넘기면 어떡하지? 아, 여긴 성 내부니까 검을 밖으로 빼돌리는 게 쉽지 않겠구나. 다른 귀족들도 시녀가 검을 가지고 나가는 걸 보고서도 아무렇지도 않게 생각하는 걸 보니 하사받은 물품을 밑의 사람들이 관리하도록 하는가 보지? 근데, 난 밑의 사람이 없어서 앞으로 내가 저 검을 관리해야 하는 불상사가……!

"레지 군, 백작이 된 기념으로 한턱 내는 게 어때요?"

검 관리를 어떻게 해야 할 것인가에 대해 심각한 고찰을 하고 있을 때 슈아로에가 나에게 말도 안 되는 제안을 했다. 그래서 난 무도회장에 마련되어 있는 음식들을 가리키며 말했다.

"여기 진수성찬이 있으니까 많이 먹어라."

"…결국 한턱 내지 않겠다는 뜻이죠?"

"내가 무슨 돈이 있다고 그래? 얻은 건 백작 작위지 돈이 아니잖아."

난 매우 논리정연한 말로 슈아로에의 공격을 가볍게 막아내었다. 내 수중에 돈이 한 푼도 없음을 잘 알고 있는 슈아로에는 더 이상 그 문제를 거론하지 않았다. 대신 의외의 말을 나에게 했다.

"레지 군이 그 옷을 입고 무대에 올라가니까 진짜 뭔가 있어 보이는 사람 같던데요? 수여식이 진행될 동안 귀족들 누구도 잡담을 하지 않았을 만큼 말이에요."

잉? 그래? 내가 악당 같아 보여서 할 말을 잃은 거 아니야? 뭐, 어쨌든 슈아의 눈에 그렇게 보였다니까 좋은 현상으로 치고 넘어가자. 그럼 레이뮤 씨는?

"레이뮤 씨도 그렇게 생각하세요?"

"내 선택이 올바른 것이었다는 사실을 확인했어요."

"예……."

흐으, 이런 때 자기의 옷 센스를 칭찬하다니 할 말이 없군. 지금 그거 농담이라고 한 건가? 무표정한 얼굴로 그런 말을 하니 농담인지 진담인지 구별이 안 되잖아. 처음 봤을 때만 하더라도 필요한 말 이외에는 잘 하지도 않던 레이뮤 씨가 점점 쓸데없는 말을 많이 하고 있는 듯한 느낌이……!

저벅저벅.

내가 레이뮤, 슈아로에와 이런저런 이야기를 주고받고 있을 때 누군가가 천천히 내 쪽으로 다가왔다. 주변에는 날 구경하는 귀족들이 꽤 많이 있어서 그 누군가를 크게 신경 쓸 필요는 없었지만, 이상하게도 내 신경은 온통 그 누군가에게 집중되고 말았다. 그렇게 내 시선을 모두 빼앗아 버린 그 사람은 흰색 상의에 검은색 정장 바지를 입은, 키와 체격이 나와 비슷하고 얼굴은 나름대로 잘생긴 내 또래의 청년이었다.

뭐지? 왜 난 자꾸 저 청년에게 신경이 쏠리는 거야? 설마 나에게 나도 몰랐던 HOMO적인 기질이 있다는 건가? 아니야. 난 지금 저 청년을 보고 마음이 콩닥거리는 게 아니라 마음이 싸늘해지는 느낌을 받고 있다고. 뭔가 위험한 걸 보고 말았다는 느낌을…….

"레지 군, 왜 그래요?"

내가 계속 한 청년을 바라보고 있자 슈아로에가 의아한 얼굴로 물었다. 하지만 난 대답도 하지 않고 그 청년만을 쳐다보았다. 청년은 여자처럼 길게 기른 검은색의 머리카락을 찰랑이며 두 명의 젊은 미인을 거느린 채 내 앞에 와서 섰다. 청년 옆의 여성들이 몸매가 좋고 얼굴이 매우 아름다움에도 불구하고 난 청년의 얼굴에서 시선을 뗄 수 없었다. 이상하게도 시선을 돌리고 싶어도 돌릴 수 없는 상태였던 것이다.

"처음 보는군."

"……."

긴 흑발의 청년은 날 보더니 대뜸 반말을 했다. 그런데 난 그것에 대해 어떤 불만도 가지지 않았다. 오히려 그걸 당연하게 생각했고, 나도 그 긴 흑발 청년에게 반말을 해댔다.

"난 널 처음 보는데?"

"후후."

긴 흑발 청년은 내 말을 듣자마자 보는 사람 기분 나쁘게 썩은 미소를 지었다. 다른 사람 앞에서 그런 표정을 짓는다는 건 그 사람에게 호의를 가지고 있지 않다는 말과 일맥상통했기 때문에 난 본능적으로 위험을 느꼈다. 겉으로는 특별한 모션을 취하지 않고 있으나 표정이 완전히 굳어버린 나를 보고 슈아로에와 레이뮤도 긴 흑발 청년을 경계하기 시작했다. 그렇게 세 사람에게 따가운 눈총을 받게 되자 긴 흑발 청년은 천천히 자신의 정체를 밝혔다.

"난 아이오 대륙을 통일한 바이오스 제국의 황제 바이오스다."

"……?"

아이오 대륙…… 바온에게서 들었던 것 같기는 한데 내가 그쪽에 가본 적이 없어서 뭔가 실감은 안 나는걸? 각국 방문 때도 안 갔고, 앞으로도 갈 일이 없을 것 같고 말이지. 그러고 보니 메인보드 대륙에서 내 발길이 닿지 않은 곳은 아이오 대륙과 시피유 대륙인가?

"한 나라의 황제가 여긴 무슨 일로 왔지?"

상대가 황제라고 밝혔으나 난 이상하게도 계속 반말을 고수했다. 왠지 반말을 쓰지 않으면 안 된다는 느낌이 들었기 때문이었다. 그것은 눈앞의 긴 흑발 청년을 경계한다는 뜻이라고 볼 수 있었다. 자신을 바이오스 황제라고 밝힌 긴 흑발 청년도 나에게 여전히 썩은 미소를 지어 보이며 말을 이었다.

"여기서 얘기하기는 그러니 장소를 옮기지."

"……."

흐으, 장소를 옮겨서 싸움이라도 한판하자는 건가? 싸움

잘하게 생긴 녀석은 아니니 나도 할 만할지도…… 아니, 그보다 이 녀석하고 얘기를 하면 내 입에서 나도 모르게 욕이 튀어나올 것 같으니까 내 이미지 관리를 위해서 자리를 옮겨야겠다.

"밖에서 얘기할 거냐?"

"그렇다. 날 따라와라."

바이오스는 그렇게 말하며 발걸음을 무도회장의 발코니 쪽으로 향했다. 발코니라고 해봤자 무도회장이 1층이라 지상하고 10㎝ 정도밖에 떨어지지 않았다. 어쨌든 우리는 바이오스를 따라 무늬만 발코니인 장소로 이동했다.

딴따라랑—

무도회장에서 정체를 알 수 없는 음악 소리가 들려왔고 무도회장은 곧 왁자지껄하게 변했다. 발코니 쪽에 나 있는 창문을 통해서 귀족들이 쌍쌍이 조를 편성해 춤을 추거나 음식을 먹는 모습을 볼 수 있었다. 하지만 발코니 쪽으로 나온 우리들은 비교적 조용한 상황에서 바이오스와 대치했다. 귀족들이 우리들에게서 시선을 돌리고 자기들끼리 노는 것을 확인한 바이오스는 미묘한 웃음을 지으며 입을 열었다.

"내가 널 이 세계에 소환했다."

"……!"

바이오스의 입에서 청천벽력과도 같은 말이 터져 나왔다. 여태까지 내가 이곳으로 소환되었다는 사실을 알고 있는 사람은 그 의문의 청년뿐이라서 다른 인물이 그 얘기를 하니 순간 당황했던 것이다. 사실 그보다는 내 나이 또래의 청년이 다른 세계 사람을 소환했다는 것 자체를 믿을 수가 없었다.

"네가 날 소환했다고?"

"그래. 한 8개월 됐나? 원래는 빨리 흡수하고 다른 녀석을 소환하려고 했는데 네놈이 꽤 특이한 놈인 것 같아서 참았다."

흐으, 의문의 청년 로이스 맨스레드는 날 제물이라 했고, 바이오스는 흡수라는 표현을 하는군. 어느 쪽이든 결국 날 죽이겠다는 뜻 같은데……. 정말 바이오스가 날 소환한 것인가? 하지만 저 녀석에게서는 마나도 안 느껴지고, 특별한 기운 같은 것도 느껴지지 않는다고. 그런 녀석이 지금까지 아무도 못한 인간 소환을 했다고? 공인 기관에서 검증받은 거야?

"살아 있는 인간의 소환은 거의 불가능합니다. 당신이 정말 레지스트리 군을 이 세계로 소환한 것이 맞습니까?"

내가 입을 다물고 있는 사이 레이뮤가 바이오스에게 질문을 던졌다. 그러나 바이오스는 레이뮤의 질문에 대답하지 않고 레이뮤와 슈아로에의 얼굴을 번갈아 쳐다보며 감탄사를 내뱉었다.

"정말 아름답군!"

"……."

야이, 된장 맞을 놈아! 쓸데없는 말 하지 말고 대답을 하란 말이다!

"바이오스님, 설마 바람을 필 생각이신가요?"

"우리들을 놔두고 너무해요."

여태까지 말 한마디 하지 않고 바이오스의 옆에 서 있던 두 여성이 애교를 부리며 바이오스의 시선을 자기들 쪽으로 끌어들이고자 했다. 그러나 이미 새로운 여자에게 관심을 가지게 된 남자에게 그런 애교는 통하지 않았다. 바이오스는 두 여성에게 시선조차 주지 않으며 입을 열었다.

"그쪽 두 분만 좋다면 나와 같이 바이오스 제국으로 갔으면 하오. 내 두 분에게 충분한 대우를 해드리겠소."

"……."

어이, 바이오스. 이름도 마음에 안 드는 녀석이 왜 내 얘길 하다가 갑자기 화제를 여자 쪽으로 돌리는 거야? 나하고 얘기하러 온 거 아니었어? 본래의 목적을 망각하고 딴 짓을 하다니, 저 닭대가리!

"미안하지만 그럴 생각은 없습니다. 그보다 살아 있는 인간의 소환이 당신에게 가능합니까?"

레이뮤도 화제를 돌리는 바이오스가 마음에 들지 않는지 최초의 질문을 고수했다. 레이뮤뿐만 아니라 슈아로에도 바이오스를 탐탁지 않은 눈빛으로 노려보고 있었기 때문에 바이오스는 안타깝다는 표정을 지어 보였다.

"인간이란 언제나 새로움을 추구하는 법이오. 지금은 쟁취

할 여유가 없어서 더 이상 권유하지 않겠지만, 언젠가 두 분을 내 여자로 만들겠소."

"……."

아니, 저 인간, 아직도 여자 얘기야? 대마법사님이 '인간 소환 가능해?'라고 물음을 던지셨으면 재깍재깍 대답을 해야지! 저런 예의범절도 모르는 무개념 인간!

"뭐, 그 얘긴 됐고, 어쨌든 내가 저 녀석을 소환한 건 사실이오."

다행히 바이오스는 뒤늦게 레이뮤의 대답에 응했다. 그러나 그걸 사실이라고 받아들이기에는 주어진 정보가 불충분했다. 그래서 레이뮤와 슈아로에는 여전히 바이오스의 말을 믿지 않았다. 나 역시 바이오스의 말을 완전히 믿는 건 아니었지만 어느 정도 사실이 아닐까 하는 생각은 하고 있었다.

"어이, 너 이곳에서의 이름이 레지스트리냐?"

그때 갑자기 바이오스가 대화 상대를 나로 바꾸었다. 난 바이오스의 의도를 알지 못해서 잠시 주춤거렸다가 알려줘도 상관없다는 생각이 들어서 입을 놀렸다.

"그래."

"원래 살던 세계에서의 이름은?"

잉? 내 원래 이름은 왜 물어?

"내 이름을 모르냐?"

"모른다."

"……."

흐으, 날 소환한 녀석이 내 본래 이름도 모른다고? 그럼 그 블루 스크린에 떴던 ID는 뭔데? 내 이름을 알고 있으니까 그런 식으로 날 소환한 거 아닌가?

"내 이름도 모르면서 날 소환했다고?"

"또 다른 나를 소환하는데 왜 이름을 알고 있어야 하지?"

내가 의문을 제기하자 바이오스는 도리어 어이없다는 표정을 지었다. 일단 난 인간 소환 방식에 대해서는 전혀 모르는 상태라 그 얘기는 더 이상 캐묻지 않기로 했다. 대신 다른 것을 물고 늘어졌다.

"또 다른 나? 뭔 소리냐?"

"네놈의 진짜 이름이나 말해라."

"……."

흐으, 이거 보이지 않는 힘 싸움 같은데……. 그냥 계속 시치미 떼버릴까? 기분상으로는 그러고 싶지만 말해주지 않으면 이야기가 진척될 것 같지 않으니까 그냥 져주는 척해야겠다.

"최고수다."

"최고수? 한국인이냐?"

"……!"

헉! 어떻게 저 녀석이 '한국' 이라는 나라의 이름을 알고 있는 거야?!

"그렇다. 어떻게 알았지?"

"흠, 넌 나와 거의 비슷한 배경의 세계에서 온 것 같군."

바이오스는 내 질문에는 대답하지 않고 혼잣말로 중얼거렸다. 그리고는 나에게 질문 하나를 툭 던졌다.

"너, 권강한이라고 아냐?"

"권강한?"

권강한…… 내가 아는 사람 중에 그런 이름을 가진 사람은 없었는데…… 아니, 그보다 권강한이라니! 그거 한국식 이름이잖아? 내 이름도 그렇지만 권강한도 거시기한 이름이군. 잘못하면 건강한이라고 불리겠다. 아니, 지금 그게 중요한 게 아니라!

"이 세계에 한국이라는 나라가 있냐?"

"없다. 권강한은 네가 살던 곳과 비슷한 배경의 세계에서 사는 인간이다."

"권강한이라는 사람도 다른 세계 사람이라는 거냐?"

"그렇다. 정확히 말하면 나도 권강한이고, 너도 권강한이다. 바꿔 말하면 나도 최고수고, 너도 최고수지."

"……."

지금 이 인간 무슨 소리를 하고 있는 건지…….

"이해를 못하겠는데?"

"이해하라고 하는 말이 아니다. 그냥 내가 하는 말이나 들어라."

바이오스는 내가 이해를 하든 말든 자기 할 말만 하기 시작했다.

"이 세상은 셀 수 없이 많은 종류의 다른 세계로 이루어져 있다. 네가 살던 세계, 내가 살던 세계, 그리고 이 세계도 그 중의 하나일 뿐이다."

"……."

일단 뭔가 얘기를 할 것 같으니 얌전히 들어봐야겠다.

"각각의 세계에는 동일 인물이 존재한다. 네가 살던 세계에서의 너, 내가 살던 세계에서의 나, 그리고 이 세계에 살고 있던 또 다른 나."

"……."

"각각의 세계의 동일 인물은 동일 인물이되 각자 가지고 있는 능력은 다르다. 그래서 어떤 자가 그 동일 인물들을 흡수해서 완벽한 자신을 만들기 위해 어떤 의식을 거행했다. 그 과정에서 우연히 말려든 사람이 권강한이다."

오호, 드디어 권강한이라는 작자가 출현하는군.

"하지만 권강한의 발악으로 그자는 자신의 뜻을 이루지 못했고, 도리어 권강한이 온 세계를 바꿀 수 있을 만한 강력한 힘을 얻게 되었다. 그렇게 강력한 힘을 얻게 된 권강한은…… 어리석게도 그 힘을 버리고 자신이 살던 세계로 돌아가 버렸다."

잉? 돌아갔다고? 그럼 끝난 얘기 아니야?

“권강한 녀석은 자기 세계에서 잘살고 있다. 아니, 잘살고 있는지 못살고 있는지 지금의 나로서는 알 방법이 없지만 그건 권강한 스스로 선택한 것이니 자기가 알아서 하겠지. 아무튼 난 권강한이 그 막강한 힘을 버렸기 때문에 생겨난 존재이다. 말하자면 권강한이 마음속에 품었던 욕망이 나, 바이오스라는 존재를 탄생시킨 것이다.”

“…….”

난 바이오스의 말을 쉽게 이해할 수 없었다. 일단 권강한이라는 인간이 다른 세계 사람이라는 것은 이해했지만 권강한과 바이오스, 그리고 나와의 관계에서 큰 연관성을 찾기 힘들었기 때문이었다. 그런 날 보며 바이오스가 추가 설명을 했다.

“이해가 안 되나? 한마디로 난 권강한의 도플갱어라는 소리다.”

“도플갱어?”

“그렇다. 난 권강한으로부터 태어난 존재니까 말이야. 권강한의 다른 모습이지.”

바이오스의 단어 선택이 뭔가 잘못된 느낌을 받았지만 어쨌든 바이오스와 권강한을 동일 인물로 취급하기로 했다. 사실 난 권강한이라는 사람에게 전혀 관심이 없었기 때문에—여자였다면 아주 약간 관심이 갈 수도 있겠지만—권강한보다는 바이오스에게 이야기의 초점을 맞추었다.

“바이오스, 너는 어쩌다가 이 세계로 오게 된 거냐? 언제 소환됐지?"

"난 소환된 게 아니라 권강한에 의해 이 세계에서 만들어졌다. 아마 그게 이 세계의 시간을 기준으로 4년 전이었을 거다. 내가 눈을 떴을 때 난 이미 이 모습이었다. 아마도 권강한이 이렇게 생겼기 때문에 나도 이렇게 생긴 걸 거다."

"……."

흐으, 인간이 인간을 만들어냈다고? 그것도 저 20대의 모습으로? 이게 무슨 SF소설이라도 되는 줄 아나? 혹시 바이오스 저 녀석, 4년 전 이전의 기억을 잃어버린 거 아니야?

"네가 잘못 알고 있는 거 아니냐? 4년 전의 기억을 잃어버린 것일 수도 있잖아? 4년 전에 머리를 크게 다쳐서 말이야."

"그렇지 않다. 4년 전 이전까지는 권강한의 기억을 가지고 있다. 4년 전부터 지금까지는 나, 바이오스의 기억이고."

"증거는?"

"없다. 내가 너한테 그런 사소한 것까지 증명할 필요는 없으니까."

난 증거를 요구했지만 바이오스는 가볍게 내 요구를 거절했다. 사실 지금의 입장상 내가 약자고 바이오스가 강자일 가능성이 매우 높기 때문에 나로서는 바이오스가 말하는 걸 그냥 믿는 수밖에 없었다. 그래서 우선 바이오스의 말을 믿어보기로 하고 그에게 질문을 던졌다.

"그런데 그 권강한이라는 사람은 널 왜 이 세계에다 만들었지?"

"우연이다. 특별히 어떤 세계에다 날 만들려는 의식이 있었던 게 아니었으니까. 그냥 자연스럽게 만들어진 거지. 권강한은 자신의 힘을 포기하면서 무의식적으로 그 힘이 아깝다고 생각하여 그 힘을 가진 또 다른 자신을 만들어냈던 거다. 그게 나다."

흐으, 이해가 갈 듯 말 듯……. 나 혼자서는 판단을 내리기 힘드니까 레이뮤 씨와 슈아에게 물어봐야겠다.

"레이뮤 씨는 어떻게 생각해요? 슈아는?"

"곧이곧대로 믿기는 힘들군요."

"그 말을 어떻게 믿어요?"

레이뮤와 슈아로에는 바이오스의 말을 믿지 않았다. 사실 나라도 바이오스의 말을 믿지는 않았지만, 나 스스로가 다른 세계에서 온 데다가 왠지 바이오스를 알고 있다는 기분 나쁜 느낌 때문에 녀석의 말을 일단 받아들이고 말았다.

"뭐, 네 말이 사실이고 아니고를 떠나서…… 네가 날 이 세계로 소환한 건 확실하지?"

"그렇다."

"왜 소환했냐?"

"날 위해서다."

내 질문에 바이오스는 매우 간결하게 대답했다. 그것만으로는 충분한 이해를 이끌어낼 수 없어서 난 추가 질문을 던졌다.

"널 위해서라니 무슨 뜻이냐?"

"그 말 그 자체다."

"……."

이 녀석이 지금 나하고 말장난하자는 거야? 대답하기 싫으면 싫다고 해!

"그건 됐고, 네가 날 소환했다면 내가 다시 원래 세계로 돌아갈 수 있는 방법을 알고 있겠지?"

"물론."

오홋! 그거 듣던 중 가장 반가운 소리!

"어떻게 하면 돌아갈 수 있지?"

"간단해. 날 쓰러뜨리면 된다. 그럼 내 힘을 네가 흡수하게 되니까 그 정도쯤은 간단하게 할 수 있을 거다."

"……."

뭔가… 말이 되는 것 같으면서도 말이 안 되는 듯한…….

"네놈이 믿든 안 믿든 자유지만 이거 하나만은 확실하게 말할 수 있다."

툭—

바이오스는 그렇게 말하며 내 가슴팍을 주먹을 내지르듯이 가볍게 쳤다. 그리고는 만면에 썩은 미소를 드리우며 입을 놀렸다.

"너와 나 둘 중에 하나는 반드시 사라진다."

"……."

이거 선전포고로군. 근데 바이오스로부터는 매직포스가 전혀 느껴지지 않고 스피릿포스나 디바인포스도 없는 것 같은데 어째서 강한 힘을 가지고 있다는 느낌을 받는 거지? 뭐, 사람을 통째로 소환하는 게 가능한 걸 보니 대단한 힘을 가지고 있긴 한가 본데……. 그 힘의 정체를 알 수가 없으니 불안하군.

"너 정말 드래곤하고 싸웠냐?"

바이오스가 제륜버드라는 의문의 노인과 싸웠는지를 알아보기 위해 난 그런 질문을 던졌다. 로이스 맨스레드는 바이오스가 버지 마을에서 드래곤과 싸워서 부상을 입고 요양 중이라고 했는데, 바이오스로부터 직접 사실 여부를 알아보고 싶었던 것이다. 다행히 바이오스는 그 사실을 숨기고 싶은 생각이 없어 보였다.

"싸웠다. 만나자마자 싸워서 이름도 안 물어봤군. 어쨌든 그 때문에 거의 넉 달을 요양했다. 뭐, 그래서 널 죽일 필요가 없었지만 말이야."

"……."

나 원, 이 인간은 말을 이상하게 하는군. 요양했기 때문에 날 죽일 필요가 없었다고? 그게 아니라 다쳐서 날 죽일 수 없었다고 말해야 맞지 않냐?

"날 죽일 필요가 없었다는 게 무슨 뜻이지?"

"그건 내 사정이다. 뭐, 나중에는 다 알려주겠지만."
"나중에 말고 지금 알려주면 감격하겠는데."
"난 남자에게 감격받아도 기분 좋지 않다."
내 유도 심문에 바이오스는 가볍게 콧방귀를 뀌었다. 그러는 사이 나와 바이오스의 문답을 가만히 듣기만 하던 레이뮤가 바이오스에게 질문을 던졌다. 하지만 그 내용은 내가 원하는 게 아니었다.
"당신과 로이스는 어떤 관계인가요?"
"로이스? 아, 그러고 보니 로이스와 대마법사는 500년 전에 약혼한 사이였군. 로이스가 직접 말한 것뿐이라 사실인지는 모르겠지만."
일단 바이오스는 로이스 맨스레드를 알고 있다고 대답했다. 원래는 로이스 맨스레드에 대해서 얘기하지 않으려다가 레이뮤의 간절한 눈빛 요청에 스스로 말을 하기 시작했다.
"로이스와 나는 동업자라오. 로이스는 나에게 이런저런 정보를 제공하고 난 그에게 금전적, 물질적 지원을 하지. 내가 바이오스 제국의 황제이기 때문에 아무래도 움직이는 게 자유롭지는 않으니까 말이오."
흐으, 나한테는 반말 찍찍하다가 레이뮤 씨한테는 하오체를 쓰니 굉장히 귀에 거슬리는군. 어쨌든 별 도움이 안 되는 이야기라서 내가 중간에 커트해야겠다.
"로이스는 애플 성에서 자폭했다. 죽은 거 아닌가?"

"아, 그거? 제대로 듣지 않아서 모르겠지만 로이스는 정기적으로 죽어야 한다더군. 어차피 죽고 나서 또 살아 돌아오니 죽든 말든 관심없지만 말이야. 그리고 지금 로이스는 멀쩡히 살아나서 활동 중이다. 네가 이곳에서 백작 작위 수여식을 한다고 알려준 것도 녀석이니까 말이야."

"……!"

헉! 자폭한 인간이 다시 살아났다고? 어떻게 그게 가능해?!

"소환 마법이라도 사용한 것인가요?"

바이오스의 말을 듣던 레이뮤가 불쑥 질문을 던졌다. 사람의 영혼을 소환할 수 있는 소환 마법이라면 로이스 맨스레드의 부활이 가능할지도 모른다고 생각했기 때문이었다. 하지만 바이오스는 고개를 가로저었다.

"아니오. 난 이곳의 마법 따위는 하나도 모르지만 로이스 스스로 죽고 스스로 살아나는 것뿐이오. 대마법사도 500년 동안 계속 살아오고 있으니 로이스가 죽었다 살아나도 이상한 건 아니지."

"……."

흐으, 생각해 보니 죽었다 살아나는 것보다 500년 넘게 죽지도 않고 계속 살아 있다는 게 더 말이 안 되는 거잖아? 레이뮤 씨의 존재감이 너무 강해서 500년 넘게 살아왔다는 걸 종종 잊어버린다니까. 반성해야겠군.

"어쨌든—"

바이오스는 그렇게 말하며 화제를 전환했다.

"오늘은 네놈 얼굴이나 보려고 왔다. 어떻게 생겨먹었는지 알아둬야 나중에 인사라도 할 테니까 말이다. 물론 나중에 볼 때에는 그게 너의 마지막이 되겠지만."

자기 마음대로 대화를 종결한 바이오스는 양옆에 서 있는 미녀들을 끌고 다시 무도회장으로 사라졌다. 무도회장은 발코니에서 우리들이 무슨 얘기를 하고 있었는지에는 상관없이 먹자판과 춤판이 벌어지고 있었다. 바이오스는 너무나 자연스럽게 먹자판과 춤판으로 스며들었지만 우리들은 발코니에 남아 정보를 정리해야만 했다.

"레이뮤 씨는 어떻게 생각하세요?"

난 일단 우리들의 대표 격인 레이뮤에게 종합적인 의견을 물었다. 레이뮤는 잠시 생각을 하다가 내 물음에 답해주었다.

"일단 그가 레지스트리 군을 소환한 건 사실인 듯하군요. 레지스트리 군이 이 세계로 소환되었다는 걸 아는 사람은 몇 사람 되지 않으니까요."

흠, 역시 레이뮤 씨도 그렇게 생각하는군.

"하지만 바이오스의 말을 전부 다 믿을 수는 없어요. 적에게 자신의 모든 정보를 알려줄 사람은 없으니까요."

뭐, 일반적으로는 그렇겠지. 근데 자기가 절대 지지 않을 거라고 생각하는 사람은 적에게 모든 정보를 알려주곤 하거든? 바이오스 녀석도 4년 만에 아이오 대륙을 통일할 정도로

강한 실력을 갖추고 있으니 자기 실력에 대한 자부심이 엄청날 거고, 그 때문에 나한테 사실을 곧이곧대로 얘기할 가능성이 높아. 녀석이 일부러 제대로 설명해 주지 않은 부분도 있으니까 그 외에 녀석이 한 말은 100% 사실이지 않을까?

"정말 레지 군을 노린 자가 있었군요."

내가 나름대로의 생각을 정리하는 동안 슈아로에가 새삼스럽게 그런 말을 꺼냈다. 순간 속으로 '여태까지 내가 습격당한 건 뭔데!' 라고 맞받아쳐 주고 싶었지만 그건 어디까지나 나 혼자만 겪은 일이므로 넓은 마음으로 슈아로에를 이해해 주기로 했다.

"어쨌거나 적이 직접 눈앞에 나타나서 얘기까지 한다는 건 그만큼 자신의 능력에 굉장한 자신이 있다는 뜻이겠죠."

난 여태까지의 이야기들을 종합하며 결론을 내렸다.

"강한 능력을 가지고 있으면서도 날 죽이지 않은 건 당분간 날 죽일 생각이 없다는 뜻이니까 그동안 내가 강해지는 수밖에 없어요. 어차피 녀석과 싸우게 되었으니 싸우기 전까지 강해져야죠."

"......"

내가 내린 결론이 여태까지 내가 입버릇처럼 말했던 '강해져야 한다' 와 전혀 다를 것이 없었기 때문에 슈아로에는 나지막이 한숨을 내쉬었다. 뭔가 특이한 결론을 바랐는데 그게 아니라서 실망한 모양이었다. 사실 바이오스와 이런저런 얘기를 한 것 같지만 결국 알아낸 것이라고는 바이오스가 날 소환했다는 점과 로이스 맨스레드가 부활해서 활동하고 있다는 사실뿐이었다. 그 정도의 정보만으로는 내가 새로운 결론을 도출해 내기에는 무리였다.

"일단 우리들도 안으로 들어가요. 너무 오래 나와 있으면 귀족들이 이상하게 생각할 테니까요."

난 레이뮤와 슈아로에에게 그렇게 말했다. 이번 무도회의 목적은 나의 백작 작위 수여이고, 주인공인 내가 발코니에 너무 오래 머무르고 있으면 귀족들이 이상한 눈으로 쳐다볼 수밖에 없을 테니 말이다. 그런 내 생각을 읽었는지 레이뮤가 내 의견에 동의했다.

"그렇군요. 바이오스는 벌써 귀족들 사이에 녹아들었군요. 우리들도 어서 들어가도록 해요."

그녀의 말대로 바이오스는 여자 귀족들에게 집적대며 귀족들 속에서 아무렇지도 않게 활동하고 있었다. 우리들 역시 단순히 바람 쐬러 발코니에 나와 있었다는 듯한 모션을 취하며 자연스레 무도회장 안으로 들어갔다. 그러나 귀족들은 전부 자기네들끼리 어울리고 놀고 있어서 굳이 그렇게 신경 쓸 필요는 없어 보였다.

"모두 어디 갔었어요?"

나와 레이뮤, 슈아로에가 무도회장 내의 음식을 먹으려고 할 때 유리시아드가 다가와 의문스러운 얼굴로 그렇게 물었다. 백작 작위 수여식을 끝내면 그냥 곧바로 고향에 돌아갈 줄 알았던 유리시아드가 우리를 찾고 있었다는 사실에 난 오히려 그녀에게 반문했다.

"왜? 할 말 있어?"

일단 난 바이오스와 만난 일을 숨겼다. 내 일에 유리시아드를 끌어들이고 싶지 않은 것도 있었고, 말해봤자 '그게 나하고 무슨 상관이에요!' 라면서 화낼 것 같았기 때문이었다. 그런 내 속마음을 모른 채 유리시아드는 내 물음에 대답했다.

"그쪽에게 알려줄 사항이 있어서 그래요."

잉? 알려줄 사항?

"뭔데?"

"보통 백작에겐 작위와 함께 영지를 하사하지만 그쪽은 명예 백작 같은 거라 지급되는 영지는 없어요. 대신 마차를 빌리거나 식사를 해결할 수 있는 펜던트를 줄 거예요. 이게 있으면 식사와 이동 수단이 해결되죠."

그렇게 말하며 유리시아드는 나에게 목걸이처럼 줄이 매달린 손바닥만 한 크기의 동그란 대형 펜던트를 건네주었다. 둥근 펜던트에는 말과 빵 그림이 양각되어 있었고, 그 뒷면에는 센트리노 제국의 문양이 새겨져 있었다. 목에 걸기엔 큰 펜던트라 난 조심스러운 어조로 물음을 던졌다.

"이거 목에 차고 있어야 돼?"

"목에 걸든 주머니에 넣고 다니든 자유지만 잃어버리면 백작으로서의 체면이 무너지는 거예요. 그러니 잃어버리지 않게 목에 매달고 다녀요."

스윽—

유리시아드는 단호한 어조로 말하며 친히 내 목에 그 큰 펜던트를 걸어주었다. 평소에 목걸이 같은 건 전혀 하지 않던 나로서는 지나치게 큰 펜던트로 인해 뭔가 답답하다는 느낌을 받게 되었다.

흐으, 군대에서 군번줄이라는, 일명 개목걸이를 하고 다녔지만 이건 너무 큰 거 아니야? 왠지 목이 중력 방향으로 꺾일 듯한 느낌이 든다. 하여간 펜던트가 크니까 뭔가 맵시가 안 나는걸? 일단 목에 걸되 상의 속에 집어넣어야겠다.

"근데 이것만 있으면 마차 이용료하고 식사비가 무료야?"

펜던트를 블랙 케이프 속에 밀어 넣으면서 난 유리시아드에게 질문을 했다. 그러자 유리시아드는 당연하다는 표정으로 말했다.

"그래요. 센트리노 제국을 적으로 돌리고 싶지 않다면 그쪽의 말을 잘 들을 거예요. 문제는 욕망덩어리 백작 씨가 백작과 같은 위엄이 있느냐, 없느냐겠지요."

"……."

흐으, 그건 사람들이 날 귀족으로 보지 않을 거란 말이로군. 하긴, 만약 나 혼자 있을 때 배가 고파서 이 펜던트를 들고 식당을 찾아가도 식당 주인이 '당신 정말 백작 맞수?' 라고 대접을 거부하면 난감하지. 이 펜던트 말고는 내가 백작이란 사실을 증명할 만한 수단이 아무것도 없으니까 말이야. 내가 백작으로 인정을 받으려면 누구나 다 아는 유명 인사를 데리고 다녀서 일일이 검증을 받는 수밖에 없어.

"이제 그쪽에게 전달할 것은 모두 끝났어요."

펜던트 증여를 끝으로 유리시아드는 더 이상 날 쳐다보지 않았다. 그렇다고 곧바로 귀국할 생각은 없는지 레이뮤와 슈아로에에게 말을 걸어 친분을 나누었다. 덕분에 완전히 낙동강 오리알 신세가 되어버린 나는 외롭고 쓸쓸하게 무도회장의 음식만 깨작깨작 먹어야 했다.

제27장

학교 잔류 테스트

백작 작위 수여식이 무사히 끝나고 나와 레이뮤, 슈아로에는 다시 매지스트로로 돌아왔다. 유리시아드는 고국인 센트리노 제국으로 돌아갔고, 바이오스는 어느 사이엔가 종적을 감추어 버렸다. 아무튼 그렇게 우리들은 학교로 돌아와 매우 일상적인 생활을 보냈다. 문제는 내 생활이 지금까지와 달라진 점이 전혀 없다는 것이었다.

"레지스트리 군, 그럼 뒷정리를 부탁해요."

도서실에서 슈아로에와 함께 책을 읽거나 새로운 마법을 개발하던 레이뮤는 밤이 되자 먼저 자기 방으로 돌아가 버렸다. 슈아로에 역시 뒷정리를 나에게 맡기고 냉큼 도서실을 빠져나갔다. 그래서 난 아무도 없는 도서실에 혼자 덩그러니 남아야 했다.

호으, 나 이래 봬도 백작인데 도서실 관리라니 너무하지 않아? 뭐, 레이뮤 씨나 슈아나 날 전혀 백작으로 생각하지 않으니까 백작 대우해 달라고 말해봤자 소용없고, 그렇다고 매지스트로를 탈출하면 아무 연고지도 없는 내가 백작 증명용 펜던트만으로 살아남기는 어렵고 말이지. 그냥 레이뮤 씨가 시키는 대로 할 수밖에. 흑…….

스윽— 스윽—

난 도서실에 널브러져 있는 약간의 쓰레기를 쓰레기통에 집어넣은 뒤 쓰레기통을 들고 도서실을 빠져나왔다. 지금 내가 입고 있는 옷이 검은 천사를 상징하는 검은 상의, 검은 바지, 검은 구두에 검은 케이프이기 때문에 나로서는 뭔가 복잡한 느낌을 받아야만 했다. 레이뮤가 영웅이라고 지칭했던 인간이 검은 천사를 상징하는 옷을 입은 채 쓰레기통을 나르고 있었으므로.

호으, 푸가 체이롤로스를 물리치고 페르키암을 때려잡고 쿠드 게리노비아를 쓰러뜨린 인간이 쓰레기통을 비우러 쓰레기 처리장으로 가다니……. 차라리 그냥 잡부용 옷을 입고 있다면 마음이 편할 텐데 말이야. 레이뮤 씨는 나보고 반드시 이 옷을 입고 일하라고 하니 원. 뭐, 어차피 날 찾아오는 사람이 없으니까 별 상관없지만.

바스락바스락—

내가 쓰레기 처리장에 도착했을 때 처리장 안에서 뭔가 움직이는 소리가 들려왔다. 다른 사람 같으면 의외의 소리에 놀랐겠지만 난 그 소리의 정체를 대충 짐작했기에 그다지 놀라지 않았다.

"엇!"

내가 거침없이 쓰레기 처리장 안으로 들어가자 오히려 안에 있던 사람이 놀랐다. 하지만 그 사람은 곧 나를 알아보곤 반가운 얼굴을 했다.

"레지스트리! 정말 오랜……!"

쓰레기 처리장에서 부스럭대던 사람은 매지스트로의 청소 담당인 해리 형님이었다. 처음에 날 보고 반기던 해리 형님은 그러나 곧 고개를 숙이고 떨리는 목소리로 말했다.

"레지스트리 백작님이 이런 누추한 곳까지 어인 일로……!"

"……."

흐으, 여기 매지스트로에서 날 백작이라고 불러주는 사람은 해리 형님밖에 없군. 나름대로 기쁘기는 하지만 해리 형님에게 존칭을 들으니 낯간지러워서 난감한걸?

"존칭 쓰지 마세요. 무늬만 백작이니까 예전처럼 대하시면 되요."

"어…… 그래……."

내가 존칭을 거부하자 해리 형님은 놀란 표정을 지으면서도 내 말에 따랐다. 그러다가 내 손에 들린 쓰리기통을 보고 경악했다.

"너 아직도 도서실 잡부 일하냐?!"

"아, 예."

"백작이 잡부 일이라니……!"

해리 형님은 방금 전에 내가 생각했던 말을 하면서 어이없는 표정을 지었다. 일단 난 쓰레기 처리장에 오래 머무를 생각이 없었기 때문에 냉큼 쓰레기통을 비우고 해리 형님과 함께 밖으로 나왔다. 그리고 천천히 걸으면서 이야기를 나누었다.

"레지스트리, 난 네가 성공할 줄은 알았지만 전쟁에서 그런 공을 세우고 백작까지 될 줄은 몰랐다."

"아, 나도 몰랐어요. 근데 백작이라고는 해도 영지도 없고 사병도 없어서 별로 효용성이 없어요. 그래서 여기서 하던 일을 계속하고 있죠."

"그거 참 안됐다. 백작인데."

"그러게 말이에요."

나와 해리 형님은 각자의 이야기를 허심탄회하게 하면서 식당에 도착했다. 해리 형님의 숙소가 식당의 구석방이라서 난 그쯤에서 해리 형님과 헤어졌다. 그렇게 헤어지기 직전에 해리 형님은 나에게 충고를 하나 해주었다.

“지금 학교 내에서 널 좋게 보는 사람들하고 나쁘게 보는 사람들이 대립하고 있어. 조만간 무슨 일이 일어날 것 같으니까 조심해라.”

“예. 충고 고맙습니다.”

그 말을 끝으로 해리 형님은 식당으로 들어갔고, 난 다시 본관 건물로 향했다. 머릿속으로는 해리 형님의 말을 몇 번이고 되뇌었다.

날 좋게 보는 사람들과 나쁘게 보는 사람들이라……. 일단 내 정체가 베일에 가려져 있으니 신뢰할 수 없다는 측면에서 날 나쁘게 보는 쪽은 이해가 가는데, 날 좋게 보는 쪽은 뭘 보고 날 좋게 본다는 거지? 일개 평민이 백작이 되었다는 것 때문에 평민 학생들에게 희망을 준 건가? 그리고 조만간 뭔가 일어난다니, 무슨 일이 일어난다는 거야? 흐으, 알 수가 없군.

*　　　*　　　*

해리 형님의 충고가 있은 지 닷새가 지났다. 그동안 별일이 없었기 때문에 난 실프에게 상식을 가르치거나 마나 생성 코드를 실행해서 마나를 모았다. 스승인 내가 잘 가르친 것인지 제자인 실프가 똑똑한 것인지, 실프는 빠른 속도로 기본적인 지식을 습득해 갔다. 아직 자신의 감정을 표현할 정도는 아니었으나 객관적인 사실은 물론 주관적인 질문에도 어느 정도 일관된 대답을 해주었다.

예를 들어 '내가 좋아, 슈아가 좋아?' 라는 질문에 언제나 '슈아' 라고 건조한 음성으로 대답하는 것이 그러했다. 실프가 정말로 슈아로에를 좋아하기 때문에 그런 대답을 하는 것인지 그냥 습관적으로 하는 것인지 알 수 있는 방법은 없었지만, 여기서 중요한 것은 일관된 대답을 한다는 점이었다. 그것은 실프에게 주관적인 자아가 생길 수 있다는 가능성을 만들어주기 때문이다. 물론 실프가 나보다 슈아로에를 좋아한다는 대답을 들을 때마다 내 여린 마음에는 자잘한 상처가 생겼지만.

"레지스트리 군."

내가 방에서 실프에게 '난 너의 주인이므로 너는 나를 좋아해야 한다' 라는 정신교육을 하고 있을 때 레이뮤가 찾아왔다. 백작 작위 수여식이 끝난 뒤로 레이뮤가 특별한 일로 날 찾은 적이 없었던 터라 난 조금 의아한 표정을 지었다. 게다가 레이뮤의 표정이 평상시와는 뭔가 달라 보였다.

"예, 무슨 일 있으세요?"

"할 얘기가 있어요."

잉? 무슨 할 얘기가 있다는 거지? 백작 작위 수여식도 끝났겠다, 더 이상 그런 걸로 할 얘기는 없지 않나? 무슨 얘기일지 도통 짐작이 안 가는군. 슈아는 지금 자기 방에서 퍼질러 자고 있을 텐데, 슈아하고는 상관없는 얘기인가?

스읔—

테이블을 사이에 두고 레이뮤와 마주 보고 앉은 후 난 실프를 옆에 얌전히 대기시켜 놓고 레이뮤를 쳐다보았다. 내가 얘기를 들을 준비를 끝마치자 레이뮤가 입을 열었다.

"지금 매지스트로에서 레지스트리 군의 거취 문제로 의견이 분분해요. 레지스트리 군 지지파는 별 문제가 없는데 레지스트리 군 반대파가 레지스트리 군의 학교 잔류를 반대하고 있어요. 레지스트리 군의 정체가 불분명하고, 학교에 있을 만한 실력이 있는지도 알 수가 없으니까요."

잉? 내 거취 문제? 그거 내가 백작 작위 얻은 시점에서 결정난 거 아니었어?

"여태까지 가만히 있다가 왜 이제야 그런 얘길 하는 거죠?"

"지금까지는 레지스트리 군이 슈아로에의 먼 친척이라는 말을 부정할 증거가 없어서 학교 사람들이 가만히 있었던 거예요. 하지만 이번 백작 작위 획득으로 인해 레지스트리 군과 슈아로에가 아무런 관계가 없음을 알게 되어버렸지요. 보통 귀족 작위 수여는 그 사람의 고국에서 하니까요."

"……."

레이뮤의 말을 들어보니 그 말이 맞았다. 사실 내가 슈아로에의 먼 친척이라는 걸 믿는 사람은 별로 없었지만 어쨌든 사실 여부를 확인할 방법이 딱히 없었기 때문에 사람들이 날 그냥 내버려 뒀던 것이다. 그리고 내버려 둬도 뭔가 일을 저지르지 않았으니 신경을 쓰지 않았다는 게 옳았다. 하지만 내가 슈아로에의 고국인 매트록스가 아닌 센트리노 제국에서 백작 작위를 받아버리자 내가 슈아로에와 아무런 관계가 아님을 공식적으로 표명한 것이 되어버렸다. 이곳 학생도 아닌 녀석이 느닷없이 백작 작위를 받고 생활하게 되었으니 뭔가 거대한 음모라도 있는 게 아닐까, 어서 쫓아내 버리는 게 좋겠다 하고 학교 사람들이 생각하게 된 듯했다.

"그렇기 때문에 레지스트리 군은 매지스트로에 남을 자격이 있다는 걸 학교 사람들, 정확히는 레지스트리 군 반대파에게 보여줄 필요가 있어요."

잉? 학교에 남을 자격을 증명하라고? 그걸 무슨 수로 증명해? 나한테는 백작 증명용 검하고 펜던트밖에 없다고. 그것들로도 안 되면 증명할 방법이 없잖아.

"난 백작이잖아요? 윈도우즈 연합 토벌 전쟁에서 공을 세워서 백작이 되었는데, 그 정도면 학교에 남을 자격이…… 되려나요?"

"바로 그 점 때문에 학교 사람들이 레지스트리 군을 경계하고 있어요. 백작이라는 것만으로는 학교에 남을 자격이 되지 않지요. 레지스트리 군이 학교에 남기 위해서는 반대파들에게 레지스트리 군의 능력을 보여주어야만 해요. 한마디로 반대파들이 제시하는 테스트를 수행하면 되는 거예요."

헉! 테스트?! 그건 한마디로 나보고 시험을 보라는 거잖아! 매지스트로 1차, 2차 진급 시험에 윈도우즈 연합 토벌군 입대 시험까지 치렀다고. 그 정도면 됐지 또 시험이라니……. 차라리 나보고 공무원 시험을 보라고 그래!

"어떤 테스트인데요?"

"반대파가 제시한 테스트 내용은 두 가지 측면을 가지고 있어요. 하나는 레지스트리 군의 마법적인 능력, 다른 하나는 레지스트리 군의 인격적인 면이지요. 인격 테스트는 나도 잘 모르겠지만 능력 테스트는 2차 진급 시험의 재시험과 레지스트리 군의 비기인 캐논 슈터의 시범이에요."

허억! 나보고 2차 진급 시험을 또 보라고? 물론 3서클의 마나를 확보한 지금은 2차 진급 시험이 어렵지는 않지만 그래도 봤던 걸 또 봐야 하는 건 싫단 말이다!

"왜 2차 진급 시험을 또?"

"저번 2차 진급 시험은 레지스트리 군이 편법으로 합격했으니까요. 이번에는 편법을 쓰지 말고 정공법으로 하라는 뜻이지요."

"캐논 슈터는 왜 시범을?"

"그게 레지스트리 군의 마법 능력을 가장 잘 보여주는 것이니까요. 사실 2차 진급 시험의 재시험은 형식적인 것이고, 진짜는 캐논 슈터 시범이에요. 레지스트리 군의 캐논 슈터를 보고 나서도 레지스트리 군의 마법 능력을 의심할 사람은 없을 테니까요."

레이뮤는 마치 내가 마법 테스트를 가볍게 통과할 것이라고 단정 짓는 듯했다. 사실 실전을 치르면서 2차 진급 시험 종목 중 하나인 체인 라이트닝 볼트를 쓰는 건 하나도 문제가 되지 않았다. 그리고 캐논 슈터는 실전에서 지겹도록 써봤고 이번에는 실프에게 추진 마법 실행을 부탁하면 되기 때문에 나 혼자서도 캐논 슈터 사용이 가능했다. 따라서 그런 나에게 마법 테스트는 전혀 문제가 되지 않았다. 그러나 문제는 정체를 알 수 없는 인격 테스트였다.

"인격 테스트는 뭘 어떻게 테스트한다는 거죠?"

"모르겠어요. 아무래도 인격을 테스트하는 것이다 보니 테스트 내용을 미리 알려줄 수는 없는 모양이더군요. 레지스트리 군이 직접 맞부딪칠 수밖에 없어요."

"……."

흐으, 테스트 내용을 모르니 답답하군. 인격 테스트라 함은 어려운 일에 처해 있는 사람을 도와주거나 하는 등의 의로운 일을 하면 되는 건가? 내 인격이 좋은 편이 아니라서 상당히 불안한걸? 으으, 인격 테스트 따위는 받기 싫은데…… 그냥 이 기회에 모든 사람들에게 내 정체를 확 까발려 버려?

"그냥 내 정체를 알려주는 게 낫지 않을까요? 그럼 테스트는 안 받아도 될 것 같은데."

테스트를 보기 싫다는 일념 하나만으로 난 레이뮤에게 그런 제안을 했다. 하지만 돌아온 것은 레이뮤의 따끔한 일침이었다.

"레지스트리 군은 다른 세계에서 소환되었습니다, 하고 말인가요? 그렇게 말하면 사람들이 믿어줄 것 같은가요? 설령 믿는다 해도 레지스트리 군이 선의를 가지고 소환되었는지, 악의를 가지고 소환되었는지 알 수가 없기 때문에 도리어 레지스트리 군을 해하려 할 수도 있어요. 아무리 백작 작위를 가지고 있다고 해도 레지스트리 군이 이세계(異世界) 사람이라는 게 밝혀지면 백작 작위 자체가 무효화될 수도 있죠. 아무튼 그 사실은 아무리 해도 안 될 때, 최후에 밝혀야만 하는 사항이에요."

"예……."

흐윽, 레이뮤 씨한테 혼났다. 근데 유리시아드나 엘프 남매들에게는 거리낌없이 내 정체를 말했으면서 다른 사람들에게 말하면 안 된다니, 이거 인간 차별 아닌가?

"유리시아드나 네리안느 씨에게는 알려져도 괜찮은가요? 소문이 퍼질 가능성이 있잖아요."

"그들은 그렇게 입이 가벼운 사람들이 아니에요. 그리고 말해봤자 믿을 사람이 많지 않기 때문에 소용이 없지요. 게다가 이미 말해 버렸으니 어쩔 수 없잖아요?"

"……."

레이뮤 씨…… 너무 무책임해…….

"아무튼 그렇게 알고 정신 바짝 차리고 있어요. 레지스트리 군이 테스트에 통과하지 못한다면 나도 더 이상 레지스트리 군을 학교에 붙잡아둘 수가 없으니까요."

"예……."

흐으, 상황이 심각한가 본데? 천하의 레이뮤 씨도 어떻게 할 방법이 없다니. 근데 내가 굳이 매지스트로에 남을 이유는 없잖아? 여기 있으면 도서실 관리를 하는 대신 공짜로 먹여주고, 재워주고, 입혀줘서 편하긴 하지만 나야 쫓겨난다고 해도 굶어죽지는 않을 자신이 있으니까 테스트에서 떨어져도 별 상관없는데.

"잘해요."

그 말을 끝으로 레이뮤는 자리에서 일어섰다. 난 그저 알았다는 의미로 고개만 끄덕였다. 일단 능력 테스트는 2차 진급 시험과 캐논 슈터 시범이라 걱정할 필요가 없었다. 하지만 문제는 역시 테스트 내용을 알 수 없는 인격 테스트였다.

대체 인격을 어떻게 테스트하겠다는 거야? 어떤 식으로 나올지 감을 못 잡겠군. 게다가 난 인격체가 아니라서 떨어질 확률이 매우 높을 것 같고 말이지. 그냥 이 기회에 매지스트로를 졸업하고 독립 생활을 시작할까? 자취해 본 적이 없어 조금 걱정이긴 하지만, 까짓것 어떻게든 되겠지.

*　　　*　　　*

레이뮤가 나에게 학교 잔류 테스트 정보를 알려준 다음날, 대망의 테스트가 진행되었다. 그것을 알게 된 것은 내가 막 아침 식사를 마치고 도서실에서 실프와 놀 때였다.

"레지스트리 군, 이제 곧 테스트가 시작될 거예요. 그러니 따라와요."

레이뮤는 도서실에 있는 날 끌고 본관 건물 앞의 모래 운동장으로 향했다. 가는 도중 백작 증명용 은+청동검을 든 슈아로에를 합류시킨 우리들은 모래 운동장에 마련된 임시 단상에 올라갔다. 모래 운동장에는 이미 학교 내의 선생과 학생 모두가 운집해 있었다.

흐으, 오랜만에 느껴보는 인간들의 시선이군. 어제 레이뮤 씨로부터 테스트에 대한 얘기를 듣지 못했다면 지금쯤 실프하고 나하고 마나 생성 코드를 신나게 써서 마법을 쓸 수 없는 상태였겠지. 하지만 이미 윈도우즈 연합 토벌군 입단 테스트 때 한 번 겪어본 일이라 마나 생성 코드를 쓰지 않았다네. 이 몸이 두 번이나 같은 실수를 저지를 수는 없으니까 말이야.

웅성웅성—

모래 운동장에 모인 학생과 선생들은 날 바라보며 수군대기 시작했다. 만약 내가 실프를 소환해 놓은 상태였다면 그 소란은 더욱 커졌겠지만 지금은 실프를 소환 해제시킨 상태였기 때문에 사람들은 주로 내 정체에 대해서 이야기했다. 물론 그들이 진짜 무슨 얘기를 하는지는 단상에 서 있는 나로서는 알 방법이 없었지만.

"Create space range, mapping double amplitude, render ten."

사람들이 떠들자 레이뮤는 음성증폭 마법을 코딩했다. 그러고 나서 입을 열었다.

"모두 조용히 해주시기 바랍니다."

"……."

레이뮤의 주목 선언에 떠들던 사람들이 일제히 입을 다물었다. 관중들이 조용해지자 레이뮤는 본론을 말하기 시작했다.

"여기 서 있는 사람은 윈도우즈 연합 토벌 전쟁 때 혁혁한 전과를 세워 센트리노 제국으로부터 명예 백작 작위를 하사받은 레지스트리 군입니다. 그리고 이 검은 그 증표입니다."

레이뮤는 그러면서 슈아로에로부터 백작 증명용 검을 넘겨받아 나에게 전해주었다. 난 순간 이 검을 어떻게 처리해야 할지 몰라서 레이뮤의 지시를 기다렸으나 레이뮤는 나보고 알아서 하라는 표정을 지어 보였다. 그래서 난 할 수 없이 검을 받아 들고 곧장 검집으로부터 검을 뽑아 하늘 높이 치켜올렸다. 일단 사람들이 검을 보고 싶어 할 것이라는 생각이 들었기 때문이었다.

"오오—!"

내가 검을 치켜들자 사람들 사이에서 탄성이 터져 나왔다. 일단 비교적 값이 나가는 은과 청동으로 만들어진 검이라서 모두들 그 검이 백작 증명용 검이라는 사실을 의심하지 않았다. 그렇게 사람들이 검의 존재를 인정하는 것 같아서 난 다시 검을 검집에 꽂아 넣고 슈아로에에게 인계했다. 이제 곧 마법 테스트가 시작될 텐데 검을 들고 있으면 마법 사용에 방해가 되기 때문이었다.

저벅저벅—

그때였다. 갑자기 단상으로 한 명의 청년이 올라왔다. 빛나는 듯한 녹색의 장발을 휘날리며 올라온 청년은 비교적 느끼하게 잘생긴 얼굴을 하고 있었는데, 어디선가 본 적이 있는 듯한 느낌이 들었다. 대체 내가 이 청년을 언제 보았을까 하고 머리를 굴리는 사이, 녹색 장발 청년은 어느새 내 앞에까지 와서 멈춰 섰다. 매지스트로 교복이 아닌 몸에 쫙 달라붙는 쫄쫄이 정장을 입은 그는 날 보자 약간 느끼한 미소를 지으며 입을 열었다.

"오랜만에 보는군요."

"……?"

잉? 오랜만? 분명 낯이 익기는 한데 누군지 도통 기억이 안 난다. 내가 만나본 사람이 그렇게 많은 편이 아니라서 기억을 못할 리는 없을 것 같은데…… 누구지?

"저는 엔비디아 제국 베스트 오브 베스트 마법학교의 블루 넥타이 레일 에인마크라고 합니다!"

먼저 날 아는 척했던 청년은 곧바로 모래 운동장에 모여 있는 사람들에게 자기소개를 했다. 그의 소개를 듣고 나서야 난 녹색 장발 청년이 통칭 보브 학교의 그 작업남이라는 사실을 깨달았다.

흐음, 얼굴을 맞댄 시간이 그리 많지 않았던 것도 있고 워낙 마음에 들지 않은 인간이라서 그냥 기억 속에서 지워 버렸던 것 같군. 저 사람을 만난 게 마법학회 때였지? 몬스터 토벌 때도 있긴 했지만 따로 행동해서 레일이 얼마나 몬스터를 때려잡았는지도 모르겠군. 솔직히 알고 싶지도 않지만 말이야. 근데 이 인간이 여기 왜 있는 거야?

"저는 레지스트리 백작의 매지스트로 잔류 여부를 판정하기 위해 온 중개자입니다. 레지스트리 백작의 학교 잔류 찬성파와 반대파를 대신하여 레지스트리 백작을 시험할 것입니다."

"……!"

헉! 레일이 날 테스트한다고?! 왜 남의 학교 인간에게 그런 일을 맡긴 거야? 집안일은 가급적이면 집안에서 해결하라고!

"우선 오늘은 레지스트리 백작의 마법 실력을 알아볼 생각입니다. 일설에 의하면 레지스트리 백작은 편법을 사용하여 1차 진급 시험과 2차 진급 시험을 통과했다고 하더군요."

"……!"

흐윽, 대체 누가 그런 사실을 저 인간에게 흘린 거야? 반대파 짓이냐?

"그래서 우선 레지스트리 백작이 정당하게 진급 시험을 통과했음을 이 자리에서 증명해 주시기 바랍니다."

레일의 요구는 이미 레이뮤로부터 들은 내용이라 전혀 놀랍지 않았다. 하지만 다른 학교 인간에게 내 실력을 검증받는 것 같아 기분은 솔직히 별로였다.

"알겠습니다. 그럼 준비해 주십시오."

기분이 어떻든 간에 시험에 응하지 않으면 안 되는 상황이라 일단 난 단상 아래로 내려갔다. 그사이 준비 위원으로 선발된 듯한 불쌍한 학생 둘이 목조 인형을 모래 운동장 아무데나 꽂아놓았다. 만약 내가 3서클의 마나를 가지고 있지 않았다면 목조 인형의 위치를 정확히 지정했겠지만, 지금의 나는 그럴 필요가 없었다.

"시작합니다."

준비가 끝나자 난 실행 예고를 한 후 곧바로 체인 라이트닝 볼트를 코딩했다. 마법 경력이 8개월밖에 안 되지만 그동안 마법을 실전에서 무수히 사용해서인지 이제는 마법 코드를 외우고 쓰는 게 매우 자연스러워졌다.

"Create space 천둥 벼락, mapping lightning, create snap space target 1, create snap space target 2, animate snap."

번쩍—

내가 코딩을 끝내자 번개가 5m/s의 속도로 날아가 첫 번째 목조 인형을 명중시켰다. 그리고 Snap 코드에 의해 번개는 이동을 시작해 두 번째 목조 인형마저 전기 통구이로 만들었다. 내가 생각해도 매우 안정적인 마법 실행이라서 첫 번째 테스트는 무사통과할 것이라는 생각이 들었고, 그런 내 생각대로 레일은 1차 테스트 종료를 선언했다.

"레지스트리 백작은 3서클의 체인 라이트닝 볼트 실행에 성공하였으므로 정식 블루 케이프라는 것을 인정합니다."

웅성웅성—

내가 1차 마법 테스트를 통과하자 학생들 사이에서 잡음이 흘러나왔다. 그들이 정확히 무슨 말을 하는지 알 수는 없었으나 분위기상 '6개월 전만 해도 2서클이었던 녀석이 3서클?!', '어떻게 저렇게 빨리 마나를 모을 수 있는 거야?' 라는 얘기를 하는 것 같았다.

"모두 조용히 해주십시오!"

방청객들이 하도 떠들자 레일은 오직 육성만으로 목소리를 높였다. 남자 목소리는 여자 목소리보다 톤은 낮지만 울림이 좋아 사람들은 레일의 말을 듣고 금방 입을 다물었다. 그렇게 관중들의 소란을 잠재운 레일은 또다시 나에게 시선을 두며 입을 열었다.

"레지스트리 백작은 윈도우즈 연합 토벌 전쟁에서 많은 전과를 올렸다고 들었습니다. 특히 하급 마왕 쿠드 게리노비아를 독특한 마법으로 물리쳤다고 들었는데, 그에 대해서 말씀해 주실 수 있겠습니까?"

레일이 원하는 것은 캐논 슈터에 대한 설명이었다. 그러나 캐논 슈터만으로 하급 마왕 쿠드 게리노비아를 물리친 게 아니라서 난 당시의 상황을 설명해 주었다.

"하급 마왕을 마법만으로 잡는 건 사실 불가능합니다. 마계 종족이 사제가 부르는 빛의 노래에 약하다는 사실을 알아내고 음성 증폭 마법으로 빛의 노래를 크게 만든 뒤에 캐논 슈터로 마무리를 지었던 것입니다."

"오오—"

하급 마왕을 때려잡는 방법을 설명하자 사람들이 탄성을 내질렀다. 음성 증폭 마법으로 빛의 노래를 증폭시킨다는 발상은 전혀 생각지도 못한 듯했다. 어쨌든 난 캐논 슈터에 대해서 하나도 모르는 그들을 위해 친절한 설명을 덧붙였다.

"캐논 슈터라는 것은 매핑… 아니, 발현을 극대화한 파이어 볼을 소규모의 폭발 마법으로 가속시키는 마법입니다. 다르게 말하면 파이어 볼은 탄약 마법이고, 폭발 마법은 추진 마법이 되는 것입니다."

"……?"

이런, 내 친절한 설명을 듣고도 얼굴에 온통 물음표를 띠다니 저런 이해력 부족한 아해들 같으니라고. 결국 직접 보여주는 수밖에 없다는 소리인데, 캐논 슈터를 여기서 썼다간 구경꾼들이 전부 허공의 재로 산화될 텐데…… 결국 파이어 볼의 위력을 작게 해야겠군.

"캐논 슈터는 제대로 사용할 경우 폭발력이 엄청나기 때문에 여기서는 위력을 작게 해서 보여드리겠습니다. 목표는 여기서 100m 떨어져 있는 저 나무입니다."

난 모래 운동장 가장자리에 잘 자라고 있는 나무들을 가리켰다. 표적 나무는 하나였지만 어차피 캐논 슈터가 폭발하면 근처에 있는 나무도 모조리 날아가기 때문에 어떤 나무를 맞히겠다고 알릴 필요는 없었다. 일단 난 나무가 뿌리 박혀 있는 쪽을 바라보며 레이뮤와 슈아로에에게 부탁을 했다.

"후폭풍이 몰려오면 두 분이 막아주세요."

"알겠습니다."

"네, 걱정 말아요."

내 말이 떨어지기가 무섭게 레이뮤와 슈아로에는 기다렸다는 듯이 대답했다. 하도 내 캐논 슈터를 여러 차례 경험해서인지 후폭풍의 존재를 당연하게 생각하는 것이었다. 어쨌든 두 여성의 지원을 확인한 나는 일단 왼쪽의 매직 오너멘트를 손으로 훑어 리프레쉬 코드를 발동했다. 체인 라이트닝 볼트를 썼지만 남아 있는 마나가 있어서 굳이 리프레쉬 코드를 사용할 필요는 없었지만 혹시라도 실패할 경우를 대비해서 마나를 회복시킨 것이다.

"뭐 하는 거야?"

"매직 오너멘트를 썼는데 왜 아무 마법도 발동되지 않지?"

내가 매직 오너멘트를 손으로 훑는 걸 본 사람들은 내가 분명 그 캐논 슈터라는 마법을 사용할 것이라고 생각했다. 그러나 아무 일도 일어나지 않자 사람들은 내 마법을 의심하기 시작했다. 리소스 사용 중인 마나를 강제로 리소스 반환시키는 리프레쉬 코드를 모르는 그들로서는 당연한 반응이었다. 일단 약 20초 동안 리프레쉬 코드의 실행을 유지시킨 나는 마나가 거의 회복되자 Break 코드로 리프레쉬 코드를 중지시켰다. 그러고 나서 곧바로 실프를 소환했다.

"저거 정령 아니야?"

"마법사가 정령을?"

"검은 머리가 마법 쓴다는 것도 놀라운데 정령까지 부리다니!"

내가 사람 상체만 한 크기의 바람의 정령을 소환하자 사람들이 다시 소란스럽게 떠들어댔다. 매지스트로에서는 정령술을 가르쳐 주지 않는데 내가 정령술을 사용하니 놀랄 수밖에 없었다. 사람들이 하도 웅성거려서 진행이 어렵다고 판단한 레이뮤가 음성 증폭 마법을 사용한 뒤 입을 열었다.

"모두 조용히 하세요."

"……."

레이뮤의 행동에 모두가 간신히 조용해졌다. 그 틈을 타서 난 캐논 슈터의 실행 방법에 대해 설명했다.

"캐논 슈터에서 중요한 것은 추진 마법입니다. 추진 마법 코드가 길기 때문에 캐논 슈터를 사용할 때마다 일일이 코딩하는 건 불가능하고, 가장 좋은 방법은 매직 오너멘트를 이용하는 것입니다. 하지만 본인은 단축키 코드를 이용해 매직 오너멘트 없이 추진 마법을 사용할 것입니다. 물론 한 사람이 탄약 마법과 추진 마법을 동시에 사용할 수는 없기 때문에 추진 마법은 나 대신 여기 있는 실프가 사용할 것입니다."

"……!"

내 설명에 사람들이 눈을 휘둥그렇게 떴다. 아까 레이뮤가 조용히 하라는 말을 했기 때문인지 자기들끼리 떠들지는 않았지만 드러난 표정은 분명 경악에 물들어 있었다. 정령들에 대해서 잘 모르는 그들이라도 정령이 마법을 쓸 수 없다는 건 기본 상식으로 알고 있기 때문이었다. 난 그들이 믿든 안 믿든 곧바로 캐논 슈터 실행에 들어갔다.

"Create space hotball, mapping fire, create space road, animate space road."

내가 마지막 실행 코드를 다 읽자 실프는 뒤이어 '추진'을 외치며 추진 마법을 실행했다. 그러자 총 10번의 폭발이 파이어 볼 뒤에서 일어나며 파이어 볼이 가속되었고 가속된 파이어 볼은 빠른 속도로 모래 운동장 외곽의 한 나무를 들이받았다. 순간,

쿠아앙—!

거대한 폭발음과 함께 근처 10여 미터의 나무들이 흔적도 없이 사라졌다. 보통의 파이어 볼이 대략 반경 2미터 정도의 폭발을 일으키는 것에 비해 내 파이어 볼은 반경 8미터의 폭발을 일으켰다. 탄약 마법이 일반 파이어 볼이라 이번 캐논 슈터는 순전히 추진 마법에 의한 가속력 2배, 따라서 총 4배의 파괴력만을 얻었기 때문이다. 물론 4배밖에 파괴력이 증가되지 않았다지만 폭발에 의한 후폭풍은 여지없이 발생했다.

"Create space 장벽, mapping wind, render hundred."

"Create space 장벽, mapping wind, render hundred!"

후폭풍이 몰려옴과 동시에 레이뮤와 슈아로에가 바람의 장벽을 쳤다. 그리고 나 역시 실프에게 명령하여 그녀들의 방어를 도왔다. 그다지 강하지 않은 후폭풍이라 기본 매핑만으로도 충분히 막아낼 수 있었다. 여태까지 탄약 마법의 발현을 최대로 하고 크기도 줄이면서 파괴력을 극대화시킨 캐논 슈터만 써대다가 일반 파이어 볼로 탄약 마법을 사용하니 파괴력이 형편없이 느껴졌다.

이런, 겨우 이 정도의 마법 시범으로 인간들이 내 실력을

인정해 주겠어? 뭔가 콰콰쾅! 하고 터지거나 후폭풍이 무지막지하게 몰아쳐야 제 맛인데 이도 저도 아니라서 너무 썰렁한걸? 캐논 슈터 시범을 다시 한 번 해야 할 필요성이…… 잉?

…….

난 별 기대도 안 하고 사람들의 얼굴을 쳐다보았다. 그런데 그들은 한결같이 놀란 표정을 지으며 입을 다물 줄 몰랐다. 그것은 분명 내 캐논 슈터의 위력에 놀란 것이었다.

흐으, 겨우 이 정도에 놀라다니 인간들이 담력이 작군. 어쨌든 모두들 내 캐논 슈터를 인정해 주는 분위기니까 더 이상의 시범은 필요가 없겠는걸? 이쯤에서 접을까?

"이것으로 본인의 마법 시현은 모두 끝났습니다."

캐논 슈터 시범을 성공한 나는 희생양이 된 나무들에게 깊은 애도의 뜻을 표하며 다시 단상으로 올라갔다. 내가 단상에 올라왔음에도 레일은 사라져 버린 나무들 쪽만을 쳐다보고 있었다. 표정으로 보건대 레일조차도 캐논 슈터의 위력에 놀란 듯했다. 가능하면 제대로 된 캐논 슈터를 사용해서 레일의 표정을 더 경악하게 만들고 싶었지만 레일이 아무 말도 안 하면 안 되기 때문에 난 레일의 어깨를 툭툭 쳤다.

"아!"

내가 신호를 보내고 나서야 레일은 정신을 차리고 시선을 관중들에게로 돌렸다. 그러고 나서 큰 목소리로 소리쳤다.

"레지스트리 백작의 마법 시현을 잘 봤습니다. 레지스트리 백작은 분명 3서클의 마법을 사용했고, 파이어 볼을 저 정도까지 강력하게 만드는 캐논 슈터를 보여주었습니다. 레지스트리 백작이 정령술까지 쓸 수 있을 줄은 몰랐습니다만, 레지스트리 백작은 분명 마법 실력 면에서 여기 계신 대마법사님과 화이트 케이프의 이안트리 양만큼이나 훌륭합니다. 이것으로 레지스트리 백작의 마법 테스트는 합격을 선언하는 바입니다."

짝짝—

레일이 나의 마법 테스트 합격을 선언하자 일부 사람들이 박수를 보냈다. 그리고 박수를 치지 않는 나머지 사람들도 일단은 나의 마법 테스트 합격을 인정하는 분위기였다. 역시 캐논 슈터의 파괴력을 눈앞에서 직접 봤기 때문에 인정할 수밖에 없었던 것이다. 그렇게 사람들의 이의 제기가 없는 것을 확인한 레일은 계속 말을 이었다.

"이것으로 마법 테스트는 종료하겠습니다. 후에 있을 인격 테스트는 총 3번 실시할 것이며, 예고 없이 불시에 시행할 것입니다. 테스트 성격상 시일이 많이 걸릴 수 있으니 많은 양해 바랍니다."

그 말을 끝으로 레일은 단상을 내려왔다. 레일이 내려가자 레이뮤는 관중들의 소집 해제를 선언했다.

"모두들 돌아가도록 하세요."

웅성웅성—

마법 테스트가 끝나자 선생들과 학생들 모두 끼리끼리 모여 기숙사나 본관 건물로 이동했다. 그들이 이동하면서 무슨 얘기를 하는지는 알 수 없었지만 한 가지 분명한 사실은 그들이 내 마법 실력에 의구심을 표시하지 않는다는 점이었다.

"잘됐네요, 테스트 통과해서."

사람들이 뿔뿔이 흩어지는 모습을 보던 슈아로에가 모처럼 날 칭찬했다. 하지만 나로서는 마법 테스트보다 인격 테스트가 걱정되어 마음이 편치는 않았다.

"아직 인격 테스트가 남았잖아."

"음, 좀 많이 걱정되긴 하지만 레지 군이라면 잘할 거예요."

슈아로에는 격려인지 험담인지 아리송한 말로 내 걱정을 배가시켰다. 어쨌든 난 인격 테스트에 대한 불안을 가슴속에 품으며 레이뮤, 슈아로에와 함께 본관 건물로 향했다.

*　　*　　*

마법 테스트가 끝나고 이틀이 지났다. 그동안 테스트 같은 에피소드는 벌어지지 않았으나 3일째 되던 날, 난 뭔가 테스트가 있을 것이라 예상했다. 그런 내 예감을 적중시키기라도 하듯이 생전 처음 보는 어떤 남자가 불현듯 날 찾아왔다. 날 찾아온 남자는 20대 청년이었는데 얼굴에서는 부티가 철철 넘쳐흘렀다. 옷 자체도 휘황찬란한 무늬가 수놓아진 것이라 한눈에 고위 귀족의 자제라는 걸 알 수 있었다. 그런 사람이 갑자기 날 찾아와서 뜻밖의 말을 했다.

"난 엔비디아 제국의 '센도론' 공작의 아들이오. 내 아버지 센도론 공작은 엔비디아 제국 중에서도 '리바' 성의 영주로서 막강한 권력을 가지고 있소. 마침 우리 성에서 수석 마법사가 필요하여 레지스트리 백작을 수석 마법사에 추천하고 싶소. 이런 학교에서 잡일을 하는 것보다 리바 성의 수석 마법사를 하는 게 더 나을 것이오."

"……."

흐음, 나보고 수석 마법사 자리를 맡아달라는 건가? 이제 갓 20대 꺾인 새파란 애송이에게? 뭐, 실력있고 빽이 있다면 충분히 가능한 일이긴 하다만, 여태까지 그런 어프로치가 없다가 테스트한다고 선언한 이후에 이렇게 찾아오면 함정이란 거 다 들통 나잖아.

"테스트하는 거 아닌가요?"

난 단도직입적으로 센도론 공작 아들에게 질문을 던졌다. 하지만 센도론 공작 아들은 전혀 놀라는 표정을 짓지 않고 당당하게 말했다.

"테스트 여부와는 관계없소. 난 아버지 센도론 공작의 이름을 걸고 레지스트리 백작을 추천하고 싶은 거요. 3서클의 용언 마법을 쓰고, 정령까지 부리며, 페르키암과 쿠드 게리노비아를 잡아낸 인재인데 그 재능을 이런 곳에서 썩히는 건 아깝지 않소!"

센도론 공작 아들의 어조가 조금 격앙되었다. 표정을 보니 그는 날 정말로 수석 마법사에 앉히고 싶어 하는 것 같았다. 사실 이게 테스트라고 해도 센도론 공작 아들이 날 원한다면 내가 테스트에 탈락하여 자신과 함께 엔비디아 제국으로 가길 바랄 것이다. 내가 테스트에 통과해 버리면 계속 매지스트로에 남게 되기 때문이다.

흐음, 지금 이 제의가 진짜인지 가짜인지는 알 수 없지만 꽤 매력적인 것 같군. 만약 내가 매지스트로에서 순전히 잡일만 한다면 냉큼 가겠다고 하겠지만, 불행히도 난 여기 생활에 별 불만은 없어. 이미 생활 패턴이 매지스트로에 익숙해진 것도 있고, 그보다 더 큰 이유는 이곳에는 레이뮤 씨와 슈아가 있거든. 난 그 두 사람이 나 싫다고 쫓아내기 전까지는 떠날 생각이 없다네~

"제안은 고맙지만 거절하겠습니다."

난 센도론 공작 아들에게 정중히 거절의 뜻을 알렸다. 하지만 그는 쉽게 물러서려고 하지 않았다.

"왜 거절하는 것이오? 그대가 수락만 하면 그대는 엔비디아 제국에서 강력한 권력을 가지고 있는 센도론 공작의 측근이 되는 거요. 누구도 무시할 수 없는 권력을 손에 넣게 되는데 왜?"

"……"

흐으, 내가 싫다면 그만이지 꼬치꼬치 캐묻기는. 내가 그렇게 권력에 미쳐 보여? 나도 권력이 좋다는 건 군대에서 느껴봐서 알고 있긴 한데, 그래도 싫다니까. 그런데 무작정 싫다고 하면 이 인간이 계속 꼬투리 잡고 늘어질 것 같아 이유를 알려줘야겠다.

"물론 센도론 공작의 수석 마법사가 되면 상당한 권력을 손에 넣겠지요. 하지만 그것은 엔비디아 제국 내의 권력일 뿐입니다. 다른 나라에서 그 권력을 온전히 사용하기는 힘들죠. 반면 매지스트로는 초국가적인 독립학교이기 때문에 대마법사님처럼 국가를 초월한 권력을 얻을 수 있습니다. 난 국소적인 권력보다 광범위한 권력을 원합니다."

"……!"

센도론 공작 아들은 조금 놀란 표정을 지었다. 만약 이번 인격 테스트가 권력에 대한 것이라면 내 말은 완전히 권력에 미친 것이라 불합격 판정을 받아 마땅했다. 그래서인지 센도론 공작 아들은 약간 격앙된 목소리로 말했다.

"매지스트로에 있어도 센도론 공작의 측근만큼의 권력을 부릴 수는 없지 않소! 대마법사님이 어디 다른 나라에서 권력 행사를 하는 걸 보셨소? 매지스트로에 권력이 어디 있단 말이오!"

이 인간 왜 이렇게 흥분해?

"지금 매지스트로에는 명예만 있습니다. 하지만 내 힘으로 매지스트로에 권력을 추가할 것입니다. 그러면 대마법사님을 비롯하여 나도 초국가적인 권력을 손에 넣는 것이죠."

"……!"

내 표정이 진지했기 때문에 센도론 공작 아들은 아무 말도 하지 못했다. 그렇게 잠시 내 얼굴만 쳐다보던 센도론 공작 아들은 나지막한 한숨을 쉬며 입을 열었다.

"레지스트리 백작이 굉장한 실력자라는 건 알고 있지만 권력이란 건 그리 쉽게 얻어지는 게 아니오. 매지스트로에 남는다 한들 그대가 원하는 정도의 권력을 얻지는 못할 것이오."

흐으, 그건 당신 생각이고.

"그럼 난 가보겠소. 만약 생각이 바뀌면 보브 마법학교의 레일 에인마크를 통해 날 찾으시오."

잉? 이번 제안에 레일이 관여한 거야? 역시 테스트였잖아.

저벅저벅—

센도론 공작 아들은 더 이상 제의하지 않고 도서실을 떠났다. 내가 과연 1차 인격 테스트를 통과한 것인지 아닌지 확신할 수는 없었지만 느낌상 그냥 통과인 것 같았다. 문제는 이런 테스트 내용을 학교 사람들에게 누가 설명을 하고 합격, 불합격 여부를 가리는 것인지였다. 인격 테스트가 공개적이지 않고 극히 개인적으로 진행되었기에 불안한 것이다.

흐으, 뭐, 테스트를 기획한 인간이 알아서 설명해 주겠지.

난 테스트가 있으면 그냥 테스트를 받을 뿐이다. 1차는 통과한 것 같고, 이제 두 번 남았구나. 랄라~

* * *

1차 인격 테스트가 끝나고 하루가 지났다. 레일이나 다른 사람들로부터 테스트 불합격이란 말이 나오지 않았기 때문에 암묵적으로 1차 인격 테스트 통과가 선언된 듯했다. 그래서 한 3일 정도 뒤에 2차 인격 테스트가 있을 것이라고 생각했는데 의외로 2차 인격 테스트는 이틀 뒤에 벌어졌다.

"할 말이 있습니다, 레지스트리 백작."

내가 도서실에서 책 정리를 하고 있을 때 보브 마법학교의 레일이 날 찾아왔다. 레일이 나의 학교 잔류 지지파와 반대파의 중개자 역할을 하고 있기 때문에 그가 등장하자마자 2차 인격 테스트의 시작이라는 걸 간파했다.

"두 번째 인격 테스트인가 보죠?"

"하하하."

내가 단도직입적으로 나오자 레일은 조금 당황한 표정을 지었다. 하지만 이번이 2차 인격 테스트라는 걸 부정하지는 않았다.

"뭐, 그렇습니다. 하지만 이건 테스트라기보다 레지스트리 백작을 위한 제안입니다."

"제안?"

"아무래도 매지스트로에는 대마법사님도 있고, 천재 여마법사 이안트리 양도 있습니다. 그 두 사람 때문에 레지스트리 백작의 업적이 묻히는 것 같아 안타깝습니다."

"……."

흐, 내 업적이 레이뮤 씨와 슈아 때문에 묻힌다고? 아니, 그건 묻히는 게 아니라 내가 일부러 그렇게 만든 건데? 내가 이상한 코드를 만들어내도 두 사람이 있으면 사람들이 '대마법사님이나 이안트리 양이 만들었겠지' 하거든. 설명할 필요가 없으니 얼마나 편해? 그렇다고 두 사람이 내 코드를 자기가 만들었다고 우기지도 않고. 나로서는 감사할 따름이라니까.

"우리 베스트 오브 베스트 마법학교에는 이안트리 양만큼의 인재가 없습니다. 저 역시도 나름대로 수재라는 말을 들었지만 이안트리 양만큼은 아니니까요. 하지만 레지스트리 백작은 이안트리 양을 능가할 만한 천재입니다. 우리 보브 마법학교는 매지스트로에서보다 훨씬 좋은 대우로 레지스트리 백작을 지원할 것입니다."

레일의 말은 결국 날 보브 마법학교로 스카우트하겠다는 뜻이었다. 매지스트로를 라이벌로 생각하는 보브 마법학교로서는 정체가 베일에 싸여 있는, 바꿔 말하면 매지스트로 소속이라는 확실한 증거도 없는 나를 영입하여 즉시 전력으로 쓰는 것이 유망주를 발굴하는 것보다 낫다고 판단한 것이다.

내가 매지스트로에서 연봉을 받는 것이 아니어서 보브로서는 내 이적료를 걱정할 필요 없이 오직 내 연봉만 높여서 협상하면 되기에 이적은 순전히 내 의지에 달려 있었다. 일단 보브 마법학교에서 나에게 어떤 대우를 해줄 것인지가 궁금해서 난 레일을 떠보았다.

"구체적으로 어떤 지원을 하죠?"

"그것은……."

표면적으로 내가 거절의 뜻을 보이지 않자 레일은 신이 나서 말했다.

"백작 지위에 걸맞게 전용 방과 전용 메이드를 드릴 겁니다. 개인 연구실도 따로 준비할 것이고, 백작 전용의 마차와 마부도 항시 대기할 것입니다. 학교 내에서 백작의 지위는 교장, 교감 다음이 될 것이기에 거의 모든 학교 사람들이 백작의 밑이 됩니다."

"……."

오호, 그거 생각보다 괜찮은 대우인데? 특히 전용 메이드가 생긴다는 부분이 가장 마음에 들어. 메이드를 가능한 젊고 예쁜 여자로…… 라는 요구를 했다가는 레일이 속 보이는 녀석이라고 욕하겠지? 뭐, 어쨌든 난 남에게 속을 보이고 싶지는 않으니 그 말은 봉인하자.

"어떻습니까? 보브에서 최대한 해드릴 수 있는 대우입니다만."

"흐음……."

이미 마음속으로는 처음부터 결정을 내렸지만 난 일부러 생각하는 척했다. 여기서 흔들리는 모습을 보이지 않으면 순전히 테스트라는 것 때문에 내가 거절한다고 생각할까 봐 레일에게 마치 '나 흔들리고 있어' 라는 뉘앙스를 준 것이다. 내 예상대로 레일은 내가 대답을 망설이자 날 더욱 부추겼다.

"매지스트로에 남아봤자 백작은 대마법사와 이안트리 양의 명성 때문에 묻히고 맙니다. 하지만 보브로 오면 백작은 일거에 유명인이 될 수 있습니다. 학교의 모든 사람들이 백작을 우러러보게 되는 것입니다. 얼마나 멋집니까!"

"……."

흐음, 남들이 우러러보는 존재가 된다는 건 분명 멋진 일이지만 그건 그만큼의 의무를 지게 된다는 뜻이지. 나에겐 아직 그런 의무를 질 만한 능력이 없어. 그리고 결정적으로 레이뮤 씨나 슈아 같은 미인을 곁에서 볼 수 있는 기회는 흔치 않아. 레이뮤 씨야 약혼자도 있으니 어렵겠지만 아직 연애 쪽으론 아무것도 모르는 슈아를 잘 꼬시면…… 흠흠, 뭐, 그건 그렇고…… 엇! 그러고 보니 나도 연애 쪽으로 아는 게 없잖아? 크윽! 25살, 아니, 여기 와서 해가 바뀌었으니까 26살이 되어서도 연애 경험이 없다니 창피해서 얼굴을 못 들겠다.

"말은 고맙지만 난 매지스트로가 좋습니다."

난 짐짓 마음을 굳힌 듯한 표정을 연출하며 레일의 제안을 거절했다. 그리고 그 이유를 덧붙였다.

"레일 씨는 내가 매지스트로에 남으면 묻히고 보브로 가면 유명해질 거라 했습니다만, 그건 용의 꼬리가 되기보다 뱀의 머리가 되는 게 좋다는 생각입니다. 하지만 난 뱀의 머리에 만족해 버리면 그것으로 끝이라고 생각합니다. 용의 머리가 될 각오를 하지 않는다면 어디를 가더라도 마찬가지일 것입니다. 난 지금은 용의 꼬리에 해당하는 위치이지만 언젠가는 매지스트로에서 용의 머리가 될 생각입니다. 용의 머리가 되기 위해서는 용에 대해서 잘 알아야 하죠. 그렇기에 난 매지스트로에 남을 것입니다."

"……."

내 대답이 너무 확고해서 레일은 반박하는 말조차 찾지 못했다. 그러나 난 내 말을 반박할 말 또한 가지고 있었다. 용의 머리가 될 수 있는 건 극소수뿐이고, 용의 머리가 되지 못하면 머리가 되어본 경험이 없기 때문에 뱀의 머리조차 될 수 없다. 용의 머리가 될 능력이 없다는 판단이 들면 뱀의 머리라도 되는 게 인생을 잘사는 길인 것이다.

"그렇습니까……."

결국 레일은 내 의지를 꺾지 못했다. 사실 내 의지를 꺾으려면 화려한 말발을 구사해야 하는데 레일에게는 그게 없어서 불가능했다. 그래서 레일은 더 이상 이적 제안을 하지 않았다.

"알겠습니다. 혹시라도 마음이 바뀌게 된다면 서신으로 저에게 알려주십시오. 이 제안은 레지스트리 백작의 학교 잔류 테스트 때문이 아니라 베스트 오브 베스트 마법학교에서 제시한 것입니다. 그래서 테스트가 끝난 후에도 유효합니다. 그 점만은 알고 계십시오. 그럼."

그 말을 끝으로 레일은 도서실을 빠져나갔다. 레일이 순순히 물러난 것으로 보아 2차 인격 테스트도 무사히 합격한 듯 싶었다. 이제 남은 건 마지막 테스트 하나뿐인 것이다.

오오, 내가 2차 인격 테스트까지 통과하다니 기적인데? 뭐, 2차까지 잘해놓고 3차에서 떨어지면 犬망신이긴 하지만 통과한 게 어디야? 좋아, 이런 기세로 3차 인격 테스트까지 돌파하자고!

* * *

2차 인격 테스트가 끝나고 달랑 하루가 지났을 때 레일이 한 사람을 대동한 채 도서실을 방문했다. 테스트 다음날 바로 테스트를 할 것이라고는 생각지 못했던 터라 난 점심을 먹고 도서실에서 디비져 자고 있었다. 그래서 레일이 날 흔들어 깨웠고 난 레일의 동행자에게 침 흘리며 자는 모습을 보여주고 말았다.

"마음 느긋한 것 같아 부럽습니다, 백작."

레일은 진심인지 농담인지 구분 안 가는 얼굴로 그렇게 말했다. 만약 날 찾아온 사람이 레일뿐이었다면 아무렇지도 않게 하품을 쫙 하며 기지개를 켰겠지만 지금은 상황이 달랐다. 슈아로에나 레이뮤만큼이나 아름다운 여성이—성격은 매우 도도해 보이긴 했지만—내 얼굴을 빤히 쳐다보고 있었던 것이다.

"아, 어, 어서 오세요."

난 무지막지하게 당황하여 서둘러 테이블 위를 정리했다. 희멀건 침을 휴지로 닦을 때에는 쥐구멍에라도 숨고 싶은 심정이었으나 이왕 더러운 꼴 보인 거 당당해지자고 마음먹으니 도리어 내 행동은 자연스러워졌다.

"앉으세요."

테이블 정리를 마친 나는 레일과 정체 모를 미녀에게 자리를 권했다. 평소라면 자연스럽게 여성의 모습을 훑어보았겠지만 방금 전에 지저분한 모습을 보인 것 때문에 내 시선은 레일에게만 꽂혀 있었다.

"마지막 테스트입니까?"

난 레일에게 단도직입적으로 물었다. 그러자 레일은 도리어 같이 온 미녀를 지목했다.

"이분은 매지스트로 블루 케이프인 '리아로스 뉴어메이드' 씨입니다. 올해로 성년이 된, 에이티아이 제국의 뉴어메이드 후작의 따님이십니다."

"처음 뵙겠어요. 리아로스 뉴어메이드, 편하게 리아로스라고 불러주세요."

"예……."

리아로스라고 자신을 소개한 미녀는 밝은 표정으로 친근하게 굴었다. 보통 초면에는 성으로 호칭을 하는 이곳 세계의 관습으로 비추어 그녀가 나에게 호감—그것이 어떤 의도인지는 알 수 없지만—을 가지고 있는 건 확실했다. 덕분에 난 그녀의 모습을 찬찬히 뜯어볼 수 있게 되었다.

흐음, 머리색이 짙은 녹색인 걸 보니 마법사가 맞긴 하군. 아, 블루 케이프니까 당연한 거였구나. 어쨌든…… 머리를 한 가닥으로 묶어 올린 포니테일 형식의 헤어스타일이로군. 성격이 꽤 도도할 듯한 인상 빼고는 괜찮은걸?

"무슨 일로 찾아오셨습니까?"

예쁜 여성으로 인해 긴장한 나는 조금 딱딱한 어조를 사용했다. 사실 후작의 딸이니 형식상 백작인 나로서는 리아로스라는 여성을 높여주어야 했다. 그렇게 내가 방문 목적을 물었을 때 갑자기 레일이 작별 인사를 했다.

"전 물러나겠습니다. 두 분이서 이야기 나누십시오."

그러더니 레일은 정말로 도서실을 휭하니 빠져나가 버렸다. 졸지에 리아로스와 둘만 남게 된 나로서는 더욱 긴장이 되지 않을 수 없었다. 마치 맞선을 보는 것 같다는 생각을 했을 때 리아로스가 내 얼굴을 똑바로 쳐다보며 입을 열었다.

"레지스트리 백작님은 올해로 스물넷이라고 들었는데 맞나요?"

"예? 아, 그렇습니다."

"제가 열여덟이니 백작님하고 6살 차이가 나는군요. 남녀는 6살 차이가 제일 좋다는 옛말이 떠올라요."

"……."

잉? 내가 살던 곳에서는 보통 남자와 여자의 4살 차이를 가장 이상적이라고 보는데. 아니, 그건 그렇고, 그 말을 왜 지금 이 자리에서 하는 거지? 나하고 결혼이라도 하겠다는 뜻인가? 에이, 설마~

"뉴어메이드 가문을 이어갈 생각은 없으신가요?"

"……!"

느닷없이 리아로스가 그런 제안을 했다. 그녀의 말뜻을 대충 알아먹긴 했지만 난 일부러 이해하지 못한 척했다. 그래서인지 리아로스는 재차 말을 이었다.

"뉴어메이드 가문의 사위가 되면 뉴어메이드 가문의 후계자가 될 수 있어요. 지금 뉴어메이드 가문에는 아들 없이 딸만 셋이니까요."

"……."

흐음, 가문을 잇는 게 남자라서 사위가 있어야 된다는 뜻이로군. 뭐, 분위기를 보아하니 묻지 않아도 리아로스가 뉴어메이드 가문의 장녀라는 건 알 수 있겠구만. 근데 왜 날 뉴어메이드 가문의 사위로 만들려는 거지? 무슨 이득이 있다고?

"본인에게 그런 얘기를 하는 이유는 무엇인지요?"

난 정중한 어조로 리아로스의 심중을 캐물었다. 그러자 리아로스는 매우 단도직입적인 대답을 했다.

"백작님을 저의 남편으로 만들고 싶으니까요."

"……."

흐으, 대충 느끼긴 했지만 직접 그 말을 들으니 괜히 얼굴이 화끈거리는군. 근데 난 리아로스를 본 적도 없고, 리아로스도 날 본 적이 없을 텐데? 아, 리아로스는 매지스트로 학생이니까 날 봤을 수도 있겠구나. 하지만 그래도 날 배우자로 삼고 싶을 만큼의 매력 같은 건 나한테 없을 텐데? 내 얼굴이 초절정 꽃미남도 아니고, 키가 180센티미터를 넘는 것도 아니고, 근육질인 것도 아니고, 든든한 빽이 있는 것도 아닌데 말이지. 역시 단순한 인격 테스트용 거짓말인가?

"왜 본인을 배우자로 삼고 싶으신 건지요?"

리아로스가 단도직입적인 말을 했기에 나도 단도직입적으로 물었다. 그런데 리아로스의 대답이 걸작이었다.

"제가 백작님을 사랑하니까요."

"……."

으으, 갑자기 온몸에 닭살이 피어오르기 시작한다. 아까 나 침 흘리고 자는 걸 봤으면서도 그런 말을 하고 싶어? 아무리 생각해도 테스트용 거짓말로밖에 안 느껴져. 그러니까 생전 처음 미인한테서 사랑한다는 말을 듣고서도 전혀 떨리지가 않지.

"사랑하는 데도 이유가 있지 않습니까? 이유없이 사랑을 느끼지는 않을 것 같습니다만."

"사랑하는 데 이유가 필요한가요?"

이런, 대화가 안 되는군. 그게 더 테스트용 거짓말이라는 느낌이 강하게 들잖아.

"본인은 리아로스 씨를 오늘 처음 보는 거고, 리아로스 씨도 본인에 대해서 아는 게 거의 없을 텐데 사랑한다 말하니 조금 이상하지 않습니까?"

"백작님에 대해서 아는 게 없다는 점이 가장 매력을 느끼는 부분이에요. 베일에 싸인 천재 정령 마법사, 검은 천사는 이미 모르는 사람이 없을 정도예요. 아버님도 백작님에게 많은 관심을 가지고 있어요. 지금 메인보드 대륙에는 유능한 청년이 없어요. 천재 마법사, 자유기사, 소성녀 등…… 모두 여자뿐이죠. 그런데 갑자기 당신이 등장한 거예요. 혜성처럼 말이에요."

얘기를 하는 리아로스의 눈에서는 빛이 나고 있었다. 그녀의 말을 되새겨 보니 지금 이 중에 알려진 젊은 유망주들은 모두 여자였다. 그러다 보니 대마법사가 인정한 검은 천사라는 청년이 청년 대표가 되어버린 듯했다.

흐으, 나도 모르는 사이에 내가 젊은 영웅 취급받는 것 같군. 뭐, 기분이 나쁜 건 아닌데 왠지 부담스러운걸? 난 유망주라고 하기에는 실력이 부족하거든.

"본인에게 혜성처럼 나타났다는 표현은 어울리지 않는 것 같습니다만."

"그렇지 않아요. 백작님은 세간에 알려지지 않은 마법을 사용하는 데다 정령을 부릴 수 있고, 그 정령조차 마법을 사용해요. 그 때문에 어떤 사람들은 대마법사님의 뒤를 이을 재목으로 백작님을 꼽고 있어요."

"……."

아니, 대체 누가 그런 헛소리를 해? 게다가 레이뮤 씨는 나이도 먹지 않고 죽지도 않기 때문에 뒤를 이을 수도 없다고. 지금 그 말은 단순히 날 꼬드기기 위해서 과대포장한 말로밖에 안 들려.

"그렇게 봐주시니 영광입니다."

난 우선 속마음을 감춘 채 리아로스에게 정중한 감사 표현을 했다. 리아로스는 그런 내 마음을 아는지 모르는지 느닷없이 내 오른손을 자신의 두 손으로 덥석 잡았다.

"갑작스런 얘기라 당황스럽겠지만 백작님을 향한 제 마음은 진심이에요. 지금 당장 혼인을 하자는 건 아니니 이제부터라도 저를 여자로 봐주셨으면 해요."

"……."

흐으, 그쪽을 여자로 보기는 처음부터 여자로 보고 있었는데 말이지. 이거 25년, 아, 자꾸 해가 바뀐 걸 까먹네. 아무튼 26년 평생 동안 여자에게, 그것도 미인에게 끈질기게 고백을 받다니 해가 서쪽에서 뜨는 것도 모자라 밤샘까지 하겠구만. 이게 테스트용 거짓말만 아니라면 정말 기뻤을 텐데 말이야.

"말씀은 고맙지만 지금은 누구와 사귀고 싶은 생각이 없습니다."

리아로스의 고백이 진짜인지 가짜인지 구분할 수 없는 나는 가뿐하게 거절의 의사를 표시했다. 그러자 리아로스가 구체적인 질문을 던져 왔다.

"이안트리 양에게 마음이 있으신 건가요?"

"……!"

헉! 잉? 헉? 내가 왜 헉 소리를 내지? 내가 특별히 슈아를 사랑하는 것도 아니고 별로 놀랄 만한 말도 아닌데. 거참, 내 속마음을 나도 알 수가 없군.

"슈아와는 남매 같은 사이일 뿐 그 외의 감정은 없습니다."

마치 열애설이 터진 연예인들의 변명마냥 난 확고한 어조로 그렇게 말했다. 어차피 날 우습게보는 슈아로에가 날 한심한 오라비 정도로밖에 보지 않는다는 걸 알기 때문에 내 대답은 사실에 가까웠다. 단지 내 속마음은 그보다 좀 더 진전되기를 바랄 수도 있었을 뿐.

"그렇다면 대마법사님을 연모하고 계시나요?"

"……."

이 아가씨, 망상이 너무 커지시는군. 나하고 레이뮤 씨와의 연배 차이가 몇인데 어떻게 그런 생각을 할 수 있어? 레이뮤 씨 입장에서는 내가 애처럼 보일걸? 특히 정신 연령에서 말이야. 원래 내가 정신 연령이 마이너스라서.

"대마법사님은 존경하는 스승님입니다. 너무 높은 곳에 계시니 올려다볼 엄두도 나지 않죠."

"그렇군요."

일순 리아로스의 얼굴에서 안도의 표정이 지나갔다. 그것은 나에게 '이 여자가 정말 나를?' 이라는 생각을 가지도록 만들 뻔했다. 하지만 지금 인격 테스트 중이라는 것을 떠올리곤 그 생각을 머릿속에서 지워 버렸다. 그러는 동안에도 리아로스는 나에게 끈질기게 구애를 했다.

"저의 남편이 되시면 부와 권력을 동시에 얻을 수 있고, 게다가 저 같은 미녀도 얻을 수 있어요. 일석삼조의 효과를 얻을 수 있는데 굳이 마다할 이유는 없지 않나요?"

"……."

이 아가씨, 자기 자랑을 많이 하시는군. 뭐, 리아로스가 미인이라는 점은 인정하지만 문제는 조건이 너무 좋아서 말이지. 달콤한 얘기는 나중에 독이 될 확률이 높거든.

"본인도 좋은 조건이라고 생각합니다. 하지만 본인에게는 아직 해야 할 일과 하고 싶은 일이 있습니다. 그것을 이루기 전까지는 누구와도 사귀고 싶은 생각은 없습니다."

여전히 난 거절의 의사를 밝혔다. 하지만 리아로스는 계속해서 날 설득하려 했다.

"하고 싶은 일은 뉴어메이드 가문에 들어와 하셔도 되지요. 뉴어메이드 가문이라면 백작님이 이루고자 하는 일을 수월하게 해내실 수 있도록 물심양면으로 도와드릴 거예요."

으으, 싫다니까 자꾸 꼬드기네. 사람이란 게 강요를 당하면 반발 심리가 생겨서 어거지로라도 하지 않게 되거든? 특히 나 같이 꼬인 성격은 더 심해.

"본인이 뉴어메이드 가문에 들어가 많은 지원 속에서 하고자 하는 바를 달성한다면, 그건 본인의 힘보다는 뉴어메이드 가문의 힘이라고 볼 수 있습니다. 본인은 본인의 힘만으로 이루고자 하는 바를 달성하고 싶습니다."

난 리아로스의 구애를 물리치기 위해서 되도 않는 소리를 했다. 세상이란 게 호락호락하지 않아서 순전히 자신의 능력으로만 뭔가를 이룬다는 건 정말 힘들다. 그렇기 때문에 사람들이 인맥, 학연, 지연을 이용해서 목적을 달성하려는 것이다. 그쪽을 이용하는 것이 안전하고 빠르고 확실하니까. 인맥, 학연, 지연을 무조건 나쁘다고 보는 사람은 바보다. 그것을 적절히 이용하는 것도 본인의 능력인 것이다.

"그리고……."

난 잠시 말을 끊었다. 뒤에 이어질 말은 하기가 꽤나 거시기했기 때문이다. 그러나 그 말을 하면 리아로스의 구애를 뿌리칠 수 있다는 생각이 들어서 거시기함을 무릅쓰고 말을 이었다.

"지금 리아로스 씨의 청혼을 받아들이면 뉴어메이드 가문의 권력과 재력 때문이라는 오해를 받을 것 같아 사양하겠습니다. 본인과 리아로스 씨가 사랑하는 사이도 아닌데 결혼은 너무 성급하지 않을까요? 서로에 대해서 어느 정도 알게 된 후에 혼인 문제를 논의해도 충분할 거라고 봅니다. 리아로스 씨나 본인이나 아직 젊으니까요."

"……."

내 결심이 확고하다는 것을 깨달은 리아로스는 조금 묘한 표정을 지었다. 그것은 불쾌하다기보다 약간 흥분된 표정에 가까웠다. 무슨 일이 벌어질 듯한 불안함을 느꼈을 때 갑자기 리아로스가 블루 케이프를 티셔츠 벗 듯이 벗어버렸다. 그리고 흐트러진 머리를 간단하게 정리하고 나서 고혹적인 미소를 지으며 입을 열었다.

"지금은 그렇게 생각하셔도 제 몸을 보시면 생각이 달라지실 거예요."

"……!"

으헉! 지금 그게 무슨……!

"제 마음은 거짓이 아니에요. 직접 확인해 보세요."

내가 경악하는 사이 리아로스는 내 오른손을 자신의 가슴에 갖다 대었다. 그녀의 원피스 위로 만진 것이기 때문에 직접적인 감촉은 없었으나 여성의 가슴에 손을 대게 된 형태라서 흥분될 수밖에 없었다. 그런데 리아로스의 다음 행동은 더욱 대담했다. 잡은 내 손을 자신의 옷 속으로 넣으려고 했던 것이다.

"……."

흐으, 이거 그냥 이대로 진도를 나가 버릴까? 내 평생에 이런 기회가 다시 찾아올지 알 수도 없고 말이지. 근데 자꾸 슈아의 얼굴이 떠오르는 건 왜지? 죄책감이라도 느끼고 있는 건가? 아니, 죄책감이고 나발이고 지금 리아로스가 인격 테스트라는 분명한 목적을 가지고 행동하고 있으니 내가 그대로 따라가면 내가 지는 거라고. 정말 진짜로 무지막지하게 아깝기는 하지만 이쯤에서 끝내는 수밖에.

"미안합니다만 이런 식으로 리아로스 씨와 맺어지기는 싫습니다."

스윽—

난 오른손에 약간 힘을 주어 리아로스로부터 손을 빼내었다. 내 판단이 조금만 늦었다면 내 손은 그녀의 가슴에 직접 닿았을 것이다. 그래서 순간 '조금만 늦게 뺄걸' 이라고 후회했지만 이미 빼낸 손을 다시 집어넣으면 완전 변태로 낙인찍힐 것이 뻔했기에 리아로스의 가슴 감촉을 더 느끼고 싶어 하는 오른손을 왼손으로 감싸 쥐었다.

"리아로스 씨는 고위 귀족의 따님입니다. 그런 분이 이런 경솔한 행동을 하시면 안 되죠."

난 짐짓 아무 일도 없었다는 듯이 차분한 어조로 리아로스를 훈계했다. 오른손은 여전히 덜덜 떨면서 '그곳에 가고 싶다' 라는 의사를 표명하고 있었지만 내 왼손이 그것을 억눌렀다. 그런 사실을 모른 채 리아로스는 감탄 섞인 표정을 지었다.

"전 나름대로 제 유혹을 견뎌낼 남자는 없을 거라고 생각했는데… 백작님은 대단하시군요."

흐으, 별로 대단하지 않은데. 오른손이 계속 발악하는 바람에 지금 죽을 맛이라고.

"역시 백작님은 실력뿐만 아니라 인격도 대단하세요. 백작님의 인격 테스트도 모두 끝났어요. 테스트 통과 축하해요."

난 좀 더 리아로스가 적극적인 육탄 공세를 하길 바랐지만 리아로스는 갑자기 태도를 바꾸면서 내 테스트 통과를 알렸다. 어차피 리아로스가 인격 테스트 때문에 이런 짓을 하는 것이라 알고 있긴 했지만 막상 그 말을 직접 들으니 아쉬운 마음이 드는 것은 어쩔 수가 없었다.

흐으, 하긴, 정상적인 여자가 날 좋아할 이유는 없지. 여자를 만날 기회가 거의 없었던 것도 있지만 기회가 있었어도 내가 고백받을 일은 없을 테니까. 26년 동안 여자 한 번 못 사귀어봤다는 게 그 증거 아니겠어? 아…… 슬프다.

"하지만!"

그때 갑자기 리아로스가 단호한 어조로 말했다.

"이걸로 제 청혼이 거짓이라고 생각하지는 마세요. 테스트 통과 여부에 관계없이 뉴어메이드 가문은 언제나 백작님을 지켜보고 있어요. 저 역시 백작님에게서 시선을 떼지 않을 거예요. 다른 여자가 가로채지 못하게 말이에요."

"……!"

잉? 이잉? 그럼…… 리아로스가 한 말은 테스트용이 아니라 진짜 청혼이었던 거야? 아무리 생각해도 믿을 수가 없는데. 일전에 찾아왔던 센도론 공작 아들도 그렇고, 레일도 그렇고, 리아로스도 그렇고, 왜 다들 나를 붙잡으려고 하는 거지? 난 아무리 생각해 봐도 내가 그 정도의 가치가 있다고는 생각하기 힘든데.

"맹세컨대 전 남자 손을 잡아본 적도 지금이 처음이고, 더욱이 가슴을 허락한 것도 처음이에요. 아무 남자한테나 몸을 허락하는 경박한 여자가 아니라는 걸 알아주셨으면 해요."

리아로스는 그런 부끄러운 말을 서슴없이 했다. 그녀의 말을 모두 다 믿을 수는 없었지만 아무튼 그녀가 어떤 의도를 가지고 있든지 간에 나에게 관심이 매우 많다는 사실은 확신할 수 있었다.

"그럼 오늘은 이만 물러나겠어요. 가까운 시일 내에 또 만나게 될 거예요."

그 말을 끝으로 리아로스는 총총히 도서실을 빠져나갔다. 도서실 밖에서 리아로스와 레일이 어떤 얘기를 주고받는 것 같았으나 도서실 안에 있는 나로서는 둘이 무슨 얘기를 하는지 알 수가 없었다.

흐으, 레일 녀석, 여태까지 도서실 밖에서 기다렸던 거야? 설마 나와 리아로스 사이에서 일어난 일을 모조리 훔쳐보고 있었던 건 아니겠지? 뭐, 레일이 훔쳐보든 말든 별 상관은 없지만 레이뮤 씨나 슈아에게는 알려지지 않으면 좋겠군. 알려져 봐야 두 사람이 나한테 좋은 말을 할 리는 없을 테니까 말이야. 어쨌든 이것으로 인격 테스트를 모두 통과했으니 난 매지스트로에 남게 되겠군. 쫓겨나면 딱히 갈 데도 없었는데 잘됐다.

제28장

두 번째 마법학회

리아로스가 진심인지 거짓인지 알 수 없는 청혼을 한 그 다음날, 난 다시 모래 운동장 단상에서 매지스트로 학생들과 선생들 앞에 서게 되었다. 이유는 간단했다. 오늘 내 매지스트로 잔류를 선언하는 행사를 하기 때문이었다.

"레지스트리 백작은 마법 테스트를 통해 자신의 능력을 충분히 보여주었고, 인격 테스트에서도 재력, 권력, 미인계에도 흔들리지 않는 모습을 보여주었습니다. 중개자인 저, 레일 에인마크는 매지스트로의 의지를 대신하여 레지스트리 백작의 학교 잔류를 선언합니다!"

"오오—!"

어째서 매지스트로의 집안싸움에 타 지방 사람인 레일이 내 학교 잔류 여부를 결정하는지는 알 수 없었지만, 어쨌든 레일은 내 학교 잔류를 선언했고 모인 사람들 중 절반이 호응해 주었다. 호응을 하지 않은 나머지 절반은 내 반대파라고 보면 되었다.

흐, 생각보다 내 지지파가 많네? 난 많아도 3분의 1을 넘지 않을 줄 알았는데 말이야. 근데 인격 테스트가 재력, 권력, 미인계였어? 그냥 3가지 테스트가 모두 내 스카우트였지 않았나? 뭐, 미인계가 어떤 것이었는지는 이해가 가지만.

"생각보다 무난히 통과했네요?"

절반의 관중이 박수갈채를 보내는 동안 슈아로에가 의외라는 표정으로 내 옆구리를 콕콕 찔렀다. 그러더니 나에게 질문을 던졌다.

"근데 인격 테스트라는 거 어땠어요? 아니, 그것보다 미인계는 뭐예요? 그런 것도 있었어요?"

"아니, 별거 아니야."

실제로도 별것 아니었지만 난 일부러 사실을 은폐했다. 슈아로에가 알아봤자 나에게 득이 될 건 하나도 없기 때문이었다. 그런데 옆에 가만히 서 있던 레이뮤도 그 내용에 흥미를 보였다.

"여성에게 관심이 많은 레지스트리 군이 미인계를 견뎌냈다니 믿기가 힘들군요. 미인계를 쓴 여성이 별로였나요? 누구였죠?"

"……"

이런, 레이뮤 씨나 슈아나 날 전혀 믿지 못하는군. 슬프다, 슬퍼.

"오늘 또 하나의 중대 발표가 있겠습니다!"

그때 레일이 갑작스러운 선언을 했다. 본래 행사대로라면 학교 잔류에 대한 나의 한 말씀을 해야 하는데 레일은 그것을 빼버리고 어떤 사람들을 지목했다. 레일의 말이 끝난 직후, 단상으로 총 5명의 사람이 올라왔다. 그들 모두 매지스트로의 블루 케이프를 걸치고 있는 것으로 보아 매지스트로 학생이 분명했다. 3명의 여성과 2명의 남성으로 결성된 그 그룹 중에서 선두에 서 있는 여성은 내가 어제 보았던 사람이었다. 포니테일 스타일의 짙은 녹색 머리의 미녀, 바로 리아로스였던 것이다.

"가까운 시일 내에 또 만난다고 했죠?"

리아로스는 내 앞에 서서 살짝 웃었다. 지나치게 가까운 시일 내에 만난 거라서 난 뭔가 대꾸할 말을 찾지 못했다. 게다가 자꾸 어제 일이 떠올라서 그녀와 시선을 맞추는 것도 부담스러웠다. 그렇게 내가 안절부절못하고 있을 때 리아로스를 비롯한 5명의 블루 케이프 학생이 갑자기 내 앞에서 한쪽 무릎을 꿇고 앉았다.

"뭐야?"

"왜 무릎을 꿇지?"

예상하지 못한 그들의 행동에 관중들이 술렁이기 시작했다. 그들뿐만 아니라 레이뮤와 슈아로에도 흠칫 놀라는 표정이라 지금 5명의 블루 케이프 학생이 한 행동의 의미를 알고 있는 사람은 레일뿐인 것 같았다. 내 따가운 눈초리를 느낀 레일은 모두를 한 번씩 둘러본 뒤에 큰 목소리로 입을 열었다.

"여기 있는 리아로스 뉴어메이드, 디아라 클로제스트, 에르시아 테이판, 콜론세 드기어드, 제로드 앙카라 5인은 매지스트로 재학 기간 동안 검은 천사 레지스트리 백작을 주군으로 섬길 것입니다!"

"……!"

레일의 말은 청천벽력과도 같았다. 난 크게 놀라 리아로스를 쳐다보았고 그녀는 날 살짝 올려다보며 미소를 짓고 있었다. 그 미소의 의미를 알지 못해 아무 말도 하지 못하고 있을 때 레일이 웅성거리는 관중들을 조용히 시킨 뒤에 다시 입을 열었다.

"지금부터 맹세의 의식을 거행하겠습니다!"

스윽—

레일의 말이 끝나기가 무섭게 리아로스는 몸을 일으켜 나에게로 걸어왔다. 맹세의 의식이란 게 뭔지 모르는 나로서는 그냥 멀뚱히 서 있기만 했다. 그런 나를 보며 리아로스가 작은 목소리로 해야 할 일을 말해주었다.

"오른손을 살짝 내밀어요. 맹세의 키스를 해야 하니까요."

"……."

흐으, 맹세의 키스? 손등에다 하는 키스? 여자들은 상관없는데 저기 남자도 둘이나 있잖아. 아무리 손등이라고는 하지만 남자가 남자에게서 키스를 받다니…… 오 마이 가뜨!

"리아로스 뉴어메이드는 매지스트로 재학 기간 동안 레지스트리 백작을 주군으로 섬길 것을 맹세합니다."

내가 살짝 오른손을 내밀자 리아로스는 무릎을 꿇으면서 내 손등에 입을 맞추었다. 속으로 리아로스의 입술이 부드럽다고 생각할 때 맹세의 의식을 마친 리아로스가 물러나고 다음 사람이 나에게 다가왔다. 만 16, 17세 정도로 보이는 갈색의 단발머리 소녀였는데 그녀도 리아로스와 같은 행동을 취했다.

"디아라 클로제스트는 매지스트로 재학 기간 동안 레지스트리 백작을 주군으로 섬길 것을 맹세합니다."

주어만 바뀌고 나머지는 전부 같은 말을 반복한 디아라라는 소녀도 내 손등에 가볍게 입을 맞추었다. 디아라가 맹세의 의식을 끝내자 나머지 사람들도 차례차례 맹세의 의식을 치렀다. 그들은 맹세의 의식을 치르면서 자신들의 이름을 밝혔지만 정신이 없는 나는 누가 누구인지 전혀 알 수가 없었다.

웅성웅성—

5명의 블루 케이프 학생이 맹세의 의식을 하는 동안 관중들은 자기들끼리 수군대며 장내를 떠들썩하게 만들었다. 그것은 리아로스 외 4인이 매지스트로에서 꽤 알려진 존재라는 의미라고 볼 수 있었다. 유명하지 않은 사람은 뭘 해도 사람들의 관심 밖이기 때문이다.

"모두 조용히 하세요."

관중들이 하도 떠들어서인지 레이뮤가 음성 증폭 마법을 사용하여 큰 소리로 장내의 소란을 잠재웠다. 워낙 레이뮤의 권위가 절대적이라 모두들 레이뮤의 명령에는 잘 따랐다. 그렇게 관중들의 소란을 잠재운 레이뮤는 멍하게 서 있는 나 대신 현 상황에 대한 설명을 해주었다. 리아로스 일당들의 행동이 워낙 갑작스러웠음에도 그녀는 당황하지 않았다.

"리아로스 뉴어메이드를 필두로 한 5인은 앞으로 매지스트로에 있는 동안 레지스트리 백작을 보좌하기로 맹세하였습니다. 모두들 축하의 박수를 보내주길 바랍니다."

짝짝짝—

레이뮤가 사람들에게 박수를 요구하자 관중들은 어쩔 수 없이 박수를 쳤다. 그래도 그중의 절반 정도가 제대로 박수를 치고 있는 것을 보니 내 편이 절반이라는 사실을 다시금 확인할 수 있었다. 아무튼 그렇게 약간은 소란스럽게 나의 학교 잔류 선언 행사가 막을 내렸다.

"대체 무슨 꿍꿍이죠?"

행사가 끝나고 리아로스 일행과 나, 레이뮤, 슈아로에가 도서실에 모였고, 그중에서 슈아로에가 리아로스를 향해 화난 어조로 말했다. 다른 사람들에게 거의 화를 내지 않는 슈아로에이기에 그러한 그녀의 말투는 내 예상 밖이었다. 그러나 정작 리아로스는 슈아로에의 어조에 가볍게 대응했다.

"아무런 꿍꿍이도 없어요. 그저 순수하게 레지님을 옆에서 모시고 싶을 뿐이에요."

"레, 레지님?!"

갑자기 리아로스가 날 애칭으로 부르자 슈아로에의 표정이 확 변했다. 잘못하면 큰 소리가 오고 갈 수도 있는 분위기였는데 그 타이밍을 레이뮤가 잘 끊어주었다.

"뉴어메이드 양은 본래 레지스트리 군 지지파이니 그 심정은 이해가 갑니다. 하지만 그렇다고 굳이 레지스트리 군을 주군으로 섬길 것까지는 없다고 봐요."

레이뮤는 리아로스의 맹세를 철회시키려는 움직임을 보였다. 그러나 리아로스는 그런 레이뮤의 의도에 전혀 말려들지 않았다.

"그렇지 않아요. 이렇게라도 하지 않으면 레지님하고 만날 기회가 없는걸요. 대마법사님과 이안트리 양이 레지님을 독점하고 있으니까요."

"……!"

헉! 왜 그런 도전적인 어투로 말하는 거야?! 두 사람이 날 독점한 게 아니라 내가 두 사람한테 빌붙어 있는 거라니까!

"알겠습니다. 그런데 나머지 분들도 정말로 레지스트리 군을 섬길 생각인가요?"

레이뮤는 리아로스의 생각을 돌리기보다는 나머지 사람들의 의중을 떠보았다. 그러자 리아로스를 제외한 두 여성 중 갈색 단발머리의 소녀가 먼저 입을 열었다.

"저는 귀족이 아니라 학교를 졸업해도 일자리를 구하는 게 쉽지 않습니다. 그런데 레지스트리님은 귀족이 아님에도 전쟁에서 공을 세워 백작 작위를 얻었어요. 그것에 감동받아서 레지스트리님을 섬기기로 결정했습니다."

흐으, 그딴 일로 감동을 받다니 참 감동받을 일도 없는 사람이다. 근데 달랑 그 이유로 날 주군으로 섬긴다고? 뭔가 이유가 어설프지 않아?

"저 역시—"

갈색 단발머리 소녀의 말이 끝나자 뒤를 이어서 보라색 갈래머리 소녀가 말을 했다.

"흑마술을 조금 배운 사람으로서 쿠드 게리노비아가 얼마나 무서운 존재인지 잘 알고 있습니다. 그런데 그런 하급 마왕을 물리쳤다는 분을 꼭 만나보고 싶었습니다. 그리고 레지스트리님이라면 주군으로 섬겨도 괜찮을 것이란 생각을 했습니다."

흐으, 역시 뭔가 이유라기에는 부족해.

“저는 레지스트리님이 정령술까지 쓰신다는 것에 감명받았습니다. 저도 정령술과 마법을 동시에 사용하고 있으니까요.”

“전 마법과 함께 검을 배우는 사람입니다. 레지스트리님에게는 사람을 끌어당기는 매력이 있기 때문에 주군으로 섬길 것을 맹세했습니다.”

보라색 갈래머리 소녀 다음으로 붉은 머리 소년과 푸른 머리 청년도 각자 이유를 대었다. 하지만 리아로스를 제외한 나머지 사람들은 진짜로 날 섬길 생각이 있어 보이지는 않았다. 날 섬기기로 했으면 말을 끝낸 직후 시선을 나에게 둬야 하는데 모두들 시선을 리아로스에게 두고 있었기 때문이었다. 그것은 리아로스의 강압에 못 이겨 날 주군으로 섬긴다는 소리밖에 되지 않았다.

흐으, 역시 리아로스의 계략이군. 내가 계속 도서실에 틀어박혀 있으니까 주군으로 모신다고 하면서 도서실에 자유롭게 출입하겠지. 원래 학생의 도서실 이용은 저녁 식사 이후라는 규칙이 있지만 ‘주군을 만나는데 그깟 규칙쯤은 훗~’ 이라면서 무시하면 그만이거든. 어쨌든 리아로스가 뭔가 일을 터뜨릴 것 같아서 불안한데…….

“알겠습니다. 여러분이 모두 레지스트리 군을 주군으로 섬기는 것에 특별히 반대하지는 않겠어요. 여러분 스스로 결정한 선택이니까요.”

일단 레이뮤는 리아로스 일당의 생각을 존중해 주었다. 그리고는 나와 얘기를 하기 위해서인지 리아로스 일당을 물리려고 했다.

"오늘은 그만 돌아가도록 해요."

"저희는 지금부터 레지님의 수하입니다. 그러니 레지님의 지시 없이는 함부로 움직일 수 없어요."

"……!"

대마법사의 명령에 리아로스가 바로 반박을 하고 나섰다. 사실 날 주군으로 섬긴다고 해도 어떠한 법적 효력도 없기 때문에 학생인 리아로스는 교장인 레이뮤의 말을 들어야 옳았다. 따라서 보통 이런 상황에서는 연장자가 화를 내야 하는데 레이뮤는 학생이 대들고 있음에도 얼굴색 하나 변하지 않고 담담히 말을 이었다.

"알겠습니다. 레지스트리 군, 수하들이 물러나도록 해줘요. 할 얘기가 있으니."

흐, 레이뮤 씨가 한발 뒤로 물러서는군. 은근히 자존심이 강한 레이뮤 씨가 물러서다니 조금 의외인걸? 뭔가 생각하는 거라도 있나?

"리아로스 씨, 레이뮤 씨가 할 얘기가 있다니까 돌아가 주세요. 학교 수업도 있잖아요?"

난 레이뮤의 바람대로 리아로스에게 물러날 것을 명했다. 그러나 리아로스가 내 말에 태클을 걸었다.

"편하게 이름으로 불러주세요. 그리고 저희들에게는 경어를 쓰실 필요가 없어요. 수하들이니까요."

"에… 응."

"그럼 물러나도록 하겠습니다."

내 말에 태클을 걸기는 했지만 그 이후에는 나에게 깍듯이 인사를 했다. 그리고 나머지 사람들도 공손히 허리를 숙여 인사를 하고는 리아로스와 함께 도서실을 빠져나갔다. 겉으로는 나에게 최대한 예를 차리는 것 같았지만 그들의 행동이 조금 경직되어 있는 게 리아로스 때문에 어쩔 수 없이 그렇게 한다는 듯한 인상을 받게 했다.

"뭐예요, 저 여자! 레지 군을 언제 만난 적이 있다고 친한 척을 해?!"

리아로스 일당이 나가자마자 슈아로에가 버럭 화를 냈다. 상황이 이상하게 흘러가는지라 사실을 알려주는 게 나을 것 같아서 난 레이뮤와 슈아로에를 향해 입을 열었다.

"리아로스가 마지막 인격 테스트를 했던 사람이에요."

"엑?! 그 여자가요?!"

내 말을 듣고 슈아로에가 경악을 금치 못했다. 그녀의 표정을 보니 슈아로에가 리아로스를 알고 있는 것 같아서 난 슈아로에에게 물어보았다.

"리아로스를 알아?"

"네. 내가 화이트 케이프를 얻기 전에 같이 공부했던 사이예요. 성격이 좀 자기중심적이지만 예쁘고 마법도 잘해서 적도 많고 아군도 많아요. 난 저 여자를 별로 좋아하지 않지만요.”

호오, 얘길 들어보면 슈아와 리아로스는 라이벌이었을 가능성이 있겠군. 지금이야 슈아는 화이트 케이프, 리아로스는 블루 케이프니까 상대가 안 되지만. 혹시 리아로스는 슈아에 대한 질투심 때문에 슈아의 곁에 빌붙어 있는 날 탈취하려는 거 아닐까? 리아로스가 날 좋아한다기보다 그 이유가 더 설득력이 있어 보인다.

“그런데 뉴어메이드 씨를 참 편하게 부르네요, 레지 군?”

리아로스의 행동 원인을 파악하고 있던 나에게 슈아로에가 차가운 표정으로 말을 던졌다. 사실 방금 전까지만 해도 ‘리아로스 씨’ 라고 불렀지만 리아로스가 편하게 대하라는 말에 그냥 편하게 부르는 것뿐이었다. 게다가 리아로스는 성인이 된 지 얼마 안 되어 아직 귀족 작위를 받지 않았고, 나이도 나보다 어리기 때문에 내가 반말을 사용해도 아무런 문제가 없었다.

“내 수하가 됐잖아. 그러니까 이 기회에 말 놓아야지.”

“흐응~ 그럼 나도 레지 군한테 말 놓을까~”

슈아로에는 날 흘겨보며 말을 끌었다. 나와 슈아로에는 나이 차가 여덟이나 나긴 하지만 같이 지낸 시간이 많고, 성인이 되면 나와 동등한 백작 작위를 얻기 때문에 굳이 슈아로에에게서 존댓말을 들을 필요는 없었다. 그래서 난 그에 관한 것을 슈아로에에게 일임했다.

"맘대로 하세요."

"……."

내가 성의 없이 대답하자 슈아로에는 순간 삐친 표정을 지었다. 그러다가 뭔가를 생각해 내고 묘한 웃음을 지었다.

"호호, 레지 군은 나보다 8살이나 나이 많은 '아저씨' 니까 그에 맞는 대우를 해줘야죠. 그냥 지금까지처럼 대해줄게요, 레지 아저씨."

"……."

흐윽, 아저씨라는 말을 들으니 가슴 한구석이 저며오는구나. 그래도 중딩이나 고딩 때부터 아저씨 소리를 듣는 사람들보다는 훨씬 양호한가…….

"레지스트리 군, 올해의 마법학회 개최까지 앞으로 4개월이 남았어요."

나와 슈아로에가 티격태격 말다툼을 하고 있을 때 레이뮤가 우리의 대화를 끊었다. 하지만 그녀가 말하려는 화제가 뜬금없는 마법학회였기 때문에 난 당황했다.

"예……. 벌써 시간이 그렇게 됐네요. 작년에도 8월에 마법학회가 있었으니까요."

"그래요. 전에 레지스트리 군이 했던 말이 있지요? 그 말대로 할 생각이에요."

잉? 내가 전에 했던 말? 내가 전에 무슨 말을 했는데? 머리 꼬리 다 자르고 그냥 전에 했던 말이라고 하면 내가 어떻게 알아?

"무슨 얘기였죠?"

"마법학회를 떠난다는 얘기예요."

"……!"

그녀의 말을 듣고서야 내가 작년 마법학회 때 레이뮤에게 마법학회 탈퇴를 권유했음을 떠올렸다. 그때는 그와 비슷한 일을 군대에서 겪어서 욱하는 심정에 말했는데, 레이뮤가 그 말대로 하겠다고 하니 뭔가 기분이 묘했다.

"왜 갑자기 그런 생각을 하셨어요?"

"오늘 뉴어메이드 양의 행동을 보고 느낀 게 있으니까요."

"……?"

잉? 리아로스하고 마법학회 탈퇴하고 무슨 연관이 있다고? 난 도저히 둘 사이의 연관성을 찾을 수가 없는걸? 하여간 레이뮤 씨의 생각은 종잡을 수가 없다니까.

"매지스트로가 마법학회의 영향력에서 벗어나기 위해서는 특별한 것을 가지고 있어야 해요. 나와 슈아로에의 이름만으로는 역부족이라고 생각해서 지금까지는 마법학회에 남았어요. 하지만 레지스트리 군이 전쟁에서 공을 세워 단숨에 유명세를 타게 되었고, 그로 인해 매지스트로는 다른 마법 학교에는 없는 전쟁 공로자를 갖게 되었지요. 마법학회의 영향력을 뛰어넘기에 충분해요."

"……."

레이뮤의 말은 어느 정도 이해가 됐다. 레이뮤나 슈아로에가 대륙에서 매우 유명하다고 해도 실질적으로 뭔가 결과를 내놓은 게 없는 이상 이름뿐이라는 소리를 들을 수도 있었다. 그런데 내가 전쟁에서 공을 세우고 백작 작위를 얻는 과실을 맺어서 대내외적으로 매지스트로가 큰소리칠 수 있는 거리를 가지게 된 것이다.

흐음, 결국 내가 학교의 경쟁력 향상에 이바지했다는 건가? 그럼 나한테 뭔가를 해줘야 하는 거 아니야? 나도 뭔가를 얻어야 열심히 학교 경쟁력 향상에 이바지해야겠다는 생각을 하지.

"그리고……."

내가 쓸데없는 생각을 하는 동안에도 레이뮤의 말은 계속되었다.

"레지스트리 군이 있음으로써 학교의 재력 충당이 가능해지게 되었어요. 마법학회의 지원이 없으면 만족스러운 학교 운영이 힘들지만 레지스트리 군이 자금을 벌어오면 충분해요. 그러니 레지스트리 군이 학교 재정 충당에 선봉을 서줘요."

"……!"

헉! 나보고 돈을 벌어오라는 소리야?!

"그건 나보고 돈을 벌어오라는 소리입니까?"

난 레이뮤가 농담한 거라고 말해주길 바랐다. 그러나 불행히도 레이뮤는 진심이었다.

"그래요. 레지스트리 군밖에 돈을 벌어올 사람이 없으니까요."

"……."

으윽! 내가 대체 무슨 수로 돈을 벌어?! 이 세계에 무슨 아르바이트 자리가 있는 것도 아니고 취직할 회사 같은 것도 없잖아! 로또라도 있으면 내가 말을 안 해! 할 줄 아는 게 마법밖에 없는데 나보고 뭘 어쩌라고!

"돈을 무슨 수로 버는데요?"

"간단해요. 레지스트리 군이 용병으로 뛰면 되니까요."

"……!"

레이뮤는 청천벽력과도 같은 소리를 했다. 용병이라면 주로 싸우는 일을 하는 사람을 일컫는 말인데, 난 싸움과는 거리가 먼 약골 마법사이기 때문이었다. 그래서 난 레이뮤의 마음을 돌리기로 했다.

"난 무기도 다룰 줄 모르는데요?"

"어차피 용병 마법사로 뛸 텐데 굳이 무기를 잘 쓸 필요는 없어요. 아니면 이 기회에 검 쓰는 법을 배우던가요."

"누구한테서 배우는데요?"

"용병 길드에서 배우면 되지요."

잉? 용병 길드? 그러고 보니 내가 용병을 한다고 하면 다른 용병들이 가만히 있을까? 내가 자기들 밥줄을 가로챌 수도 있으니까 말이야. 아무래도 용병 길드 같은 곳에서 사업자 승인을 받아야 할 것 같은데?

"용병 길드의 허락없이 마음대로 용병 일을 해도 돼요? 거기서 반발이 심할 것 같은데요."

난 우려 사항을 레이뮤에게 전달했다. 하지만 레이뮤는 그런 내 생각을 가볍게 무시했다.

"그 문제는 내가 알아서 할 테니 레지스트리 군은 언제나 출동할 수 있도록 준비해 놓도록 해요."

"……예."

으으, 나보고 5분 대기조가 되라는 말이유? 난 취사병이라서 그런 거 안 했다고!

"레이뮤님! 레지 군이 용병을 하겠다면 저도 하겠어요!"

그때 논의의 중심에서 벗어나 있던 슈아로에가 자신의 의견을 피력했다. 난 그 말에 놀라 펄쩍 뛸 정도였지만 레이뮤의 표정은 여전히 담담했다.

"슈아로에가 좋다면 굳이 반대하지는 않겠지만 용병 일은 쉽지 않단다."

"괜찮아요. 레지 군은 미덥지가 못해서 제가 있어야만 해요."

두 여성은 순식간에 의견 일치를 보았다. 나로서는 슈아로에의 합류가 반가웠으나 그녀가 날 미덥게 여기지 않는다는 말을 듣고 좌절했다. 슈아로에의 태도를 보아하니 무슨 일이 있을 때마다 날 들들 볶고 튀길 것 같았기 때문이었다.

흐으, 내가 용병 일을 하게 될 줄이야. 아무리 용병 마법사라고는 하지만 무기를 전혀 쓸 줄 모르는데 용병 같은 위험한 일을 시키다니…… 레이뮤 씨는 날 죽일 생각인가? 게다가 난 사실 용병이 구체적으로 뭘 하는지도 모르는데…… 걱정이 화산재 쌓이듯이 불어나는구나…….

*　　　*　　　*

시간은 빠르게 지나갔다. 군대에서는 뭘 해도 그렇게 안 가던 시간이 여기서는 아무것도 하지 않아도 잘만 흘러갔다. 어느덧 계절이 바뀌어 무더운 여름이 되었으니까.

"준비 다 됐어요?"

7월 중순이 넘어가는 어느 날, 슈아로에가 이른 아침부터 날 들볶았다. 그도 그럴 것이 오늘은 제28회 마법학회에 참가하기 위해 떠나는 날이었기 때문이다. 아직까지 레이뮤가 마법학회 탈퇴를 공식으로 선언하지 않은 상태라 일단은 마법학회에 참가해야만 했던 것이다.

"다 됐어."

난 옷매무새를 고치고 슈아로에에게 준비 완료를 알렸다.

준비라고 해봤자 검은 천사임을 증명하는 검은 옷을 입으면 끝이었기 때문에 준비랄 것도 없었다. 그래서 대충 방 정리를 하고 밖으로 나갔다. 방 밖 복도에는 슈아로에가 여느 때와 마찬가지로 화이트 케이프의 교복을 입고 서 있었다.

"음, 더워 보여요."

밖으로 나온 날 보고 슈아로에가 던진 한마디. 그녀의 말대로 난 지금 매우 답답했다. 한여름인데 검은색 긴팔 상의를 입은 데다 그 위에 검은색 케이프까지 겹쳐 입었기 때문이다.

"레이뮤 씨한테 적어도 반팔 옷으로 바꿔 달라고 수차례 건의했는데 싸그리 무시당했어."

난 소매를 팔꿈치 부근까지 걷어 올리며 불평을 했다. 레이뮤가 '검은 천사니까 무조건 검은 옷을 입어야 하고 반팔은 너무 경박해 보이니까 안 돼요'라고 우겨댔기 때문에 아무 힘 없는 나는 무더운 여름에도 긴팔 상의를 입어야만 했던 것이다. 그런 날 보며 슈아로에가 동조해 주었다.

"할 수 없잖아요. 레이뮤님은 레지 군을 어떻게든 영웅화시키려고 하니까요. 내가 보기에는 다 부질없는 짓 같지만요."

"……."

슈아, 그거 나 욕하는 거지?

또각또각―

저벅저벅―

나와 슈아로에가 알게 모르게 눈싸움을 하고 있을 때 복도에 다섯 명의 학생이 나타났다. 그들은 다름 아닌 리아로스 일당이었다. 이번 마법학회 참가에 그들도 같이 따라가기로 했기 때문에 이른 아침부터 이곳에 모인 것이다.

"안녕하세요, 레지님. 여전히 멋지시네요."

리아로스는 날 보자마자 낯간지러운 말을 던졌다. 근 4개월 동안 날 만날 때마다 내 칭찬을 하는데, 이제는 그만 할 때가 되지 않나 싶었지만 그녀는 끈기있게 날 추켜세웠다. 처음에는 그녀의 칭찬이 부담스러웠지만 지금은 그냥 칭찬하면 하고 말면 말고 하는 식의 포기 상태였다.

"안녕하세요, 레지스트리님!"

리아로스를 제외한 4인방 중에서 붉은 머리 소년인 '콜론세 드기어드' 가 날 보자 반가운 얼굴을 했다. 현재 학교 잔류 테스트가 끝난 지 4개월 가까이 된 시점에서 리아로스를 제외하고 나에게 친근하게 구는 사람은 콜론세뿐이었다. 나머지 3명은 여전히 리아로스의 강압 때문에 마지못해 날 섬기고 있을 뿐이었다.

"어? 실프 소환 안 하시나요?"

콜론세는 내 주변에 실프가 없는 것을 확인하곤 그런 질문을 던져 왔다. 정령 마법사를 꿈꾸는 콜론세는 내 실프에 관심이 매우 많았고, 특히 실프가 내 피나는(?) 가르침 덕에 문장을 완성하여 대화할 수 있다는 사실을 확인하고 나서부터는 그의 관심은 온통 실프에게 쏠려 버렸다. 그래서 오히려 내가 실프를 소환해 놓지 않으면 안 될 것 같다는 압박감마저 들게 만들고 있었다.

"오늘은 출발하는 날이라서 소환하지 않을 거야."

"에~에?!"

내 말을 들은 콜론세는 약간 칭얼대듯이 아쉬움을 표현했다. 하지만 내가 한 번 결정을 내리면 웬만해서는 철회하지 않는다는 걸 지난 4개월 동안 지내면서 알게 되었는지 아쉬운 표정만 지을 뿐 별말은 하지 않았다.

"레이뮤 씨가 기다릴 테니까 어서 가자."

난 일행을 대표해서 할 일을 정했다. 지금 모인 사람 중에서 내가 나이가 제일 많은 데다 리아로스 일당은 날 섬기는 수하의 입장이라서 행동 결정권은 나에게 있었다. 물론 그런 날 견제하는 사람은 슈아로에였다. 그러나 오늘은 특별히 날 견제하지는 않았다.

저벅저벅—

또각또각—

우리들은 군인처럼 발을 맞추며 모래 운동장으로 향했다. 모래 운동장에는 이미 두 대의 마차가 준비되어 있었다. 작년 마법학회에는 유리시아드를 포함하여 4명이 참가했지만 올해는 리아로스 일당까지 합해서 총 8명이 이동하기 때문에 마차 두 대가 필요했던 것이다.

흐음, 8명이니까 4명씩 나눠서 마차에 타면 되겠군. 근데 난 어느 조로 편성이 될까? 느낌상 난 슈아, 레이뮤 씨, 리아로스와 한 마차에 탈 것 같은데 말이지. 나머지 4인방은 콜론 세 빼고는 날 별로 좋아하지 않으니까 그렇게 조 편성이 될 확률이 높아. 뭐, 결정은 마차 옆에서 선생들과 작별 인사를 하고 계신 대마법사님에게 달려 있지만.

"안녕하……!"

"레지스트리 군, 팔은 왜 걷어붙였나요?"

레이뮤는 날 보자마자 내 복장 불량에 대해 한마디 했다. 하지만 난 당당히 내 입장을 알렸다.

"날씨가 더워서 팔을 걷어붙이는 편이 낫다고 생각했거든요."

"흠……."

내 말을 듣고 레이뮤는 내 모습을 잠시 훑어보았다. 난 속으로 팔 걷어붙이기가 승인되지 않으면 옷 자체를 바꿔 입을 거라고 결심했다. 햇살 따가운 여름에 검은 옷을 입고 있으면 모든 빛이 흡수되어서 몸이 전자렌지 속의 통구이화 되기 때문이었다. 다행히 레이뮤는 내 입장을 어느 정도 배려해 주었다.

"그다지 보기 나쁘지는 않으니 편할 대로 해요."

"예."

휴, 살았다. 가뜩이나 더운데 팔까지 못 걷게 하면 나보고 죽으라는 소리니까 말이야. 그나저나 왜 레이뮤 씨는 나한테 검은 천사라는 명칭을 붙여서 나한테 검은 옷을 입게 하냐고. 겨울에는 별 상관없었지만 여름이 되니까 죽겠어!

"이제 곧 출발할 거니까 어서 마차에 올라타요. 클로제스트 양과 테이판 양, 그리고 드기어드 군과 앙카라 군이 저 마차에 타도록 해요. 우리들은 이 마차에 타지요."

레이뮤는 누가 무슨 말을 하기도 전에 마차 조 편성을 끝내 버렸다. 그녀의 조 편성은 내 예상 그대로였다. 아무튼 그렇게 우리들은 마차를 나눠 탔고, 난 리아로스의 강압에 못 이겨 그녀와 함께 같은 자리에 앉게 되었다.

"이랴!"

히이잉~

마부와 말의 하모니를 시작으로 마차는 28회 마법학회가 열리는 엔비디아 제국의 수도 지포스로 향했다. 마차가 출발한 지 얼마 안 되어 문득 궁금한 것이 떠올라 난 레이뮤에게 질문을 던졌다.

"레이뮤 씨, 그런데 경호원은 따로 안 오나요?"

"경호원 말인가요? 레지스트리 군이 경호 역할을 하면 충분하지요. 아직 레지스트리 군의 용병 활동을 용병 길드와 협상 중이기 때문에 경비는 최대한 아껴야 해요."

"……."

흐으, 아직도 협상 중인 거야? 뭔 협상이 4개월이나 걸려?

이러다가 그냥 협상이 결렬되지 않을까? 뭐, 협상이 결렬되면 내가 용병으로 뛸 수 없다는 거니까 나로서는 차라리 그 편이 더 좋을지도.

“마법학회 도착 이전에 아마도 용병 길드와의 협상이 끝날 거예요. 모든 것은 레지스트리 군에게 달려 있지요.”

“……?”

레이뮤는 그런 알 수 없는 말을 했다. 용병 길드와의 협상 타결과 내가 어떤 관계가 있는지 도저히 이해할 수 없었다. 레이뮤가 워낙 예고도 없이 일을 저지르는 스타일이다 보니 나로서는 긴장을 해야만 했다.

“……!”

그때 갑자기 내 옆에 앉은 리아로스가 팔짱을 끼며 내 어깨에 머리를 기대왔다. 내가 의아한 얼굴로 쳐다보자 리아로스는 의미심장한 웃음을 지으며 말했다.

“피곤해서 그래요.”

“출발한 지 1시간도 안 지났는데?”

“여자는 원래 약하거든요.”

“…….”

그거 성 차별적 발언인데. 뭐, 딱히 기분 나쁜 건 아니지만 이 더운 날씨에 그렇게 딱 붙어 있으면 안 더워? 잘못하면 땀띠 난다고.

“후작 따님이 너무 경박한 행동을 하는 거 아닌가요?”

리아로스가 나한테 기대자 맞은편에 앉은 슈아로에가 도발적인 말을 했다. 그러나 리아로스는 슈아로에의 도발에 비웃음 비슷한 미소를 지으며 말했다.

"내 낭군이 되실 분인데 이 정도는 아무것도 아니지요."

"……."

"……."

리아로스와 슈아로에 사이에 무언의 눈싸움이 벌어졌다. 난 그 사이에 끼어서 이러지도 못하고 저러지도 못한 채 그냥 마차 창문 밖으로 경치 구경만 했다. 그러는 사이에도 마차는 호쾌하게 달려나갔다.

덜컹덜컹—

매지스트로를 출발하고 3시간이 흐른 시점에 난 문득 궁금한 것들이 떠올랐다. 그래서 난 레이뮤에게 몇 가지 질문을 던졌다.

"레이뮤 씨, 그런데 식사는 마법학회 공식 지정업체에서 할 거예요?"

"그렇게 할 생각이에요."

"마법학회 탈퇴할 거잖아요?"

"아직 탈퇴한 건 아니니까 이용해야죠."

흐으, 일단 경비 절약 차원에서 마법학회 공식 지정업체에서 식사와 숙박을 하겠다는 뜻이로군. 뭐, 마법학회 참가 목적이 아니라면 우리들이 이렇게 밖으로 나올 이유는 없으니까 이용해 주는 게 당연하지. 이번 마법학회가 끝나면 이렇게 무료로 식사와 숙박을 할 기회는 없을 테니까. 자, 그럼 두 번째 질문.

"지금 인원이 8명인데 숙박은 어떻게 할 거예요? 남자, 여자 인원이 맞지 않는데요."

그것이 지금 가장 큰 문제였다. 작년 마법학회 때에는 유리시아드가 희생해서 나와 같은 방을 썼지만 지금은 그때와 상황이 달랐다. 여기 있는 여성들이 남자와 같은 방을 쓸 가능성은 거의 없었기 때문이었다.

"그건 걱정하지 마세요. 제가 레지님과 같이 자면 되니까요."

가장 먼저 말을 꺼낸 사람은 리아로스였다. 사실 내가 숙박 문제를 제기할 때부터 리아로스가 그렇게 나올 것이라고 예상했기 때문에 난 전혀 놀라지 않았다. 그리고 이 다음에 일어날 일도 예상하고 있었다.

"무슨 소리에요?! 다 큰 처녀가 남자와 같은 방을 쓰다니!"

리아로스의 말을 듣자마자 슈아로에가 펄쩍 뛰었다. 하지만 리아로스는 여전히 비웃음 띤 얼굴로 말을 이었다.

"남편과 같이 자는 게 뭐가 이상하죠?"

"아직 결혼한 것도 아니잖아요!"

"곧 결혼할 거예요."

"그건 뉴어메이드 씨 생각이죠!"

역시나 두 사람은 입을 열자마자 싸우기 시작했다. 나도 슈아로에와 곧잘 말다툼을 하곤 하지만 슈아로에와 리아로스는 서로를 정말 싫어하기 때문에 하는 말싸움이라 좋게 봐줄 수가 없었다. 그래서 난 즉각 중재에 나섰다.

"둘 다 그만 해. 레이뮤 씨가 생각해 놓은 게 있을 테니까."

정말 레이뮤가 숙박 방법에 대해서 생각해 놓은 게 있는지는 알 수 없었지만 난 일단 그 말로 슈아로에와 리아로스의 싸움을 중지시켰다. 그러고 나서 구조를 요청하는 눈빛으로 레이뮤를 쳐다보았다. 다행히 레이뮤는 숙박 방법 해결책을 가지고 있는 듯했다.

"뉴어메이드 양은 뉴어메이드 후작의 따님이니까 남자와 같은 방에서 지내는 걸 허락할 수는 없어요. 슈아로에 역시 마찬가지 이유에서 안 되죠."

"에? 하지만……!"

리아로스뿐만 아니라 슈아로에 자신도 남자와의 동침에서 제외되자 놀란 표정을 지었다. 확신할 수는 없지만 아마도 슈아로에는 나하고 같이 잘 생각을 했던 것 같았다.

흐으, 왜 둘 다 날 화제의 중심으로 두는지 이해할 수가 없군. 남자는 나 말고도 두 명 더 있는데 말이야. 뭐, 아무래도 슈아나 리아로스는 다른 두 명의 남자보다는 나와 같이 자는 게 더 낫다고 판단했겠지만 난 그렇게 건전한 녀석이 아니거든? 아마 레이뮤 씨는 그냥 남자 셋이 좁은 방에서 부비적대면서 자라고 하지 않을까?

"레지스트리 군은……."

마침내 레이뮤가 나의 거취를 말하기 시작했다.

"나하고 같이 잘 겁니다. 그 편이 가장 현명한 방법이니까요."

"……!"

"……!"

"……!"

레이뮤의 말에 나뿐만 아니라 슈아로에와 리아로스도 크게 놀랐다. 누구도 레이뮤가 그런 결정을 내릴 것이라고는 생각하지 못했기 때문이었다. 그래서 난 약간 떨리는 목소리로 레이뮤에게 물었다.

"레이뮤 씨하고 나하고 같은 방을 쓴다구요?"

"그래요. 나이 차도 많으니 어머니라고 생각해요."

"……."

흐으, 어머니라……. 실제 나이 차이로는 거의 레전드 급이지만 외모상으로는 거의 동급이잖아? 여기 여성들 중에서 가장 여성적인 레이뮤 씨와 같은 방을 쓴다는 건…… 어쩌면 가장 위험할지도 모르겠군.

덜컹덜컹—

마차는 거침없이 내달렸다. 일단 점심과 저녁을 마법학회 공식 지정업체에서 해결하고 숙박 역시 마법학회 공식 지정업체인 여관에서 하기로 했다. 하지만 문제는 나와 레이뮤가 같은 방을 써야 한다는 사실이었다.

"……."

"……."

나와 레이뮤가 방으로 들어가기 직전, 같은 방이 되어버린 슈아로에와 리아로스가 날 째려보았다. 그것은 두말할 것도 없이 레이뮤에게 이상한 짓을 했다가는 사회에서 매장시켜버리겠다는 눈빛이었다. 나 역시도 매장당하고 싶은 생각이 전혀 없었기에 긴장하지 않을 수 없었다.

"먼저 씻어요."

방에 들어서자마자 레이뮤는 나에게 샤워할 것을 명했다. 그래서 난 갈아입을 잠옷을 들고 샤워실로 향했다. 그것을 보고 레이뮤가 무표정한 얼굴로 입을 열었다.

"여기서 옷 벗고 가도 돼요."

"……."

흐으, 레이뮤 씨가 보는 앞에서 옷을 벗으라고? 아무리 부모 앞이라고 해도 이 나이 정도 되면 남이 보는 앞에서 옷 벗는 건 거시기하다고. 아무리 사랑하는 사이라도 부끄러운 건 마찬가지. 내가 레이뮤 씨의 구경거리가 될 수는 없지!

탁—

난 잠옷을 든 채로 샤워실로 들어가 문을 걸어 잠갔다. 혹시라도 레이뮤가 문을 벌컥 열어젖힐 것을 염려해서 잠근 것이었다. 다행히 레이뮤는 내가 샤워를 끝마칠 때까지 샤워실에 쳐들어오는 행동은 하지 않았다.

끼이—

"다 씻었어요."

샤워를 마치고 난 레이뮤에게 말을 걸었다. 레이뮤는 2인용 침대에 앉아 있었는데 이미 잠옷으로 갈아입은 상태였다.

"나도 씻도록 하겠어요."

굳이 할 필요가 없는 말을 하면서 레이뮤는 천천히 샤워실로 걸어갔다. 그러다가 날 살짝 돌아보며 말했다.

"샤워실 문을 잠그지 않을 테니 엿봐서는 안 돼요. 인격 테스트를 통과한 레지스트리 군이 그런 일을 하지는 않겠지요?"

"……."

레이뮤 씨…… 지금 나 놀리는 겁니까?

쏴아아—

샤워실에 들어간 레이뮤는 문을 잠그는 기색없이 곧바로 샤워를 시작했다. 그녀가 문을 잠갔는지 잠그지 않았는지 알 수 있는 가장 좋은 방법은 문을 열어보는 것이었지만 그랬다가는 레이뮤의 마법 공격에 사망할 것 같아서 참았다. 그보다는 요즘 들어 날 자주 놀리려는 레이뮤의 모습이 조금 의외였다.

흠, 원래 레이뮤 씨 성격이 저랬나? 500여 년 이상을 살아오다 보면 성격이 냉정하고 차분하게 변할 테니까 잘은 모르겠지만, 하여간 레이뮤 씨가 날 자꾸 놀리려고 하니 난감해. 나이 차가 워낙 많이 나서 난 그냥 눈 뜨고 당하는 수밖에 없잖아. 나도 맞받아치고 싶은데 억울해.

끼이—

내가 침대 위에서 이리 뒹굴고 저리 뒹구는 동안 샤워를 끝낸 레이뮤가 샤워실에서 나왔다. 물기에 젖은 머리와 뽀얀 김이 서린 레이뮤의 모습은 뭔가 상당히 자극적이었다. 계속 쳐다보면 분명 큰일 날 것 같다는 느낌이 들어서 난 그냥 이불 덮고 자기로 했다.

"안녕히 주무세요."

"……."

난 레이뮤의 대답을 듣지도 않고 등을 돌린 상태에서 이불을 덮고 드러누웠다. 어떻게 보면 상당히 버릇없는 행동이었지만 레이뮤는 날 탓하지 않았다. 대신 조용히 내 옆에 앉았다. 그녀가 가까이 앉자 비누 냄새를 비롯한 기분 좋은 향기가 내 코를 자극했다.

"자기에는 조금 이른 시간인데 벌써 잘 생각인가요?"

"……."

레이뮤가 나에게 말을 걸어왔지만 난 무시하고 자는 척했다. 그래 봤자 내가 자고 있지 않음을 알고 있는 레이뮤는 연이어서 말을 했다.

"이번에 레지스트리 군이 개발해 낸 새로운 단축키 코드, 대단한 업적이라고 생각해요."

"……."

"그동안 쓰임새를 알지 못해서 묻혀 있던 Draw 코드를 쓸 수 있게 되었으니까요."

"……."

흐으, 할 얘기가 그건가? 뭐, 2개월 전에 우연히 Draw 코드가 단축키로 쓰일 수 있다는 걸 실험하다 알게 되어서 단축키 코드 버전 2.0을 만들긴 했지. 내가 지금까지 사용했던 단축키 코드는 Connect 코드를 사용해서 일일이 저장시켜야 했는데 'Draw in 배수+Dimension, 사용할 마법 코드, Draw out, Save 단축키' 형식을 사용하면 매우 간편하게 단축키 코드를 만들 수 있거든. 난 Draw라고 해서 그림을 그리거나 던지는, 뭐, 그런 형태의 코드일 줄 알았는데 끌어들이다라는 의미로 사용되더군. 의외였다니까.

"기존의 단축키 코드는 복잡했는데 이번 단축키 코드는 간단해요. 실전에서도 충분히 쓰일 수 있는 마법 코드이지요."

"하지만 마나량의 여유가 없으면 쓰기 어렵죠."

레이뮤가 계속 말을 할 것 같았기 때문에 난 결국 입을 열고야 말았다. 하지만 머리는 여전히 벽을 보고 있어서 레이뮤가 어떤 표정을 짓고 있는지는 알 수 없었다. 내가 반응을 보이자 레이뮤는 좀 더 내 쪽으로 다가와 앉았다.

"이제 레지스트리 군도 3서클의 마법사니까 이번 단축키 코드는 충분히 사용할 수 있잖아요?"

"예, 그렇죠."

"마법을 배운 지 1년도 안 되어서 3서클을 이룩했다는 건 대단한 거예요."

"……."

잉? 왜 갑자기 날 띄워주는 거지?

"아마도 지포스에 도착하면 용병 길드에서 레지스트리 군을 테스트할 거예요. 그 테스트에 통과하면 레지스트리 군은 정식으로 용병 활동을 할 수 있게 돼요."

"……!"

청천벽력과도 같은 소리였기 때문에 난 나도 모르게 몸을 돌려 레이뮤를 쳐다보았다. 내가 경악하고 있다는 걸 아는지 모르는지 레이뮤는 자기 할 말만 이어나갔다.

"테스트는 별로 어려운 게 아니에요. 용병 길드의 대표자 몇 명을 꺾으면 되니까요. 지금의 레지스트리 군이라면 충분히 가능하죠."

"나보고 싸우라구요?! 용병들하고?!"

가만히 누워서 말할 상황이 아니었기에 난 상체를 일으켜 레이뮤와 마주 앉았다. 그 때문에 레이뮤와 얼굴이 상당히 가까워졌지만 지금은 내가 용병들과 싸우게 된다는 사실이 더 큰 문제였다.

"용병 활동을 하려면 용병들한테서 테스트를 받아야 하는 거였어요?!"

"단순한 용병 활동이라면 굳이 테스트는 필요없지요. 하지만 난 레지스트리 군을 정점으로 한 용병단을 만들고 싶어요. 그래서 레지스트리 군이 용병 대표들로부터 인정을 받아야 할 필요성이 있는 것이지요."

"……!"

크억! 왜 내가 용병단의 우두머리가 되어야 하는데! 용병 일에 아무런 노하우도 가지고 있지 않은 나보고 용병대장 일을 하라는 건 말이 안 되잖아!

"왜 나를 용병단의 대장으로 만들려는 거예요?"

"그래야 우리 쪽으로 더 많은 성과금이 떨어지니까요."

"……."

첫, 결국 돈 때문에 날 대장 자리에 앉히겠다는 거잖아. 하지만 돈 얘기를 하니까 내가 할 말이 없어져. 이건 꼭 일은 아역 배우가 하고 돈은 부모가 챙기는 모양 같다니까.

"후우, 그럼 테스트는 어떤 건데요?"

난 한숨을 내쉬며 시선을 침대로 돌렸다. 별로 대답을 기대한 건 아니었기 때문에 슬금슬금 몸을 누이려고 했다. 그런데 레이뮤의 대답은 그런 내 행동을 멈추게 만들었다.

"아마도 용병 대표들과 일 대 다수 대결을 하게 될 거예요.

그렇게 해야만 그들에게서 인정을 받으니까요."

"……!"

커커컥! 일 대 일도 힘든 판에 일 대 다수라니! 대체 그 다수라는 게 몇 명인데?!

"걱정하지 말아요. 레지스트리 군이라면 충분히 상대할 수 있어요."

레이뮤는 근거도 없는 믿음을 보였다. 그러고는 손을 뻗어 친히 날 눕혀주었다. 그녀의 부드러운 손길에 난 어머니에게 보살핌을 받는 아기같이 얌전히 침대에 드러누웠다. 그렇게 날 눕힌 레이뮤는 매우 자연스럽게 내 옆에 같이 몸을 뉘였다.

으으…… 긴장된다. 유리시아드는 항상 나한테 살기를 보내서 긴장감이 그다지 크지 않았는데 레이뮤 씨는 그런 게 없으니 가슴이 쿵떡쿵떡 뛰는구나. 이대로는 잠을 자기는 힘드니까 쓸데없는 말이나 해야겠다.

"근데 레이뮤 씨는 왜 결혼 안 하세요?"

무슨 말을 물어볼까 생각하다가 그게 가장 무난할 것 같아서 화제를 결혼 쪽으로 돌렸다. 레이뮤는 내 질문에 대해서 전혀 당황하지 않고 침착하게 대답했다.

"내가 언제 죽을지 알 수 없는 상황인데 누군가와 결혼한다는 건 어려운 일이에요. 사랑조차 하기 두려울 정도니까요."

"예……."

흐으, 생각해 보니 그렇군. 여태까지 레이뮤 씨는 자신이 왜 젊음을 유지한 채 500년 넘게 살아왔는지 몰랐으니까 마음 한구석에는 자신은 언제 죽을지 모른다는 불안감을 가지고 있었겠지. 그래서 마법을 제외하고 다른 것에는 최대한 관심을 두려고 하지 않았을 테고.

"그럼 레이뮤 씨가 사랑했던 사람은 그 로이스라는 사람뿐이었어요?"

"당시에는 그렇게 생각했어요. 그런데 지금은 모르겠어요. 내가 정말 로이를 사랑한 건지, 아니면 로이의 마법 능력에 동경을 품고 있었던 건지."

레이뮤의 얼굴을 보면서 얘기를 하고 있는 게 아니었기 때문에 지금 레이뮤가 어떤 표정을 짓고 있는지는 알 수 없었다. 단지 그 말을 하는 레이뮤의 어조는 조금 슬픈 듯한 느낌이 들었다.

"생각해 보면 500년 동안 헛살았다는 느낌도 들어요. 지금까지 남자와 입맞춤도 해보지 못했으니까요."

"……!"

이어진 레이뮤의 말에 난 크게 놀라 나도 모르게 레이뮤 쪽으로 고개를 돌렸다. 마침 레이뮤도 내 쪽을 쳐다보고 있었기 때문에 시선이 마주쳐 버렸다. 순간 머쓱해진 나는 급히 시선을 다시 천장 쪽으로 돌려서 입을 놀렸다.

"약혼했었잖아요? 근데 안 해봤어요?"

"로이는 애초에 마법에만 빠진 사람이라서 그런 쪽에는 지식이 없었어요. 나도 그 당시에는 결혼할 때까지 그런 일을 해서는 안 된다고 생각했으니까요."

흐으, 상당히 고지식하셨군. 근데 나도 지금 남 말할 처지가 아니잖아. 26년 동안 여자 한 번 사귀어보지 못한 내가 더 심각한 거지!

"레이뮤 씨나 나나 연애 쪽에는 소질이 없네요."

"그렇군요."

서로 취약한 쪽으로 화제가 진행되자 잠시 대화가 중단되었다. 그렇게 잠시 동안의 침묵이 흐르고 난 뒤 난 다른 것으로 화제를 돌렸다.

"그래도 레이뮤 씨는 앞날이 확실하지 않은 상황에서도 마법에 매진해서 대마법사라는 칭호까지 얻었잖아요. 그것만으로도 레이뮤 씨는 정말 대단한 분이라고 생각해요."

"날 칭찬해 봐야 나오는 건 없어요."

"그냥 너무 날 놀리지 말고 살살 대해달라는 뜻이에요, 하하."

다른 사람들에게서도 많이 들었을 말을 하는 게 조금 어색해져서 난 그냥 눈 감고 자려고 했다. 그러나 레이뮤는 내 뺨을 쓰다듬으며 부드러운 어조로 말했다.

"살살 대하라는 건 이런 식인가요?"

"에…… 그냥 편하신 대로……."

레이뮤의 손길이 뺨을 통해 느껴지자 순간 머리 회전이 중단되는 듯했다. 이렇게 가까운 거리에서 미모의 여성과 부드러운 분위기에서 누워본 적이 없기 때문이었다. 그런 내 심리 상태를 아는지 모르는지 레이뮤는 자기 할 말을 계속했다.

"레지스트리 군은 어째서 여자를 사귀지 않는 건가요? 주변에 레지스트리 군을 흠모하는 여자들이 많잖아요?"

잉? 내 주변에 날 흠모하는 여자들이 많다고? 대체 누가 날 흠모하는데? 슈아는 날 우습게보고 있고, 리아로스는 날 자기 가문에 끌어들이기 위해 꼬리 치고 있는 거고, 다른 여자들은 리아로스 때문에 날 주군으로 섬기고 있는 거잖아. 나한테 연정을 품은 사람은 아무리 생각해도 없는데?

"아무래도 주변 상황이 레지스트리 군에게 마법 이외의 다른 걸 생각하지 못하게 하는 것 같군요. 예전의 나처럼 말이에요."

아니, 딱히 그런 건 아닌데 말이죠…….

"레지스트리 군과 난 닮은 점이 많아요. 그래서 걱정이에요. 아직 레지스트리 군은 젊으니까 마법뿐만 아니라 다른 것에도 많은 관심을 가지도록 해요. 청춘을 마법에만 소비하면 아깝잖아요?"

저기…… 전 이미 26살이라서 젊은 건 아닙니다만…….

"예, 그렇게 할게요."

레이뮤의 걱정에 난 그저 알았다고만 대답했다. 날 걱정하는 레이뮤를 보니 꼭 어머니나 누나인 것 같은 기분이 들었다. 그러나 문제는 그 어머니나 누나가 너무 젊다는 것이었다.

"그럼 안녕히 주무세요."

"그래요. 잘 자요."

그 말을 끝으로 나와 레이뮤는 취침에 들어갔다. 하지만 규칙적으로 숨을 쉬며 수면에 들어간 레이뮤와는 달리 난 등을 돌리고 몸을 웅크린 채 '양 한 마리, 양 두 마리, 양 세 마리……'를 외워야 했다.

다음날.

난 퀭한 눈으로 아침 식사를 했다. 어젯밤 내내 이성을 유지하려고 거의 뜬눈으로 밤을 샜기 때문이었다. 반면 레이뮤는 평상시와 다를 것 없는 얼굴로 아침 식사를 하고 있었다.

"피곤해 보이는데 괜찮으세요?"

천천히 식사하는 날 보고 리아로스가 걱정스럽다는 듯이 물었다. 리아로스와 슈아로에는 사이가 좋지 않음에도 불구하고 어젯밤에 잘만 잤는지 얼굴 상태는 괜찮아 보였다.

"오랜만에 밖에 나와서 자보는 거라 잠을 좀 설쳤어."

난 사실을 말하지 않고 거짓말로 둘러댔다. 그러나 눈치 빠른 리아로스는 내가 무엇 때문에 잠을 설친 것인지 그 이유를 알고 있는 듯했다. 단지 다른 사람들도 함께 있는 자리라 그걸 입 밖으로 꺼내지 않을 뿐이었다.

…….

식사를 마친 후 잠시 쉬려고 모두들 방으로 돌아갈 때 슈아로에가 조용히 날 불렀다. 그래서 난 찰거머리처럼 붙어 있는 리아로스를 떼어내고 슈아로에에게로 갔다. 슈아로에는 잠시 동안 날 지그시 노려보다가 입을 열었다.

"어젯밤에 레이뮤님한테 이상한 짓 안 했죠?"

"안 했어."

"레이뮤님도 피곤해 보이셨는데, 정말이에요?"

"레이뮤 씨가 피곤해 보인다고? 평소하고 똑같지 않아?"

난 슈아로에의 말을 이해할 수 없었기 때문에 반문을 했다. 그러자 슈아로에가 한심스럽다는 얼굴 표정을 해보였다.

"레지 군, 바보죠? 나도 그렇고, 뉴어메이드 씨도 그렇고, 레이뮤님도 그렇고 모두 피곤한 얼굴들이잖아요. 그런 것도 몰라요?"

"……?"

잉? 그게 피곤한 얼굴이라고? 잠 잘 잔 얼굴 아니야? 대체 어디가 피곤해 보인다는 거야? 모두 다 얼굴색이 괜찮은 것 같구만. 피곤한 얼굴이 뭐고, 안 피곤한 얼굴이 뭔지 갑자기 판단이 되지 않는 느낌…….

"아무튼 레지 군도 신경 좀 써요. 그리고 난 레지 군이 이상한 짓을 하지 않을 거라 믿고 있으니까 그 믿음을 배신하는 행위는 절대 하지 말아요. 알았죠?"

"응……."

슈아로에가 하도 강경하게 나오는 바람에 난 그냥 고개만 끄덕였다. 어젯밤에 느꼈던 거지만 레이뮤와 같이 자는 건 매우 위험해서 누군가가 날 견제해 주어야만 했다. 작년에는 유리시아드가 나하고 같이 자면서 그 역할을 동시에 했는데 이번에는 슈아로에가 그 역할을 하게 된 것이다.

덜컹덜컹—

아침 식사를 마치고 우리들은 엔비디아 제국의 수도, 지포스로 출발했다. 매지스트로 학교에서 지포스까지는 대략 8일 정도가 걸렸고, 그동안 난 레이뮤와 7번을 동침했다. 다행히 그 7번 모두 무난히 넘어가서 난 사회에서 매장될 염려는 하지 않아도 되었다. 문제는 잠을 제대로 잔 적이 없어서 꽤나 피곤하다는 것이었다.

으으, 지포스에 도착하면 무슨 용병 대표들하고 테스트를 한다는데 이래 가지고 어디 테스트 제대로 받겠어? 잠을 제대로 자질 못해서 머리가 띵하고 다리가 후들후들…….

"오랜만입니다, 레지스트리 백작님."

지포스에 도착하여 묵을 여관을 선택한 후 여관에서 식사를 기다리고 있을 때 내 곁으로 누군가가 다가와 인사를 했다. 확인해 보니 밝은 녹색의 장발을 휘날리는 잘생긴 청년이 나에게 웃으며 인사하고 있었다. 그래서 난 무표정한 얼굴로 인사를 했다.

"안녕하세요, 레일 씨. 올해에도 오셨네요."

"네. 작년과 마찬가지로 트레일도 왔습니다."

보브 마법학교 대표로 온 레일은 자기 옆에 서 있는 육중한 체격의 기사를 나에게 소개시켜 주었다. 작년에도 봤던 사람이지만 기억력이 형편없는 나는 그저 유리시아드에게 집적대던 거구의 기사라는 인상밖에 남아 있지 않았다.

"그런데 자유기사님은……?"

거구의 기사 트레일은 날 보자마자 유리시아드부터 찾았다. 그래서 난 아주 간단명료한 대답을 해주었다.

"유리시아드는 매지스트로 학생이 아니기 때문에 우리와 같이 올 이유가 없어요. 작년에는 단순히 경호의 이유로 따라왔던 거구요."

"아, 그렇습니까……."

유리시아드가 없다고 하자 트레일은 매우 실망하는 표정을 지었다. 하지만 실망하는 트레일과는 달리 레일은 나에게 다가와 징그럽게 귓속말로 속삭였다.

"인격 테스트 때의 제안은 아직도 유효합니다. 생각해 보시기 바랍니다."

"……."

아, 나보고 보브 마법학교로 들어오라는 거? 난 그거 그냥 테스트용이라고 생각해서 아예 머릿속에서 지워 버렸는데.

뭐, 그게 사실이든 아니든 갈 생각이 없다는 건 마찬가지.

"안녕하십니까, 대마법사님!"

"말씀하신 대로 왔습니다!"

그때 갑자기 여관 안이 소란스러워졌다. 그도 그럴 것이 같은 일행으로 보이는 사람들이 10명 이상 무더기로 들어왔기 때문이었다. 게다가 그들은 한결같이 레이뮤를 향해 인사를 했다. 그 모습은 레이뮤를 발견하고 반가워서 인사를 했다기보다 레이뮤에게 볼일이 있어서 찾아온 거라는 느낌이 강했다.

"기다리고 있었습니다."

열 명의 무리를 보고 레이뮤는 자리에서 일어나 그들을 맞이했다. 그리고는 날 보며 한마디 했다.

"저 사람들이 바로 용병 대표들이에요."

"……!"

헉! 지포스에서 용병 대표들하고 일 대 다수 테스트를 한다고 하더니 진짜 할 생각인 거야?! 설마 저 10명이 한꺼번에 덤빈다는 건 아니겠지?! 그랬다가는 여관이 아수라장이 된다고! 아니, 일 대 일로 싸운다고 해도 여관이 망가지는 건 피할 수가 없다고!

"아하, 이 사람이 검은 천사입니까?"

"소문보다 더 젊은 것 같은데?"

"체격도 보통이고…… 정말 떠오르는 영웅 맞아?"

용병 대표라고 불린 사람들은 날 보더니 한마디씩 했다. 용병 대표들 중에는 여자도 한 명 있었지만 대부분 체격이 건장한 남자였고 나이도 나보다 훨씬 많아 보였다. 따라서 그들의 눈에 비친 내 모습은 약해 빠진 청년일 수밖에 없었다.

"오랜만이다, 레지스트리 부소대장."

"……!"

그때 내 귀로 꽤 익숙한 목소리가 들려왔다. 그 소리는 용병 대표들 사이에서 들려왔기 때문에 난 급히 시선을 모아 목소리의 진원지를 찾았다. 곧 난 용병 대표들 가운데에 서 있는 갈색 로브를 입은 콧수염 사내를 발견할 수 있었다.

"아, 바온 씨! 오랜만이네요!"

난 반가운 마음에 미소를 지었다. 마치 적지 한가운데서 아군을 만난 듯한 기분이 들어 나도 모르게 웃은 것이다. 그런데 바온 말고도 내가 아는 사람이 용병 대표 사이에 끼어 있었다.

"나도 있다고."

"……!"

말을 한 사람은 경장갑을 걸친 통통한 청년이었다. 그는 나와 같은 지원 부대 마법2중대 4소대에 있었던 커트였다. 벌써 해가 바뀌었지만 바온이나 커트나 별반 달라진 것이 없는 모습을 하고 있었다.

"오호, 바온과 커트가 검은 천사와 같은 부대에 있었다더니 정말이었군."

"둘 다 하도 허풍이 심해서 거짓말인 줄 알았는데."

내가 바온과 커트에게 아는 척을 하자 다른 용병 대표들이 의외라는 반응을 보였다. 바온과 커트가 평소에 그들에게 별로 신임을 얻고 있지 못한 듯 보여서 내가 다 안타까웠다.

"서로 굳이 인사는 필요없을 테니 바로 시작합시다. 대마법사님들도 오늘 마법학회에 참석해야 하니까 시간이 많지 않잖습니까?"

용병 대표 중에서 큼직한 도를 등에 멘 중년 남자가 레이뮤에게 재촉하듯이 말했다. 그는 나하고 같은 검은색 머리를 하고 있었는데 체격이 크고 근육이 많은 걸 보아 무공을 배우지 않고 순전히 실전을 통해서 실력을 갈고닦은 사람 같았다.

"알겠습니다. 그럼 모두 나를 따라와요."

등에 도를 멘 남자의 말대로 레이뮤는 우리들을 이끌고 여관을 빠져나왔다. 그리고는 굉장히 넓게 마련되어 있는 마을 광장으로 들어섰다. 엔비디아 제국의 수도답게 광장을 지나가는 사람들 수는 굉장히 많았다. 그들은 마을 광장 한복판에 만들어져 있는 분수 앞에서 옹기종기 모여 있는 우리들을 보고는 무슨 일이 일어났나 하여 구경하기 시작했다.

"자! 모두들 주목해 주시오!"

용병 대표 중에서 등에 도를 멘 흑발의 중년 남자가 지나가던 사람들이 다 들릴 정도로 큰 목소리로 외쳤다. 사실 그렇게 외치지 않아도 구경꾼들이 하나둘씩 모이는 상황이라서 사람들을 주목시킬 필요는 없었다. 아무튼 흑발의 중년 남자는 분수대 위로 올라가 또다시 큰 목소리로 외쳤다.

"지금 여기에는 윈도우즈 연합 토벌 전쟁 때 큰 공을 세워 백작 작위를 얻은 검은 천사가 있소! 바로 저 청년이오!"

흑발의 중년 남자는 날 가리키자 사람들은 일제히 호기심 어린 눈초리로 날 쳐다보았다. 만약 이 세계가 계급이 없는 평등 사회였다면 '안녕하세요, 기호 1번 레지스트리입니다. 잘 부탁드립니다' 라면서 허리를 굽실굽실거렸겠지만 안타깝게도 이곳은 계급이 엄연히 존재하는 불평등 사회였고, 구경꾼들은 일반 시민이고 난 백작이므로 내가 허리를 굽힐 수는 없었다. 그래서 난 사람들이 쳐다봐도 허리를 꼿꼿이 세운 채 당당하게 서 있어야 했다.

"엔비디아 제국의 붉은 망토 길드, 에이티아이 제국의 푸른 바다 길드, 매트록스 왕국의 검은 그림자 길드는 이번 시합에서 질 경우 검은 천사를 대장으로 한 검은 천사 용병단을 만들 것이오! 그리고 전폭적으로 검은 천사 용병단을 지원할 것이오!"

"……!"

흑발 중년 남자의 선언은 전혀 생각지도 못한 것이었다. 이 테스트를 기획한 레이뮤를 제외하고는 모두들 모르는 분위기라서 난 그저 흑발의 중년 남자만 쳐다보았다. 내가 의연한 태도를 보이자 슈아로에는 내가 그 사실을 미리 알고 있다고 생각한 모양이었다.

"무슨 소리에요, 검은 천사 용병단이라니?"

"몰라. 나한테 묻지 마."

"레지 군이 모르면 누가 알아요?"

"레이뮤 씨만 알아."

나와 슈아로에가 짤막한 대화를 나누는 동안에도 흑발 중년 남자의 말은 계속되었다.

"이 시합은 각 용병 길드에서 2명씩 나와 총 6명이 검은 천사와 일 대 다수 대결을 펼치는 것이오! 6명의 연합 공격을 막아낸다면 검은 천사의 승리이고, 막아내지 못하면 우리들의 승리!"

웅성웅성—

1대 6의 대결이라는 소리에 사람들이 웅성거리기 시작했다. 그리고 흑발의 중년 남자가 말하기 시작한 시점부터 구경꾼이 급속도로 늘어나는 경향을 보였다. 그중에는 싸우게 될 전장을 제대로 보려고 지붕 위로 올라가 구경하는 열혈 인간들도 있었다.

"자, 검은 천사! 저기 서라! 시합 시작이다!"

흑발의 중년 남자는 나에게 위치를 지정해 주었고 난 그대로 따랐다. 이미 사태가 이 정도까지 확대되었는데 이제 와서 '이야, 전 애초에 싸울 생각이 없었거든요……' 라고 하면 난리가 나기 때문에 용병 대표들과의 1대 6의 대결을 할 수밖에 없었다.

호오, 이거 쓸데없이 일이 커지는 듯한 느낌이 드는군. 어쩌면 레이뮤 씨는 일부러 일을 크게 만들려고 지포스 한복판에서 이런 일을 계획했을 수도 있어. 이 정도까지 일을 벌이면 사람들에게 내 존재를 확실히 각인시킬 수 있을 테니까. 근데 문제는 내가 여기서 져버리면 말짱 도루묵에다가 망신살만 뻗치는 건데…….

"1대 6이야?"

"저 사람들 유명한 용병들이잖아? 검은 천사는 마법사라고 들었는데 마법사가 용병 6명을 상대로 이길 수 있어?"

"마법사가 저렇게 가까운 거리에서 용병 6명을 쓰러뜨리면 그게 더 말이 안 되겠다!"

사람들은 용병 대표 6명이 날 정육각형 형태로 둘러싸는 것을 보며 저마다 이번 승부를 예상하기 시작했다. 그들 대부분의 예상은 용병 6명의 압도적인 승리였다. 이 세계에서의 기본 상식으로 생각해 보면 근접전에 약한 마법사가 근접 거리에서 용병 6명과 싸워서 이기는 건 있을 수 없는 일이었다. 그러나 사람들 중에는 나의 승리를 조심스럽게 점치는 자들도 있었다.

"검은 천사는 정령 마법사니까 어떻게 할지도 몰라."

"드래곤과 하급 마왕을 잡았으니 용병들 정도야 식은 죽 먹기지!"

흐으…… 뭐, 날 응원해 주는 건 좋은데 나 혼자서 드래곤과 하급 마왕을 잡은 건 아니거든요? 드래곤과 하급 마왕을 혼자서 때려잡으면 그게 신이지 인간이유? 난 그저 평범한 인간일 뿐이라고.

"난 검은 그림자 길드 대표 '로베르트' 다. 도를 쓰지."

흑발의 중년 남자가 먼저 입을 열었다. 어차피 그의 등에 메여 있는 큼지막한 도를 보면 도를 쓴다는 걸 쉽게 알 수 있기 때문에 설명은 필요없었다. 나와 용병 대표 6인 사이의 거리는 5미터 정도였는데 가깝다고도 멀다고도 볼 수 없는 어중간한 거리였다.

"나도 검은 그림자 길드 대표 '판' . 검을 쓴다."

로베르트라는 흑발 중년 남자 다음으로 벽돌색 머리카락의 남자가 말을 이었다. 그의 허리에는 검신 자체가 1미터가 훨씬 넘는 큰 검이 매어져 있었다. 도나 검이 크다는 건 기교보다는 파워로 적을 때려잡는다는 뜻이었다.

"난 붉은 망토 길드 대표 '케반' 이오. 활을 쓴다오."

판 다음으로 말문을 연 사람은 일행 중에서 가장 나이가 많아 보이는 자줏빛 머리의 아저씨였다. 확실히 그의 손에는 활이 들려 있었고 등에는 화살이 잔뜩 들어가 있는 화살통이 메여져 있었다.

"붉은 망토 길드 대표 '로라' 입니다. 정령사입니다."

용병 대표 중 유일하게 여성인 푸른 머리의 20대 여자가 정중한 어조로 입을 열었다. 아무래도 용병이라는 직업 때문에 보통의 여성보다 키도 크고 얼굴도 억세 보였다. 그래도 용병 대표 중 유일한 여자라는 점 때문에 신선하기는 했다.

"푸른 바다 길드 대표 '바온사르'. 말 안 해줘도 알지?"

로라 다음으로 입을 연 사람은 내가 잘 알고 있는 갈색 로브의 콧수염 남자인 바온이었다. 바온이 용언 마법을 사용하는 3서클의 마법사라는 것은 이미 알고 있기 때문에 굳이 자기소개할 필요는 없었다. 단지 바온이 푸른 바다라는 용병 길드에 속해 있다는 것은 오늘 처음 듣는 얘기였다. 바온이 그곳의 길드 소속이라는 건 커트 역시 그쪽 소속이라는 소리였다.

"난 푸른 바다 길드 대표 '라우어' 다. 창술을 쓰지."

마지막으로 자기소개를 한 사람은 2미터는 가볍게 넘을 듯한 긴 창을 든 30대 남성이었다. 아마도 라우어라는 용병은 기병을 상대하는 창병 역할을 하는 사람 같았다. 그렇게 6명의 용병 대표가 자기소개를 끝마쳤기 때문에 나도 내 소개를 해야만 했다.

"난 매지스트로의 검은 천사 레지스트리라고 합니다. 정령술과 마법을 사용하고 있습니다."

으으, 지금 자기소개하고 있을 여유가 없는데. 1대 6의 대결에서 이길 방법을 찾아야지. 여섯 명이 날 에워싸 버렸으니 도망칠 수 없고, 지금 서 있는 이 자리에서 맞상대하는 수밖에 없어. 저들은 아마도 검, 도, 창을 든 사람들이 먼저 달려

들고 정령술사, 궁수, 마법사가 뒤에서 보조하는 전형적인 전술로 나오겠지.

"자, 준비는 되셨나?"

흑발 중년 남성 로베르트가 등에 메여진 도를 뽑아 들며 내 의사를 물었다. 그에 맞추어 다른 사람들도 각자 무기를 꺼내 들거나 정령을 소환하였다. 그것을 보면서 난 재빨리 내 나름대로의 작전을 수립했다. 그리고 그 작전을 성공시키기 위해서는 기본적인 사전 작업이 필요했다.

"잠깐 준비할 시간을 주지 않겠습니까?"

로베르트에게 양해를 구하자 그는 흔쾌히 승낙했다.

"1대 6인데 그 정도는 해줘야지."

"고맙습니다."

로베르트의 승낙을 얻어내자마자 난 즉시 실프를 소환했다. 실프가 없으면 용병들을 이기기가 불가능하기 때문이었다. 그렇게 실프를 소환한 다음, 곧바로 단축키 코드를 외웠다. 2개월 전에 새로 만든 단축키 코드 버전 2.0을 사용하기로 한 것이다.

"Draw in double dimension, create space 압력, mapping double gravity, render hundred, draw out, save 중력 마법."

새로운 단축키 코드 버전 2.0은 예전 단축키 코드에 비해 굉장히 빠른 단축키 저장이 가능하지만 그만큼 굉장히 많은 저장 공간이 확보되어 있어야만 한다. 그래서 단순히 중력 마법을 저장시켰을 뿐인 데도 내 마나는 거의 대부분 리소스 사용 중이 되어버렸다.

"응? 뭘 중얼거린 거야?"

내가 요상한 코딩을 하자 바온이 어리둥절한 표정을 지었다. 그가 알고 있는 마법 코드가 아니니 당연한 반응이었다. 일단 그렇게 중력 마법을 단축키로 저장시킨 후 용병 대표에게 소리쳤다.

"준비 다 됐습니다!"

"좋아, 준비됐다면 시작해 볼까!"

나의 OK 사인에 로베르트가 호기있게 외쳤다. 순간 사람들 사이에서 발생하던 모든 잡음이 사라졌다. 마법사와 용병과의 1대 6 대결이라는, 쉽게 볼 수 없는 이벤트에 모두가 정신을 집중시키고 있는 것이었다.

로베르트가 시합 시작을 알린 직후, 도를 사용하는 로베르트와 검사인 판, 창술사인 라우어가 일제히 내 쪽으로 달려들었다. 그리고 그들의 돌격이 실패할 경우를 대비하여 궁수인 케반과 정령술사 로라, 마법사 바온이 보조할 준비를 했다. 마법사뿐만 아니라 누구라도 불리할 수밖에 없는 상황.

"Execute 중력 마법!"

세 명의 무사가 달려들기 전에 난 저장해 놓았던 중력 마법을 실행시켰다. 범위 설정을 용병 6명이 모두 포함되도록 잡았기 때문에 내 주변 5미터 근방에 2G의 중력이 걸리게 되었다. 아무리 마법 코딩을 빨리한다고 해도 내 단축키 코드보다 빠를 수는 없어서 내 마법 사용을 보고 지원을 하려던 세 명의 보조 용병은 아무 힘도 쓰지 못한 채 중력 마법에 묶여 버렸다. 그리고 나에게 달려들던 세 명의 무사도 휘청거렸다.

역시 오랫동안 실전에서 갈고 닦은 경험 때문인지 세 명의 무사 중 누구도 쓰러지지 않았군. 곧 있으면 중력 마법을 힘으로 극복하고 나에게 달려오겠지. 중력 마법을 실행시키고 있는 나는 그들을 막을 방법이 없지만 아무것도 하고 있지 않은 실프는 그들을 공격할 수 있다는 말씀!

"실프!"

난 실프의 이름을 외치며 공격 명령을 내렸다. 비록 구체적인 공격 방식을 말해주지는 않았으나 실프를 소환할 때 머릿속으로 어떻게 공격을 하라고 알려주었기 때문에 실프는 내 지시대로 따랐다.

슈웅—

실프는 세 명의 무사를 향해 각각 바람의 칼날을 날렸다. 만약 용병들이 갑옷을 입고 있었다면 실프의 공격을 살짝 흘린 다음에 나에게 달려들었을 것이다. 그러나 불행히도 용병들은 평상복을 입고 있었고, 중력 마법 속에서 실프의 공격을 피하려고 했다가는 큰 부상을 입을 위험이 있었다. 그래서 세 무사는 들고 있는 무기로 실프의 공격을 방어할 수밖에 없었다.

"컥!"

"허억!"

"으윽!"

세 명의 무사는 각각 신음 소리를 내며 무기를 떨어뜨렸다. 실프의 바람의 칼날은 분명 세 사람의 가슴 부근을 노리고 날아가다 중력 마법의 영향 때문에 진행 방향이 아래쪽으로 약간 휘어지면서 무기를 들고 있는 손 부근을 썰어버린 것이었다. 다행히도 그것을 눈치 챈 세 무사가 급히 무기를 아래로 내렸기에 망정이지 그러지 않았으면 바람의 칼날에 의해서 손이 싹둑 잘릴 뻔했다.

"실프!"

난 또다시 실프에게 재공격 명령을 내렸다. 이번에 공격할 대상은 세 무사가 아니라 세 명의 보조 용병들이었다. 아무리 중력 마법으로 움직임을 봉쇄했다고 하더라도 마법사나 정령술사는 정신 집중만 하면 충분히 공격이 가능하기 때문에 그들이 중력 마법에 적응하기 전에 공격해야만 했던 것이다.

휘이잉—

실프는 세 명의 보조 용병들에게 바람의 칼날 대신 거센 돌풍을 만들어 보냈다. 그 돌풍은 앞으로 나아가다 위로 치솟아

세 보조 용병을 5미터 높이로 들어올려 버렸다. 그렇게 하늘로 들어올려진 보조 용병들은 2G의 중력 때문에 떨어질 때 2배의 충격을 받게 되었다.

쿵!

쿠웅!

세 명의 보조 용병은 신음 소리도 내지 못하고 땅바닥에 처박혔다. 꽤 빠른 속도로 떨어지는 바람에 신음을 내지를 만한 시간도 얻지 못했던 것이다.

후우, 일단 세 명의 무사들은 손에서 피를 흘린 데다가 무기까지 놓쳤으니 잠깐 동안은 공격하지 못하겠지. 그리고 세 명의 보조 용병들은 날아올랐다가 떨어졌으니 아파서 정신없을 테고. 뭐, 이 상태에서 재차 공격을 하면 내가 이기겠지만 그럼 피를 봐야 하니까 이쯤에서 항복을 권고해 볼까.

"실프."

난 조용히 실프의 이름을 불렀다. 그러자 머릿속에서 내가 무슨 생각을 하는지 파악해 낸 실프가 건조한 목소리로 입을 열었다.

《그대들의 공격을 무력화시켰습니다. 계속하시겠습니까?》

"……!"

"……!"

내가 입을 열지 않고 실프가 입을 열자 모두들 경악하는 표정을 지었다. 일단 바람의 정령이 말하는 걸 본 사람이 드문 데다가 실프의 목소리가 너무 건조해서 매우 섬뜩하게 들렸기 때문이었다. 게다가 공격 기회가 있는 데도 불구하고 공격을 하지 않고 항복을 권고하는 내 여유로운 모습을 보고 용병들은 뜻밖에도 쉽게 자신들의 패배를 인정했다.

"우리가 졌다. 용병의 생명인 무기까지 놓쳤는데 더 이상 싸워봤자 무의미하지."

"계속했다간 너나 우리들 중 하나는 분명 위험해질 테니까 말이야."

로베르트와 바온이 팔을 벌리고 어깨를 살짝 올리는 제스처를 취하며 나에게 더 이상 싸울 뜻이 없음을 밝혔다. 그러자 나머지 4명의 용병 대표들도 아예 땅바닥에 드러눕거나 주저앉아 버렸다. 워낙 노련한 용병들이라서 날 일순간 방심케 한 다음에 갑작스런 공격을 날리는 작전일 수도 있다는 생각이 문득 들었지만, 일단 기습 같은 건 실프가 알아서 잘 막아줄 것이라는 말도 안 되는 믿음을 가지고 실행시켰던 중력 마법을 중지했다.

"오오오-!"

내가 중력 마법을 거두어들여도 용병들이 공격할 기미를 보이지 않자 구경하던 사람들이 내 승리임을 확신하고 탄성을 내질렀다. 사실 생각보다 치열하게 싸우지도 않고 매우 싱겁게 끝난 시합이었지만 사람들은 내 승리를 인정해 주는 분위기였다.

"마법으로 용병들의 발을 묶어놓고 정령으로 공격을 하다니!"

"한번에 두 가지 능력을 동시에 쓸 수 있는 거야?"

"드래곤과 하급 마왕을 쓰러뜨렸다는 말이 거짓이 아니었군!"

구경꾼들은 각자의 의견을 늘어놓으며 날 경외 어린 눈으로 쳐다보았다. 때문에 이 다음에 어떤 행동을 해야 할까 망설이고 있는 나에게 로베르트가 간단한 응급처치를 한 후 악수를 청했다.

"여기 오기 전까지는 반신반의했지만 분명히 넌 강하다. 오늘 시합에서 네가 이겼으니 우리는 앞으로 검은 천사 용병단을 용병 길드 중에서 가장 으뜸가는 길드로 인정해 줄 것이며, 필요하다면 전폭적으로 지원하겠다."

"아, 고맙습니다."

말로는 고맙다고 했지만 고개를 숙이거나 하지는 않았다. 승자가 패자와 악수를 하면서 고개를 숙이면 뭔가 이상하기 때문이었다. 그렇게 나와 로베르트가 악수를 하자 사람들이 박수를 보내기 시작했다. 꼭 짠 것 같은 상황이라서 난 박수를 받으면서도 뭔가 어색했다.

"이겼으면 뭔가 기쁜 표정이라도 지어봐요. 밋밋하게 그게 뭐예요?"

내가 별반 행동을 취하지 않자 슈아로에가 한심하다는 듯이 날 힐책했다. 하지만 그렇다고 '나의 승리다!' 라면서 자랑하고 싶은 기분은 그다지 들지 않아서 그냥 가만히 있었다. 그때 이 행사를 기획한 레이뮤가 나에게 다가와 부드러운 어조로 입을 열었다.

"축하해요. 이걸로 검은 천사 용병단이 공식적으로 성립되었습니다, 검은 천사 용병대장 레지스트리."

"에……."

"이제 돌아가도록 해요. 곧 마법학회가 시작될 테니까요."

레이뮤는 우리들을 이끌고 아까 묵기로 한 여관으로 다시 향했다. 가기 전에 용병 대표들과 간단히 작별 인사를 나눈 우리들은 마법학회 참석을 위해 마을 광장을 떠났다. 우리들이 마을 광장에서 멀리 떨어질 때까지 구경하던 사람들은 자리를 뜨지 않고 박수를 하거나 휘파람을 부는 등의 환송을 해주었다.

흐으, 이거 뭐, 내가 스타가 된 것도 아닌데 반응이 좀 오버스럽군. 진짜 젊은 남자 중에서 그렇게 신성이 없나? 용병 대표들과 목숨 걸고 싸운 것도 아니고 그냥 가벼운 일 합 정도만 주고받은 것뿐인데 모두들 내가 완전히 승리한 걸로 생각하니…… 조금 어이가 없구만.

"역시 레지님! 완벽한 승리였어요!"

여관으로 이동하면서 리아로스가 호들갑을 떨며 내 옆에 찰싹 붙었다. 일단 리아로스 5인방의 얼굴을 보니 모두 내가 이길 줄 몰랐다는 표정들이었다. 그래서인지 약간은 존경심 어린 눈빛으로 날 바라보고 있었다.

하아, 왜 이렇게 마음이 무거운 거지? 용병 대표들이나 나나 전력을 다해서 싸운 게 아니라서 그런가? 아니면 남들의 기대를 얻는 게 두려워서 그러나? 그러고 보니 남들에게 기대를 받아본 적이 없어서 그런 것일 수도 있겠군. 레이뮤 씨는 이번 싸움을 어떻게 생각하고 있을까?

"레이뮤 씨는 내가 이겼다고 생각하세요?"

난 내 앞을 천천히 걸어가는 레이뮤에게 질문을 던졌다. 그러자 레이뮤는 살짝 고개를 돌려 입을 열었다.

"이겼으니까 이렇게 당당하게 돌아가고 있는 거 아닌가요?"

"전력으로 싸운 것도 아니고, 마법을 사용할 수 있는 시간을 얻어 이긴 것이 정말 이긴 거라 볼 수 있나요?"

"……."

이어진 나의 반론에 레이뮤는 걸음을 멈추었다. 그리고는 나에게 다가와 내 양어깨에 손을 얹었다.

"싸움이란 것은 여러 가지 요소를 포함하고 있어요. 갑작스럽게 일어나는 난전이 아닌 이상, 싸움을 할 때에는 여러 가지 기회가 주어지죠."

"……."

"싸움을 시작할 때에는 그 누구도 불리한 조건에서 하려고 하지 않아요. 그러면 질 것이 분명하니까요. 따라서 사람들은 싸움 시작 전에 자신에게 유리한 조건을 만들려고 해요. 예를 들어 레지스트리 군이 푸가 체이롤로스나 쿠드 게리노비아를 물리쳤을 때, 그들의 자만심을 이용한 것이 있지요."

"……!"

"싸움의 시작 조건을 자신에게 유리하게 가져가는 것도 실력이에요. 이번 시합에서 레지스트리 군은 아주 자연스럽게 새로운 단축키 코드를 사용할 수 있는 시간을 얻었어요. 싸움 시작 조건을 유리하게 가져간 거예요. 그건 분명히 레지스트리 군의 실력입니다."

"……!"

레이뮤의 말을 듣자 머릿속이 맑아지는 기분이 들었다. 싸움이란 건 오로지 가진 실력으로만 하는 게 아니다. 싸움에는 심리전도 필요하고, 전략도 필요하며, 운도 따라주어야 한다. 그 모든 것을 적절히 융합한 사람이야말로 진정한 강자인 것이다.

"에…… 그럼 나 스스로를 강자라고 생각해도 될까요?"

난 결론을 내리기 위해 레이뮤에게 약간은 어리석은 질문을 던졌다. 그러자 레이뮤는 아주 명쾌한 대답을 해주었다.

"레지스트리 군은 강합니다."

"……!"

하하, 이거 갑자기 자신감이 샘솟는걸? 지나친 자신감은 위험하다지만 이번만큼은 지나쳐 볼까? 일단 1대 6의 싸움을 이긴 거니까 말이야. 우하핫!

"레이뮤님, 안 돼요. 레지 군은 칭찬하면 정말 그런 줄 아는 바보니까요. 저봐요. 지금도 마냥 좋아서 헤벌쭉 웃고 있잖아요."

내가 기분 좋게 웃고 있자 슈아로에가 강한 태클을 걸었다. 난 그냥 기분 좋아서 웃은 건데 슈아로에가 '헤벌쭉' 이라는 표현을 써서 기분이 팍 상했다. 평소 같으면 슈아로에의 약점을 빌미로 인신공격을 했겠지만 지금은 여러 사람의 눈도 있고 해서 짐짓 도량이 넓은 척했다.

"그래 봤자 내가 강하다는 사실에는 변함이 없어."

"……."

매우 불만 어린 표정으로 쳐다보는 슈아로에를 무시하며 난 레이뮤를 따라 이동을 시작했다. 모두 여관에 도착하여 잠깐 쉬다가 곧장 마법학회장을 향해 출발해 약 20분 뒤에 마법학회장에 도착할 수 있었다.

흐음, 작년에 보았던 마법학회장하고 건물 구조가 똑같군. 엔비디아 제국, 에이티아이 제국, 매트록스 왕국에 마법학회장을 하나씩 건설해 놓은 건가? 돈도 많으셔.

"여기 앉아요."

강당에 들어가자마자 레이뮤는 우리들의 자리를 지정해 주었다. 인원 자체가 많다 보니 레이뮤가 지정해 주지 않으면 앉을 때 의견 충돌이 발생하기 때문이었다. 그렇게 하여 난 레이뮤의 오른쪽에 앉았고, 슈아로에와 리아로스는 레이뮤의 왼쪽에 나란히 앉았다. 그리고 나머지 4명은 우리의 뒷좌석에 대충 앉게 되었다.

훗, 리아로스와 슈아로에를 붙여놓음으로써 난 그들로부터 자유를 획득하게 되었군. 역시 레이뮤 씨는 뭔가를 안다니까.

"이번에도 뭔가 훌륭한 성과를 가지고 오셨나요?"

우리들이 자리에 앉았을 때 누군가가 레이뮤에게 말을 걸었다. 쳐다보니 베스트 오브 베스트 마법학교의 교장 소렌느가 고급 깃털 부채로 입을 가리고 있는 모습이 보였다. 그리고 그녀의 옆에는 레일과 트레일이 당당히 서 있었다.

흐으, 그러고 보니 여기 여관에 도착했을 때 레일과 트레일을 봤었으니까 소렌느 할머니도 같이 있었다는 말인데…… 내가 관심이 없다 보니 있는 줄도 몰랐네.

"이번에는 좀 다른 발표를 할 것입니다."

소렌느 할머니의 질문을 받고 레이뮤는 매우 의미심장한 말을 던졌다. 그게 무슨 뜻인지 나는 알고 있었지만 소렌느 할머니를 비롯한 다른 사람들에게는 생소할 수밖에 없었다.

"그런가요? 그거 기대되는군요."

소렌느 할머니는 짐짓 여유로운 미소를 지으며 우리들과는 조금 떨어진 자리로 가 앉았다. 레일은 슈아로에에게 집적

대기 위해 가까운 자리를 원했으나 소렌느 할머니의 권위에는 도전하지 않았다. 나로서는 그들이 알아서 떨어져 앉아 주었기에 마음이 편했다.

잉? 그러고 보니 작년 마법학회 때는 시녀가 앉을 자리도 정해줬던 것 같은데 여기는 그냥 자유방임인가? 하긴, 여기 마법학회장이 매트록스 왕국의 마법학회장보다 크니까 아무렇게나 앉아도 자리가 남겠지. 근데 레이뮤 씨가 앉은 곳은 단상에서 바로 눈이 마주치는 위치잖아? 작년에도 여기 비슷한 곳에 앉은 것 같은데 이번에도 똑같다니…….

"여기 자리 없죠?"

그때 매우 싸늘한 여성의 목소리가 내 귀를 파고들었다. 굉장히 익숙한 목소리였기에 난 급히 고개를 돌려 말한 사람을 쳐다보았다. 관절 부위를 모두 드러낸 특이한 형태의 경장갑을 착용한 붉은 단발 머리에 붉은 눈의 여성. 싸늘한 얼굴 표정으로 날 내려다보고 있는 그 여성은 바로 유리시아드였다.

"어? 왜 왔어?"

"나도 마법학회 소속이라고 말했잖아요. 정말 머리가 나쁘군요."

내 말을 가볍게 무시해 버린 유리시아드는 내 의견도 묻지 않고 내 옆 자리에 털썩 앉았다. 마침 내 옆 자리가 비어 있었기 때문에 유리시아드가 앉아도 뭐라고 반박할 말이 없었다.

그렇게 일단 자리에 앉은 유리시아드는 곧바로 레이뮤와 슈아로에에게 인사를 했다.

"오랜만이에요, 대마법사님, 슈아로에."

"그렇군요. 혼자서 왔나 보군요?"

"반가워요."

레이뮤와 슈아로에는 반가운 표정이었지만 옆에 앉은 리아로스는 눈썹을 꿈틀댔다. 레이뮤의 자리 배치로 인해 내 옆에 앉지를 못했는데 웬 이상한 여자가 갑자기 나타나서 내 옆에 털썩 앉아버렸기 때문이었다.

"저는 에이티아이 제국의 뉴어메이드 가문의 장녀, 리아로스 뉴어메이드라고 해요. 성함을 여쭤봐도 될까요?"

리아로스는 최대한 불편한 심기를 감추며 유리시아드에게 통성명을 요구했다. 그러자 유리시아드는 잠시 리아로스를 쳐다보다가 냉랭한 어조로 대답을 했다.

"자유기사 유리시아드 케리만입니다."

"아! 자유기사님이셨군요!"

자유기사라는 말을 듣자 불쾌감이 서려 있던 리아로스의 표정이 순간 놀람으로 바뀌었다. 그러나 곧바로 정신을 차리고 입가에 묘한 미소를 띠며 재차 질문을 던졌다.

"그런데 자유기사님과 레지님과는 어떤 관계이신지요?"

"레지님?"

리아로스가 날 애칭으로 부르는 것을 보고 유리시아드는

내 얼굴을 쳐다보았다. 난 그때 회장을 구경한답시고 시선을 이리저리 돌리고 있었기 때문에 그녀와 내 시선은 마주치지 않았다. 사실 유리시아드에게 리아로스를 소개할 만한 적당한 말이 떠오르지 않아서 시선을 피한 것이었다. 그렇게 내가 눈도 마주치지 않는 것을 보고 유리시아드는 조용히, 그러나 싸늘한 어조로 입을 놀렸다.

"마지못해 같이 다닌 적이 있는 사이입니다. 특별한 일이 아니었다면 만나지도, 만날 일도 없었을 것입니다."

"……."

흑, 유리시아드, 말이 너무 차가워.

"안녕하십니까, 대마법사님."

"안녕하십니까."

리아로스와 유리시아드가 대화를 주고받는 동안 마법학회장에 들어선 다른 학교 교장이나 대표들이 레이뮤에게 다가와 인사를 했다. 레이뮤는 그들의 인사에 일일이 응해주었는데 이제 조금만 있으면 그들과 이런 자리에서 만나 인사할 일이 없어진다고 생각하니 가슴 한 켠이 뭉클… 해지지 않았다. 어차피 나는 저들과 아무런 관계가 없기 때문이다.

저벅저벅—

마법사들이 거의 다 왔다고 생각될 즈음에 턱수염을 허리까지 길게 기른 학회 대표가 천천히 모습을 드러내었다. 학회 대표가 단상에 서자 장내는 일순간에 조용해졌다. 그렇게 장

내가 조용해지자 학회 대표는 여유로운 어조로 입을 열기 시작했다.

"제28회 마법학회에 참석해 주셔서 감사하오. 모든 학교가 참가해 주어서 더욱 고맙게 생각하고 있소이다. 그럼 오전에는 성과 발표를 하고 오후에는 주제 토론을 하도록 하겠소."

학회 대표는 곧바로 성과 발표로 들어가고자 했다. 그러나 그전에 레이뮤가 자리에서 일어나서 학회 대표의 진행을 막아섰다.

"무슨 일이오, 스트라우드 경?"

얌전한 레이뮤가 갑자기 말도 없이 일어서자 학회 대표는 조금 당황하는 표정을 지었다. 그러나 레이뮤는 일어나서 잠시 좌중을 둘러보더니 이내 폭탄선언을 했다.

"오늘 모든 마법학회 분들이 모인 자리에서 한 가지 사실을 공표할까 합니다."

"……?"

"지금 이 시간부터 매지스트로 마법학교는 마법학회를 탈퇴합니다."

"……!"

전혀 예상치 못한 발언에 학회 대표는 물론 다른 마법학회 관계자들도 경악에 찬 표정을 지었다. 마법학회를 만든 창시자인 레이뮤가 스스로 마법학회를 떠난다고 하니 놀라지 않을 수 없었던 것이다.

"어이하여 갑자기 그런 결정을 내리셨소?"

학회 대표는 최대한 마음을 가라앉히며 레이뮤에게 물음을 던졌다. 모두의 시선이 레이뮤에게로 몰리는 가운데 레이뮤는 여유로운 어조로 말을 이었다.

"이미 마법학회는 본인이 없어도 잘 유지될 수 있습니다. 오히려 본인이 있음으로 해서 마법학회의 운영에 혼란이 올 수 있지요. 그래서 탈퇴를 결심하게 되었습니다."

"하지만 마법학회의 지원 없이 학교를 운영하는 건……."

"그에 대한 조치는 취해두었습니다. 학교 운영에 차질은 없어요."

"……."

레이뮤의 어조가 워낙 단호했기 때문에 학회 대표는 그녀를 설득할 생각조차 하지 못했다. 그렇게 학회 대표가 말문을 잇지 못하자 레이뮤는 다시 한 번 좌중을 둘러보며 마법학회 탈퇴를 선언했다.

"공문으로 탈퇴 사실을 알리는 것보다 직접 와서 여러분에게 알려드리고 싶었습니다."

"……."

학회 대표와 마찬가지로 다른 학회 사람들도 아무 말 하지 못했다. 사실 마법학회에서 레이뮤를 견제할 수 있을 만한 사람이 없는 데다가 설령 있다고 하더라도 이제 마법학회를 탈퇴해 버렸으니 마법학회와 레이뮤는 전혀 무관한 관계가 되어버렸다. 그런 상황에서 마법학회의 그 누구도 레이뮤에게 이러쿵저러쿵할 만한 자격은 없었던 것이다.

"이제 우리들은 그만 가보겠습니다. 마법학회 회원도 아닌데 마법학회 토론에 참석할 수는 없으니까요."

그 말을 끝으로 레이뮤는 우리들을 데리고 마법학회장을 떠났다. 우리들이 자리를 뜨자 마법학회 회원들이 자기들끼리 떠들며 소란을 피웠고, 학회 대표가 그것을 진정시키는 소리가 들려왔다. 그래서 난 걱정이 되었다.

"레이뮤 씨, 이렇게 그냥 나와 버려도 돼요?"

"괜찮아요. 뒤처리는 자기들이 알아서 하겠죠."

"……."

흐으, 왠지 대책없이 그냥 될 대로 되라는 식 같은 느낌이…….

"레이뮤님, 왜 갑자기 그런 결정을……?"

그때 유리시아드가 레이뮤에게 질문을 던졌다. 처음에는 난 그걸 당연하게 생각했다가 유리시아드의 소속이 마법학회라는 것을 떠올리고 경악했다.

"유리시아드! 왜 따라 나왔어?!"

"다들 나가는데 나 혼자 남아 있기는 그렇잖아요."

"아……!"

하하, 생각해 보니 그렇겠구나. 같은 자리에 앉아 있었는데 우리들이 전부 나가 버려서 혼자 덩그러니 남으면 얼마나 창피하겠어? 그러니 어쩔 수 없이 울며 겨자 먹기로 같이 따라 나올 수밖에 없던 거겠지.

"그 얘긴 나중에 천천히 해줄게요. 그보다 여관에 돌아가 쉬도록……."

레이뮤는 일단 여관에 돌아가는 걸 희망했다. 그런데 그때 한 노인이 우리들 앞에 불현듯 모습을 드러내었다. 얼핏 보면 평범하게 생긴 노인이었지만 난 그 노인을 알고 있었다. 그 노인은 바로 그린 드래곤 페르키암과 싸울 때 있었던 제룬버드라는 드래곤이었던 것이다.

"모두들 오랜만이오. 음, 못 보던 얼굴도 많군."

제룬버드는 너털웃음을 터뜨리며 우리들에게 아는 척을 했다. 현재 우리들이 있는 위치는 마법학회의 정원 같은 곳이었다. 마법학회장 자체가 성처럼 벽으로 둘러싸여져 있기 때문에 들어오려면 벽을 뛰어넘거나 땅을 파고 들어와야만 했다.

"어떻게 들어왔어요? 아니, 우리가 여기 있는 거 어떻게 알았어요?"

난 일단 제룬버드에게 경어를 쓰며 질문을 던졌다. 상대가 드래곤임이 거의 확실한 상태에서 괜히 기분 나쁘게 했다가는 당장 관 속에 드러누울 수도 있기 때문이었다. 제룬버드는 내 질문에 대답하지 않고 도리어 나에게 물음을 던졌다.

"내가 1년 전에 했던 말 기억나나?"

"……?"

잉? 제룬버드가 1년 전에 했던 말? 그게 뭐지? 음, 음…… 기억이 안 나.

"이런, 잊어먹었나 보군."

내가 대답을 하지 못하자 제룬버드는 혀를 끌끌 찼다. 그리고는 나에게 1년 전에 했던 말이란 것을 들려주었다.

"1년 후에 버지에 가면 세상을 지배할 힘을 얻을 수도 있다."

"……."

잉? 어디서 들어본 것 같기도 하고 아닌 것 같기도 한…….

"기억력이 나쁘구만. 원래는 자네한테 그냥 한 번 기회를 줄 생각이었는데, 그동안의 소문을 들어보니 많이 성장했더군? 그리고 눈에 띄는 다른 인재들도 없었고. 그래서 계획을 바꿨네."

"……?"

제룬버드는 뭔가를 말하고 있었지만 난 그게 무슨 소리인지 도통 감을 잡을 수가 없었다. 사실 제룬버드가 두루뭉실하게 말하고 있었으니 내가 못 알아먹는 게 당연했다.

"버지로 가보게. 어차피 경쟁자는 없으니까 느긋한 마음으로 기다리면 되네. 자네는 시대를 잘 타고났어."

"……?"

대체 무슨 소리야? 웬 경쟁자? 시대를 잘 타고나?

"무슨 뜻인지 전혀 이해가 안 가는데요."

난 제룬버드에게 이해 불가라는 입장을 밝혔다. 하지만 제룬버드는 자신의 말을 나에게 이해시킬 뜻이 애초에 없는 듯했다. 그냥 내가 알아들으면 좋은 거고 못 알아들어도 상관없다는 투였던 것이다.

"열심히 해보게."

그 한마디를 남기고 제룬버드는 자취를 감추었다. 그야말로 순식간에 벌어진 일이라 나를 비롯해서 레이뮤나 다른 사람들도 놀란 얼굴을 했다. 제룬버드가 한창 말을 하다가 휙하니 사라져 버릴 줄은 몰랐기 때문이었다. 하지만 리아로스 5인방은 제룬버드가 갑자기 사라져 버렸다는 사실 자체에 놀라고 있었다. 현 마법사 중에서 순간 이동 마법을 구사할 수 있는 인간은 전무했으므로.

"누군가요, 방금 그 사람?!"

리아로스를 비롯한 5인방은 놀란 얼굴을 감추지 못한 채 내 얼굴을 쳐다보았다. 제룬버드가 나와 이야기를 했으니 그들이 날 쳐다보는 것은 당연했다. 하지만 난 쉽게 대답을 하지 못하고 레이뮤의 얼굴을 쳐다보았다. 레이뮤의 결정 여부에 따라 사실을 말할 수도 있고 그냥 둘러댈 수도 있기 때문이었다.

"그건 내가 대신 알려주겠어요."

내 구조 요청을 받고 레이뮤가 직접 나섰다.

"아직 우리는 그 노인의 정체가 무엇인지 정확히 알지 못해요. 추측하건대 드래곤이나 그에 준하는 존재일 것입니다."

"네?!"

레이뮤의 말을 듣고 리아로스 5인방은 경악했다. 드래곤을 보기가 쉽지 않은 이 세계에서 드래곤일 수도 있다는 말을 들으니 놀랄 수밖에 없었던 것이다. 일단 레이뮤는 리아로스 5인방을 경악 상태로 내버려 두고 나서 나에게로 시선을 돌려 입을 열었다.

"에이티아이 제국의 버지 지방으로 갈 건가요?"

"……?"

잉? 레이뮤 씨가 왜 나한테 그런 걸 묻지?

"왜요?"

"제룬버드가 레지스트리 군을 초대했으니 레지스트리 군의 의사를 들어봐야지요."

평소에 내 의견을 마구잡이로 묵살하던 레이뮤가 내 의사를 존중해 주겠다고 하니 나로서는 감격, 그 자체였다.

"레이뮤 씨만 좋다면 가고 싶습니다. 아니, 제룬버드가 어떤 의도로 날 부른 것인지 확인해야 하기 때문에 꼭 가야 합니다."

레이뮤가 마음을 바꿔 먹기 전에 난 확고한 어조로 내 의견을 말했다. 그러자 레이뮤는 내 의견에 동의해 주었다.
"알겠습니다. 그럼 지금 즉시 버지를 향해 출발하기로 하겠습니다."
"……!"
갑작스런 예정 변경에 모두들 당황하는 표정을 보였다. 하지만 난 그들이 당황하든 말든 신경 쓰지 않고 유리시아드에게만 의견을 물어보았다.
"유리시아드는 어떡할 거야? 마법학회에 참석해야 되잖아?"
"……."
유리시아드는 잠시 결정을 망설였다. 마법학회 회원으로서 마법학회에 참석해야 할 의무와 전에 페르키암을 상대할 때 보았던 제룬버드의 정체를 알고 싶다는 마음 사이에서 갈등하고 있는 것이었다. 그렇게 잠시 동안 생각을 정리하던 유리시아드는 마침내 스스로 결정을 내렸다.
"레이뮤님을 따라가도록 하겠습니다. 레이뮤님이 없는 마법학회에서 얻을 건 없으니까요."
호오, 유리시아드가 공작의 지위에 있으면서도 마법학회에 꾸준히 참가했던 건 레이뮤 씨가 있기 때문이었나? 하긴, 레이뮤 씨 빼고 학회 활동을 제대로 하고 있는 사람은 없으니까. 아, 그러고 보니 난 센트리노 제국의 백작이고 유리시아드는 공작인데……!
"유리시아드, 나…… 유리시아드보다 계급이 낮은

데…….”

“상관없어요. 지금은 공작이 아니라 자유기사니까 말 놔요. 그쪽이 나한테 존칭을 쓰는 건 센트리노 제국의 귀족들 앞에서뿐이에요.”

“아…….”

흐흐, 그랬군. 유리시아드의 사고가 개방적이라서 편한걸? 보통 상대가 자기보다 신분이 낮다는 인식이 들면 어떤 상황에서도 그걸 이용해 먹으려고 하는데 말이지. 우리 유리시아드는 도량도 넓구나.

“자, 그럼 출발해요.”

레이뮤를 선두로 우리들은 일단 여관으로 향했다. 여관에서 점심을 먹은 다음에 곧바로 출발할 예정이었기 때문이다. 그렇게 여관에서 단체로 점심을 먹은 후 우리들은 기수를 에이티아이 제국의 버지 마을로 돌렸다. 제룬버드가 어떤 의도로 날 버지에 오라고 하는 것인지 알기 위한 여행을 시작한 것이다.

『매직 크리에이터』 5권에 계속